U0782901

贾平凹作品

贾平凹游记

贾平凹 著

山西出版传媒集团 北岳文艺出版社
BEIYUE LITERATURE & ART PUBLISHING HOUSE

·太原·

图书在版编目（CIP）数据

贾平凹游记 / 贾平凹著. — 太原：北岳文艺出版社，2018.1
ISBN 978-7-5378-5453-5

Ⅰ.①贾… Ⅱ.①贾… Ⅲ.①散文集－中国－当代
Ⅳ.①I267

中国版本图书馆 CIP 数据核字（2018）第 295900 号

书名：贾平凹游记	策　　划：续小强	书籍设计：张永文
著者：贾平凹	责任编辑：贾江涛	印装监制：巩　璠

出版发行：山西出版传媒集团·北岳文艺出版社
地址：山西省太原市并州南路 57 号　邮编：030012
电话：0351-5628696（发行部）　　0351-5628688（总编室）
传真：0351-5628680
网址：http://www.bywy.com
E-mail：bywycbs@163.com
经销商：新华书店
印刷装订：山西万佳印业有限公司

开本：890mm×1240mm　1/32
字数：175 千字　印张：9
版次：2018 年 1 月　第 1 版
印次：2021 年 1 月山西第 2 次印刷
书号：ISBN 978-7-5378-5453-5
定价：45.00 元

本书版权为本社独家所有，未经本社同意不得转载、摘编或复制对于我本人，我作品中的地理，则是非常真实的。我之所以喜欢这样，我想让我的作品增加一种真实感、可信感……

贾平凹游记

目录 | contents

001 · 黄土高原

八月天里，秋收过了种麦，每一座山都被犁过了。

007 · 紫阳城记

到了盛夏，那雨点骤落，必是如珠坠盘，大珠当当，小珠叮叮。

013 · 走三边

在这三边，有一丛树，便有一户人家；有一片树，便是一个村庄。

025 · 宜君记

房子就静静卧在那梁背上，疑想一定如山溪中的鱼一样有着吸盘了。

029 · 敦煌沙山记

敦煌久为文化古都，敦者，大也；煌者，盛也。

033 · 一个有月亮的渡口

"河里的鱼再大，也没有碗里的小鱼好啊，不要脸的来子！"

041 · 读山

在城里待得一久，身子疲倦，心也疲倦了。

黄土高原

沟是不深的，也不会有着水流；缓缓地涌上来了，缓缓地又伏了下去；群山像无数偌大的蒙古包，呆呆地在排列。八月天里，秋收过了种麦，每一座山都被犁过了，犁沟随着山势往上旋转，愈旋愈小，愈旋愈圆。天上是指纹形的云，地上是指纹形的田，它们平行着，中间是一轮太阳；光芒把任何地方也照得见了，一切都亮亮堂堂。缓缓地向那圆底走去，心就重重地往下沉；山洼里便有了人家。并没有几棵树的，窑门开着，是一个半圆形的窟窿，它正好是山形的缩小，似乎从这里进去，山的内部世界就都在里边。山便不再是圆圈的叠合了，无数的抛物线突然间地凝固，天的弧线囊括了山的弧线，山的弧线囊括了门窗的弧线。一地都是那么寂静了，驴没有叫，狗是三个四个地躺在窑背，太阳独独地在空中照着。

路如绳一般地缠起来了：山垴上，热热闹闹的人群曾走去赶过庙会。路却永远不能踏出一条大道来，凌乱的一堆细绳突然地扔了过来，立即就分散开去，在洼底的草皮地上纵纵横横了。这似乎是一张巨大的网，由山垭哗地撒落下去，从此就老想要打捞起什么了。但是，草皮地里能有什么呢？树木是没有的，花朵是没有的，除了荆棘、蒿草，几乎连一块石头也不易见到。人走在上边，脚用不着高抬，身用不着深弯，双手直棍一般地相反叉在背后，千次万次地看那羊群漫过，粪蛋儿如急雨落下，嘭嘭地飞溅着黑点儿。起风了，每一条路上都在冒着土的尘烟，簌簌地，一时如燃起了无数的导火索，竟使人很有了几分骇怕呢。一座山和一座山，一个村和一个村，就是这么被无数的网罩起来了。走到任何地方，每一块都被开垦着，每处被开垦的坡下，都会突然地住着人家，几十里内，甚至几百里内，谁不会知道哪条沟里住着哪户人家呢？一听口音，就攀谈开来，说不定又是转弯抹角的亲戚。他们一生在这个地方，就一刻也不愿离开这个地方，有的一辈子也没有去过县城，甚至连一条山沟也不曾走了出去；他们用自己的脚踏出了这无数的网，他们却永远走不出这无数的网。但是，他们最乐趣的是在三月，山沟里的山鸡成群在崖畔晒日头，几十人集合起来，分站在两个山头，大声叫喊。山鸡子从这边山上飞到那边山上，又从那边山上飞到这边山上，人们的呐喊，使它们不能安宁。它们没有鹰的翅膀可以飞过更多的山沟，三四个来回，就立即在空中方向不定地旋转，猛的石子一样垂直跌下，气绝而死了。

土是沙质的，奇怪的是靠崖凿一个洞去，竟百年千年不会倒坍，或许筑一堵墙吧，用不着去苦瓦，东来的雨打，西去的风吹，那墙再也不会垮掉，反倒生出一层厚厚的绿苔：春天里发绿，绿嫩得可爱；夏天里发黑，黑得浓郁；秋天里生出茸绒，冬天里却都消失了，印出梅花一般的白斑。日月东西，四季交替，它们在希冀着什么，这么更换着苔衣?! 默默的信念全然塑造成那枣树了，河滩上，沟畔里，在窗前的石滚子碾盘前，在山与山弧形的接壤处，突然间就发现它了。它似乎长得毫无目的，太随便了，太缓慢了，春天里开一层淡淡的花，秋天里就生一身红果。这是最懂得了贫困，才表现着极大的丰富吗？是因为最懂得了干旱，那糖汁一样的水分才凝固在枝头吗？

冬天里，逢个好日头，吃早饭的时候，村里人就都跂蹴在窗前石碾盘上，呼呼噜噜吃饭了。饭是荞麦面，汤是羊肉汤，海碗端起来，颤悠悠的，比脑袋还要大呢。半尺长的线线辣椒，就夹在二拇指中，如山东人夹大葱一样，蘸了盐，一口一截，鼻尖上，嘴唇上，汗就咕咕噜噜地流下来了。他们蹲着，竭力把一切都往里收，身子几乎要成一个球形了，随时便要弹跳而起，爆炸开去。但随之，就都沉默了，一言不发，像一疙瘩一疙瘩苔石，和那碾盘上的石破子一样，凝重而粗笨了。窗内，窗眼里有一束阳光在浮射，婆姨们正磨着黄豆，磨的上扇压着磨的下扇，两块凿着花纹的石头顿挫着，黄豆成了白浆在浸流。整个冬天，婆姨们要待在窑里干这种工作。如果这磨盘是生活的时钟，这婆姨的左胳膊和右胳膊，就该是搅动白天和黑夜的时针和分针了。

山崾下的小路上，一月半月里，就会起了唢呐声的。唢呐的声音使这里的人们精神最激动，他们会立即放下一切活计，站在那里张望。唢呐队悠悠地上来了，是一支小小的迎亲队，前边四支唢呐，吹鼓手全是粗壮汉子，眼球凸鼓，腮帮满圆，三尺长的唢呐吹天吹地，满山沟沟都是一种带韵的吼声了。农人不会作诗，但他们都有唢呐，红白喜事，哭哭笑笑，唢呐扩大了他们的嘴。后边，是一头肥嘟嘟的毛驴，耸着耳朵，喷着响鼻，额头上、脖子上，红红绿绿系满彩绸。套杆后就是一辆架子车，车头坐着一位新娘，花一样娟美，小白菜一样鲜嫩，她盯着车下的土路，脸上似笑，又未笑，欲哭，却未哭；失去知觉了一般地麻麻木木。但人们最喜欢看这一张脸了，这一张脸，使整个高原以此明亮起来。后边的那辆车，是两个花枝招展的陪娘坐着，咧着嘴憨笑，狼狼狈狈地紧抱着陪箱、陪被、枕头、镜子。再后边便是骑着毛驴的新郎，一脸的得意，抬胳膊动腿地常要忘形。每过一个村庄，认识的，不认识的，都要在怀里兜了枣儿祝贺，吃一颗枣儿，道一声谢谢，道一声谢谢，说一番吉祥，唢呐就越发热闹，声浪似乎要把人们全部抛上天空，轰然粉碎了去呢。

最逗人情思的是那村头小店：几乎每一个村庄，路畔里就有了那么一家人，老汉是肉肉的模样，婆姨是瘦瘦的精干，人到老年，弯腰驼背的，却出养个万般水灵的女儿来。女儿一天天长大，使整个村庄自豪，也使这个村庄从此不能安宁。父母懂得人生的美好，也懂得女儿的价值，他们开起店来，果然生意兴隆。就有了那么个后生，他到远远的黄河东岸去驮铁锅去了，一去三天三夜，这女子老听见驴子哇儿哇儿地响，站在窗前的枣树下，往东看得脖子都硬了。她恨死了后生，恨得揉面，捏了他的小面人儿，捏了便揉，揉了又捏。就在她去后洼洼拔萝卜的时候，那后生却赶回来，坐在窑里吃饭，说一声："这面怎么没味？"回道："我们胳膊没劲，巧巧不在。""啊达去了？"人家不理睬，他便脸通红，末了出了门，一步三回头。老人家送客送到窑背背，女子正赶回藏在山峁峁，瞧见爹娘在，想下去说句话，又怕老人嫌，待在那里，灰不沓沓。只待得爹娘转脚回去了，一阵风从峁上卷下来；"等一等！"踉踉跄跄跑近了，羞羞答答，忸忸怩怩，却从怀里掏出个青杏儿来。

可怜这地面老是干旱，半年半年不曾落下一滴雨。但是，一落雨就没完没了，沟也满了，河也满了。住在这儿，圪崂里的人家，一下雨人人都在关心着门前那条公路了。公路是新开的，路一开，外面的人就都来过，大卡车也有，小卧车也有，国家干部来家说一席漂亮的京腔，录一段他们的歌谣，他们会轻狂地把什么好东西都翻出来让人家吃。客人走过，窑背上的皮鞋印就不许被扫了去，娃娃们却从此学得要刷牙，要剪发……如今，雨地里路垮了，全村人心都揪起来，一个人背了镢头去修，全村人都跟了去干。小卧车嘟嘟地开过来，停在那边，他们急得骂天骂地骂自己，眼泪都要掉下来。公家的事看得重，他们的力气瞧得轻。路修通了，车开过了，车一响，哗地人们都向两边靠，脸是笑笑的，十二分的虔诚和得宠，肥大的狗汪汪地叫着要去撵，几个人拉住绳儿不敢丢手。

走遍了十八县，一样的地形，一样的颜色，见屋有人让歇，遇饭有人让吃。饭是除了羊肉、荞面，就是黄澄澄的小米；小米稀作米汤，稠作干饭。吃罢饭，坐下来，大人小孩立即就熟了。女人都白脸子，细腰身，穿窄窄的小袄，蓄长长的辫，多情多意，给你纯净的笑；男的却边塞将士一般的强悍，大块吃肉，大碗喝酒，上了酒席，又有人醉倒方止。但是，广漠的团块状的高原，花朵在山洼里悄悄地开了，悄悄地败了，只是在地下土中肿着块茎；牛一般的力气呢，也硬是在一把老镬头下慢慢地消耗了，只是加厚着活土层的尺寸。春到夏，秋到冬，或许有过五彩斑斓，但黄却在这里统一，人愈走完他的一生，愈归复于黄土的颜色。每到初春里，大批大批的城里画家都来写生了，站在山洼随便一望，四面的山赤上，弧线的起伏处，犁地的人和牛就衬在天幕。顺路走近去，或许正在用力，牛向前倾着，人向前倾着，角度似乎要和土地平行了，无形的力变成了有形的套绳了。深深的犁沟，像绳索一般，一圈一圈地往紧里套，他们似乎要冲出这个愈来愈小的圈，但留给他们活动的地方愈来愈小，末了，就停驻在山峁顶上。他们该休息了。只有小儿们，停止了在地边玩耍，一步步爬过来，扑进娘的怀里，眯着眼，吃着奶⋯⋯

紫阳城记

在家读过一本书，记得说："紫阳疆域，为安康锁钥，任河路径，实川陕咽喉；峰有千盘之险，路无百步之平。"便对紫阳没了好感。想：地理居势或许重要，但毕竟是太偏远，太荒僻，隔南北飞雁，过日月东西，实在不足为游览胜地了。

狗年二月，正是草发春浅，我们一行三人从任河坐船下行，黄昏到了任河与汉江汇合之处，但见江面渐阔，两岸冥顽之石嶙嶙，静锁之峰屑屑，一派灵秀浩浩之气。正不知到了什么地方，船上人说：紫阳到了。我蓦地一惊：真是山不转人转，竟莽撞撞到了紫阳！仰头看那下游北岸，一山满是屋舍，竟成了屋舍的山；此行几千里路，以其孤城压江，委实稀罕。就停桨下船，嚷着去城看个究竟呢。

先在河边洗了手脸，那水比上游深得更沉，碧得更蓝，清清楚楚地显出水底的石床，丢一块片石下去，犹如落叶一般，好长时间，悠悠飘飘，才能到底。沿水边往北岸走，艰难地踏过一片卵石，便是漫延上下的石板河滩。没有滚石，更不见沙砾，是地质变化的缘故吧，石层全然立裁，经水冲刷，变得高高低低，坑坑洼洼，但一道一道梁坎明显，黑青青的，如一根根偌粗的绳索，又如条条电焊的鱼脊。江风骤起，猛觉是奔涌而去的石浪，又使人顿时感受到了运动的力量和气势的雄壮。我们都十分冲动，拼力儿跑近北岸，却一时寻不到上岸的通道。岸仄极陡，屋基就沿岸壁而筑，那么高的，那么高的，似乎一直扶摇冲上，顶上就有了一个小阁子木楼。木楼多是一层，更有两层、三层，一半搭在石基上，一半却悬在空中，下边用极细的木头顶着。有的竟如背篼一样，用木条和绳索系一个小小房子贴在大房身边，怕是特制的凉台了。我们都大惊失色，担心那鸟巢似的住处会突然掉下，即使不会发生，那江风吹起，木楼吱吱晃动，如何歇身安家呢？仿佛是要回答我们这些北方的旱民似的，一家木楼的三层竹窗，呀地推开，便有一个俊俏俏的姑娘坐在里边，风抛着头发出来，如泼墨一般，自抱了一个满月琵琶，上指弄弦，五音齐鸣，飘飘然，悠悠然，律清韵长；眼见得半壁上一树樱花白英乱落，惊起半天绿尾水鸟，那姑娘眉眼，却终因琵琶半遮半掩，遗憾不能看清。

打问了江边的一群洗菜少妇，急急向西边湾后走去，果然一条细绳模样的石阶略垂在那里。阶是石条压成，已经不知被踏了多少年月，石条没有棱角，光滑如上蜡抹油，不易站住。这时几只小舢板泊泊从上游划来，停在那里，下来一群挑担的，背篓的，一拥而上，竟裹挟着我们到了街面。

街面窄得可怜，两边的街房，屋檐对着屋檐，天只剩下一扁担宽的白光，又被那交织的各类电线，裂成网状。路阴阴的，潮潮的，饭馆、酒铺、商店、旅社，一家挨着一家，压抑得使人喘不过气。上街的人却十二分地多，小商小贩便贴墙根站起或蹲下，出售竹织、木器、蔬菜、小吃。更有那芝麻烧饼，被一些小姑娘提着，在人群钻动，锐声叫卖。最是有趣的，在人稠处，脚步儿正踟蹰，忽有人大叫："让路，让路，油过来了！"前边人赶忙缩身闪开，回头一看时，并未有油，只是那些背了龙须草的人；知道上当，待要报复，那卖草者却回头一笑，报以原谅，早走过去了。

街面窄是窄了，且弯弯扭扭，又起起伏伏，站在这头，如何不能看到那头。想赶快逃开这拥挤世界，到另一条街市上去吧，抬头往上看时，山上不见一石一草，全是屋舍，高高低低，仄仄斜斜，细端详，各个建筑，各有各的姿态：位置正表现着恰到好处。这时候，就会突然发觉，这儿的屋舍总那么单薄，注视良久了，才见屋顶没有木梁，也不曾抹上泥巴，而且椽一律横挂，上边钉了竖的木条，用一块一块石板就那么干干净净地放上去罢了。随便拣一人家进去。主人异常热情，让烟让茶。若只盯着那石板屋顶发呆，瞧那并不严密，有夕阳在孔隙里泼射。问：漏雨吗？答：不漏。这就万分令人惊异了。主人此时就得意起来，说紫阳这地方，一是石板多，二是木板多，房屋都是两头用石，中间用木，为天下少有。出门再看所有房舍，果然如此。由不得我们便作了好多想象：到了盛夏，那雨点骤落，必是如珠坠盘，大珠当当，小珠叮叮，万般妙音，可是何等乐事！

我们兴致越发暴增，可是，要寻另一街市，却再也不能够了。巷道却极多极多的，从这第一条街面上，钻任何一条巷往里走，都是石板台阶，一会左了，一会右了，似乎是走进了人家的院落，但三米之外，一拐，又是石阶，少则三台四台，多则二十三十不等，间或两边房相峙而起，檐角相错，如过走廊，间或却一边屋的前基高如城垛，一边屋的后墙矮如座椅，可以细细看那屋顶上的石板瓦了，黑油油的，摸摸有皮肤的腻滑。走着走着，巷道纵横，不知该走哪条，竟转下山去，又复上进，好长时间了，却又返回原地。一时如入迷宫，不辨了东西南北。上上下下的行人很多，有头缠黑帕的老人，有肩披卷发的少女，有穿草鞋的在石阶上印出水渍，有蹬皮鞋的在石阶上叩出节奏。大凡汉江、任河养女不养男吧，男人皆瘦小，五官紧凑，女人却极尽娟美，说话声尾扬起，圆润如唱歌动听。拦住一女子打听机关单位都在哪儿，说是市民和单位混杂居住，问去××单位如何走，答："向左，再向右，又向左，后向右……"请直接说出巷名门号，对曰："无名无号。"我们只好噢的一声，茫然而苦笑了。

　　终于算摸出了一定的规律：从任何一条巷子，只要目标往上，皆可上山。每几条巷子汇合了，必在那条合点上有一个商店或饭馆。这真是一座奇妙的城，有如重庆之盘旋，却比重庆更迷丽；有如天津之曲折，却比天津更饶趣。从山下到山上，高达几百米，它就是靠这一种崎岖的建筑而使人解谜一般地不觉疲倦，蛮有兴致地攀登吗？

　　我们毕竟肚子饥了，在一家饭店喝了米酒，吃了焦黄透亮的熏肉片，又往上走。只说自上山来，已经在城里半天了，但突然一座耸峻雄伟的城门楼挡在面前，仰脸儿看看，上有赫赫大字：东门。不禁惊骇失声，走了半天，原来并未进城！个个面面相觑，随之就击掌叫绝，想那城中不知又有何等景象！便小跑入了城门，回头看那来路，已不见石阶，唯满山坡屋顶，石板片片，太阳下一片灿灿亮光。

城中平展多了，再无石阶，快步前行，便见四处新式高楼：一为县政府，一为招待所，一为剧院，一为县委会。站在大楼前，看江水就在眼下，越发碧蓝，平平静静，疑心那已不是流水，而是画家的一乱染料。江南山坡上，居舍点点，如晨星落落，求三家村者，则无，而山径小路，纵横交织，如绳索乱扔。人家前后，全被开垦，麦田块块，茶垄行行；有人吆牛耕空地，一半为黄，一半呈黑，飘来几声隐隐的山歌，间或被鞭响炸开。我们正陶醉着，边走边乐，突然路又折弯拐下。彷徨之际，见那巷口写着"西关"字样，方知城已完也！这便又使我们大惑不已，站在那里，长时间地发呆。忽见前边一棵树被剥了一块皮，树上有汉隶写就一诗："上完三百六十阶，才见斗大一块城。"哦，斗城，斗城！我们一时哈哈大笑，说：有趣，有趣！

又旋转往下，又见一沟石板，不见巷道。进之，如鸟投暮林，如鱼潜藻底，又是巷道分岔，石阶逶迤，转之又转，又复上山。最后终到了北坡，方见地面平坦，公路通达，高楼幢幢，正是新扩建的地面，模样与别的县城一般。但壮观则壮观，却无味儿了！

此时天已黑下来。先是一处灯光，随之，山上，河岸，灯火点点。疑是天上地下之分，想这天上的，是地下的映像吗？这地下的，是天上的倒影吗？来往行人，去看电影、戏剧，上下手电光，忽明忽灭，倏忽不定。到了此时，才醒悟入紫阳城以来，还未见过一辆自行车，这该是一大特点；而另一大特点，竟是备有手电，手电却是人人必不可少的随身用品了。

末了，坐进一家茶店去，买了茶水来饮。茶是驰名天下的紫阳清茶，甘醇爽口，一杯解渴，两杯提神。边品边想这次紫阳城一游，极有趣味，怨恨以前看的那书，尽是让紫阳委屈，误了多少人的游览。昔人讲：山不在高，有仙则名。紫阳并不大，却给人以离奇，并不繁华，却恰似热闹，可见偏僻并不等于荒寂，贫苦并不等于无乐。进而又想：虽人生之路曲曲折折，往前知去途，回首见来路，硬进而上，转身便下，只有登到顶上，更知来去之向，脉络形势，此景，此情，此理，此义，岂不是完完全全让紫阳城写照殆尽了吗？我把这想法告诉给同行们，大家都说极是，提议再下山去，重上一次，慢慢将人生体验。于是，我们三人便又下山重登了一回紫阳城。

走三边

往陕北远行，三千里路，云升云降，月圆月缺，旅途是辛苦的。过了金锁关，山便显得愈小，羊便见得更多，风头一日比似一日强硬，一日比似一日的思亲情绪全然涌上心头了。当黄昏里，一个人独独地走在沟壑梁上，东来西往的风扯锯般地吹。当月在中天，只身儿卧在小店床上，听柴扉外蛐蛐儿忽鸣忽噤，便要翻那本边塞古诗，以为知音，是体会得最深最深的了。但我仍继续北上，三边，这是个多么逗人情思的神秘的地方啊。我知道，愈是好地方，愈是不容易去得；愈是去的人少了，愈值得去一趟呢。

穿过延安，车进入榆林地区，两天里，在沟底里钻，七拐八拐地，光看见那黄天冷漠，黄山发呆，车像是一只小爬虫儿，似乎永远也不可能钻出这黄的颜色。第三天，偶尔看见山上有了树，是绿的，或者是黄的，或者是红的，高高地衬在云天，像天地间突然涌出了一轮太阳，像战地上蓦地打起了一发信号弹。猜想水土异样，三边该是到了？但车又走了半天，还不肯停。杨树倒是多起来，陕南的杨树长在河边，这里的杨树却高高在上，这便称奇。九月天里，树叶全都泛黄，黄得又不纯，透了红的，属黄红，透了绿的，属黄绿，天生的颜色，天工的浓淡，这又是奇了。且那山的伏度明显大起来，沟却深极深极，三两步的宽窄，一直二十丈三十丈地下去，底里就是一指宽的水条子，亮亮的。路边偶尔就有人家了，独户一院，三户一簇，前墙单薄，山墙单薄，顶上微斜，不砖不瓦，用泥抹了，活脱脱一个个放大的火柴匣子呢。路边的土壁，用镢头一下下挖成，表面再凿成鱼鳞状的纹，人字形的纹，全然发黑，纹里生苔，千年万年而不倒了。有村子就有饭店，除了羊肉还是羊肉，常瞧见有人捧着一个熟煮的羊头，啃得嘴上是油，脸上是油。老头子披了羊皮袄袄，摇摇晃晃，提一副羊肠子，沿沟畔下到河边去洗，三四丈长的下水玩意儿在胳膊上像框线一样打着结。五只六只的肥狗竟无聊得围了车子撒欢，汪汪叫，四山一片空音。

三边还没到吗？山头变得更小了，也更矮了，末了就缓缓平伏了，像瘫了软了下去。几天几夜的山的压抑，使人几乎缩小了许多，猛一出山，车在路上快得蹦跶，人在车上也乐得蹦跳，但很快风大起来，沾身就起一层鸡皮疙瘩。这是个什么地方呢，这么开阔，天看不到边，地看不到沿，一满黄沙；这儿，那儿，起落着无数的小洼小包，可以说是"哗啦"铺下的一张大毯，并未实确，似乎往包上踩踩，包就下去，洼就起来了。草很少，树更没有，天和地是一个颜色，并行向前延伸着的是两张黏合的胶布，车的行驶才将它们分开。路端端的，却软得厉害，风一过，就蹿一条尘烟，远远看去，如燃起了一条长长的导火索。只是风沙旋转着往车上打，关了车窗，仍听见沙石在玻璃上叮叮咣咣价响。

到了定边，天已擦黑，城外三里，便进了绿的世界，要不是赶驴人提醒，谁能想到这不是树林子而是县城呢？于是得知，在这三边，有一丛树，便有一户人家，有一片树，便是一个村庄，有一座树林，就该是镇子或者县城了：原来天和地平行，树和人同长，这便是三边的特点了。林子里的路，已铺了柏油，无风无沙，落叶满地，在路边的沙窝子里积着堆儿，扫柴人一抓一把，动作犹如舞蹈。两边渐渐有了屋舍，虽也是火柴匣子的形状，但毕竟清洁可爱，门窗直对屋顶，更为讲究，格棂漆蓝，贴纸黄、红、绿、白，上有窗花，飞禽走兽，花鸟虫鱼，千姿百态；窗子是房子的眼，透眼一看，主人的家景，主人的心境便楚楚了然了。街道出奇地宽，家家院落大能做球场，这使善于拥挤的大城市的人如何不能想象。假设有盲人来到这里，用不着探路棍儿，也不会撞了壁的。从街面往每一条巷道望去，青瓦瓦一色，再一留神，才发现全县城每块地面，沙土全不裸露，一律被青砖铺了：正是这些有根系之树，这些有重量之砖，才在沙原上镇守住了这个县城吗？街上路灯已亮，人走动得极多，几天来很少见到人影，原来人都集中到这儿了吧。男人差不多都戴了卫生帽，脸是黑的，帽是白的，黑白反衬；女人却全束着长发，瘦脸光洁，发是黑的，脸是白的，也是黑白反衬。似乎这里一切都十分安逸、平静，外地人一来，立即就被所有人发觉了，她们全要妩媚而大胆地瞅着，在灯影下指指点点地议论，你刚一注意，便噤了口舌，才一掉头，就又哄然大笑。茫茫边塞，漠漠沙原，竟有这么个城。城里有城墙，有门洞，有钟楼，有鼓楼，城里的人又水色，又风雅，爽而不野，媚而不俗，一时使外人如进了天上仙地，温柔之乡，竟忘了去投宿，也不卸行囊，便沿街乐而漫游了。

走到十字街心，人头攒拥，路塞而不能前行，原来一家戏院正散了戏，问声："什么戏？"答曰："秦腔。"一句秦腔，倍感亲切，一时大梦初醒，才知这里并非异地，走来走去，还在陕西。我有一癖性，大凡到了一地，总喜欢听听本地戏文，因为地方戏剧最易于表现当地风土人情。但听听别的戏文，仅仅是了解罢了，秦腔却使我立即缩短了陌地陌人的距离。便当街立着，与他人攀谈，三边人竟男音雄而有韵，女音秀而有骨，三言两语，熟若知己。说话间，见无数只狗沿街窜钻，吓得不敢走动。旁有解释说：这里家家养狗，体肥性凶，但一般却不伤人；晚上主人看戏，狗尾随而来，故街上到处可见了。

我先到西南郊的白于山区去，河流下切的河槽上，陡崖上，砂岩露出，这便是整个三边出石头的地方了。除此以外，到处是黄土、黄土，除了黄土还是黄土。站在沟壑处，便见山峰连续，站在坡上，却原来一切都被洪水切裂了，一眼望去，浑圆的丘峰，混混的，沌沌的，重叠交错。千沟万壑又显得支离破碎，分割成一小块一小块的地面，这便是有了涧、川、塬、梁、峁、岔、坪、台吗？正是这残存的塬、台、梁上，高粱火红，糜子金黄。此时正逢收获，可惜这里不比关中平原，庄稼茂密如森林，农民是跑着收割，收一把，夹在肘下，跑一垄，肘下夹一捆，广种薄收，偌大一块地，末了在地中只堆起五堆六堆，这便是好年景了呢。再往南走，那山更有了特点，多是土山戴沙，其气脉从沙迹而来，势颇平缓，亦有负石而出的，其势则峻急了。但那石头已不是坚硬的青色，而是赤褐，脚踢便松散，像未烧熟的砖坯。那人家就沿沟而居，掏室穴处，或在石崖、河底凿出石板架屋代瓦。衣裤穿那羊皮，烧柴山上砍篙，饮水却到崖畔上去，那里是一个一个小窟，小如灯盏一般，水自盏出，渊渊声如鼓，水虽不大，聚潭清澈可见底，味甘纯如露，最宜于烹茶，冬饮能暖肚，夏喝而祛暑。更有趣的是山壁上多有打儿窝：窝小小的，高高在上。立崖下往上丢石，石进之求子辄应。我在那里住了一夜，主人十分好客，做了荞面圪瘩，熬了羊肉腥汤，彻夜一家老少盘脚坐炕，喝酒儿，唱曲儿。天明要走，特去那打儿窝丢石，可连丢五次未中，主人倒很难堪，不住替我安慰。我虽求儿不至，但以此而乐，已是十二分的满足了。

告别主人回返，行至十里，正是腹饥口渴，忽听哪儿有唢呐，声声远韵。循声寻去，沟洼有了人家娶亲，新人正拜堂，院中十二支唢呐吹天吹地。见我路过，一哇声喊着，邀到上席，说是省城客人，正好添喜，于是主人敬酒，新郎敬酒，新娘敬酒，每敬必三杯，杯杯底干。

走了丘壑地，又上牧草滩。这里比不得前日的艰辛，一马平川，便租得自行车，终日走乡穿村落得自在。早上，平原出日，比海上日出更为可观。直奔红日驶去，偶一侧头，便见蜿蜒长城，长城那边沙丘连绵，免不了感叹；难得一道长城，昔日挡敌寇，今日拒风沙。间或还会遇见一些河流的，但都可怜见的，流程短，又愈流愈小，末了就积水于穴洼，不涸者为湖，涸了的为坑。车上稍走个神儿，就骑进草里，车倒了，人也倒了，软软地不疼。站起来，草没了膝盖，远远看着有了羊群，白云似的飘，却忽然不见了；等着风起，草木倒伏，那羊群又复出现。羊是百十头，头羊领着，时而散开，时而集中。我觉得好玩，便去捉那长角头羊要玩，只说羊是世上最温顺的动物，没想竟发怒起来，直向我抵。牧童叫我就地睡倒，我照办了。那头羊倒以为我已死，便昂首得意而去。问牧童：这里的羊这么凶恶？他冲我一笑，只是领我又走了一段，遇见另一群羊。一声吆喝，两群羊就肃然对阵，头羊出场，怒目而视，良久，几乎同时各自后退十多米远，猛地冲去，嘭！两头相撞，角也折了，皮也破了，仍争斗不已。我不禁胆战心惊，庆幸刚才装死，要不哪是羊的对手呢？这么得了教训，再遇见羊，不敢妄动。但有一日，又看见好大两群羊在那里啃草，却无论如何不见牧羊人。正要呼叫，远远飘来嘻嘻笑声，左右看时，前边的一丛沙柳，无风而摇得厉害，便见有了两个人影，一个蓝衣，一个红衣，相依相偎。我知道这是一对恋人了，爱情最忌外人，就悄然退走，走出二里地，终忍不住回头一望，那少男少女已经分开，各站在白云似的羊群中，招手对笑，接着就对唱起来了：

　　大红果果剥皮皮，
　　人家都说我和你；

其实咱们没有那回事，

　　好人担了个赖名誉。

　　道是无情却有情：爱情是这么热烈，又是这么淳朴。遥想那大城市中的公园，一张石凳紧坐三对恋人，话不敢高说，笑不敢放纵，那情，那景，如何有这里的浪漫情趣呢？我一时激动，使劲蹬动车子，骑到了莽草中的一个平坝子上，坝子上草是浅了，但绿却来得嫩，花也开得艳，实在是一个天然的大足球场。又想起大城市为了办足球场，移土填面，松地植草，原来是那么的可怜而可笑了。越想越乐，车如奔马，似乎觉得自行车前轮如日，后轮如月，威威乎，该是世上见识最广、气派最大的人物了。

　　但是，乐极生悲，天近黄昏，竟迷了方向，又一时风声大作，草木皆伏，我大声呼喊，嘴一张，风便灌满，喊声连自己也听不到。惊恐之际，蓦地远处有了灯光，落魂失魄地赶去，果然有了人家。进去讨了吃喝，一打问，这里竟是盐场。盐场？我反复问了几句，主人讲，这里的盐场可大了，年产几十万吨，况且类似这么大的盐场，三边共有十多处；他们这一带人，人人会捞盐，每年二三月开捞，至八九月止，如今捞盐时令已过，他们就放牧，或是采甘草。说着，就送我一捆甘草，其茎粗，其根长，为我从未见过。嚼之，甜赛甘蔗。其中有一种叫铁心甘草的，全株竟是朱红，折之，质坚如木，也还有一种叫"大郎头"的，直径甚至达一寸五，一株便一斤三两。这一夜真可谓乐极生悲，又否极泰来，虽然未能去看看那盐场，但得了甘草，又得了知识，美哉乐哉。天明要走，主人又杀了羔羊，这羔羊十四五斤，浑身雪白，顺着将毛儿用手一撮，四指不见头，吹吹，其毛根根九道曲弯。这就是中外有名的"二毛皮"了。此等皮毛，以往只听说过，至今见到，爱不释手，实想买得一张，又难为开口，但却开了口福，羔羊肉鲜美异常，大海碗的羊肉泡馍馍，一连吃过三碗，生日忘了，命儿忘了，心想神仙日子，也莫过如此了。

在定边待了几日，就新结识了几位伙伴，他们视我如兄弟，主动提出做我的向导，要往北边沙漠里去走走。"一定要去看看，那又是另一个世界呢！"兴趣撩拨，就三人越过了长城，徒步北行。沙地上，行走委实更艰难了，太阳曝热，阳光反射在地上，白花花的，直刺得眼睛发疼。脚下越来越沉，正应了走一步退半步之说，立时浑身就汗水淋淋。沙丘皆是东西坐向，带状排列，望之如海中浪涛，其波峰波谷，起起伏伏，似有了节奏。每一沙碛，低者三米，高者八米十米不限，沙细如面，掬之便从指缝流漏。沙丘过去，又是成片的盐碱地，树木是不长的，只可怜巴巴生些盐蒿。一棵蒿守住一抔土，渐渐便成了一个小包，均匀得像种的菜蔬。再往后却又是沙丘，但已经植了树：沙柳、红柳、小叶杨、沙枣。生态竟是这么平衡：沙盖了盐碱，树又守住了流沙。

再往沙地深处去，已不知走了多少里，树林子便越发密了。叶子全金黄了，透过金黄色过去，便看见里边又是白亮亮的沙丘。谁知刚刚走了二十分钟，前边竟是一个不大不小的湖！伙伴们才哄地笑了，笑得诡谲，也笑得得意，便去捡柴舀水，做起野餐来。我兀自到湖边去看，湖水没源无口，我不知这沙地里水是从哪儿来的，又怎么没在沙中漏掉?！掬一口尝尝，甘甜清凉，立时腋下津津生风。静观水面，就有了唼喋鱼声，但湖水绿得沉重，终未看见那鱼的模样。倏忽又有了"啾啾"鸟鸣，才醒悟这一整天来，还未见过鸟影，原来沙地的鸟全快活在水边树丛中了。突然，那鸟惊起，满天撒了黑点，瞬间无影无踪，才是四只五只鹞子飞来，黑色影子一般地四处出击。我不禁恨起这些鹞子了，怎么到什么地方，有良善，就必然要有了凶恶呢?！一个人再往湖后沙丘上爬去，那里有几株沙枣，枣子成熟，用脚一蹬树，枣子就"哗哗"落下，并不红的，有沙一样的颜色，吃之，没汁，质如栗子，嚼嚼方酸味隐隐显有了。大多的沙丘已经被固定，圆墩墩的，压了道道沙柳，那沙纹便像女人头上的发罩，均匀地网着。

三天过后，我们又信步走到一个镇落里，这个镇落显得很大，有回民，有汉民，分两片屋舍：一处汉民，建筑分散中但有联络；一处回民，建筑对仗里却见变化。伙伴讲，再往北去不远，还有蒙民哩。汉回见得多了，蒙民还未见过，我便想改日往北边去。夜里在镇中小学借宿，和一老教师说起蒙民，那老教师原来在那北边干过事，给我一个手抄本，上有关于蒙俗的描述，那上边记载多极，现在依稀记得这么一段：

　　　　三边地区蒙民，性刚强而心巧，专事畜牧，羊只尚少，马牛最多。当地亦产盐，每三二人驱牛数头，鞍驮其盐，载布帐锅碗往来。昼食干粮，晚就道旁，有水草处卸鞍驮，撑帐支锅，取野薪自炊。其牛纵食原野，人披裘轮卧起，以犬护之，不花一钱。汉民亦有效之。

读此书，方知三边地域竟是这么广大，民族竟是这么亲善，在远离省城，更远离京都的边塞，保持了这般宝地，令人有多少感慨啊！但是，就在我们动身去蒙民居住的区域的时候，意外又得到消息：这个镇子在两日之后，便是汉、回、蒙一年一度的盛大交易会，便只好暂时取消北上计划，将蒙区访问做成千般儿万般儿的美好想象罢了。

交易会，其场面可谓热闹，有北京王府井的拥挤，却比王府井更气势，有上海南京路的嘈杂，却比南京路更疯野。那一排一摆小吃，荞面拉条，豆面丢片，黄米干饭，羊肉粉汤，酸、辣、煎，五味俱全。那菜市上一筐一车，二尺长的白菜，淡黄的萝卜，乌紫的土豆，半人高的青葱，六色尽有。那农具市上铜的挂铃，铁的镶，钢的锨，"叮、咣、铿、锵"，七音齐响。还有那骡马市上，千头万头高脚牲口，黄乎乎、黑压压偌大一片，蒙民在这里最为荣耀，骡马全头戴红缨，脖系铃铛，背披红毡，人声喧嚣，骡马鸣叫，气浪浮动得几里外便可听见。在羊肉市上，近乎一里长的木架上，羊肉整条挂着。更有买卖活羊的，卖主用两只腿夹住羊头，大声与买主议价。汉、回、蒙民都似乎极富有，买肉就买整条，买果就买整筐。末了就都拥进那菜馆酒馆，大块吃肉，大碗喝酒，直要闹到月上中天方散。在酒馆里，几句攀谈，我们便成了极熟的人，兴致高涨，开怀大饮，他们竟有几个人当下醉了。第二天坐车要离开，车已开动，有几个蒙民却拦住了车头，要我下来，我不知何事，倒吓了一跳。他们竟是从怀中掏出一瓶"西凤"，他们不服，特赶来要我喝。我哈哈一笑，感其豪爽，当场喝下两口，他们叫好，称我"朋友"，几番握手，互留地址，方放车通行。

半个月匆匆过去了，临走前两天，正好是阴历八月十五，夜里在长城根下一个村子吃了月饼、香梨，喝了花茶、葡萄酒，看了一阵房东大娘剪的窗花，兴致还未尽，便同房东小儿子一起登长城望高。月光下，沙海泛亮，草原迷离，高高低低的长城，从脚下一头伸向天的东头，一头伸向天的西头。这伟大的建筑，从远古的时候，一坐落在这里，沙再没有埋住，风再没有刮走，它给了沙漠之骨，沙漠也给了它的雄壮。如今烽火台没有了狼烟传递，但每一座台下，都住了人家，牛羊互往，亲戚走动；生者，在这沙漠上添着活气，死了，隆起沙堆，又生起一堆绿色。一道长城，是连接千家万户的一条线，流动着不屈不挠的生命和新型的人与人关系的情感。玩到天明，晨曦里看见天地相接的地方，柳树林子长得好茂，那树都是树干粗壮，一人多高，就截了顶，聚出密密的嫩枝，枝形呈圆，叶子全红了，像无数偌大的灯笼高高举着，似乎这天之光明，完全是这些灯笼照耀的。树林子前面，端端一柱白烟长上来了，走近去，是放蜂人燃的。这里还能放蜂，犹如春天里一个童话！相坐攀谈，放蜂人来自江南，年年都来，来数月方去。他说，外人以为三边无色无香，其实那是错了。"你瞧，绿的沙柳，红的盐蒿，粉的牛儿草，白的盐，黄的沙，这三边的土地是最有五颜六色，是最有香有甜的。"尝尝那蜜，果然上品，荔枝蜜没有它香醇，槐花蜜没有它味长。

　　告辞了放蜂人，突然之间，几天来混混沌沌的思想，沉淀的沉淀了，清亮的清亮了，一时觉得有角度来做我的文章了。往回边走边构思，眼光偏又盯住了一片一片不知名的荆棘，开着丸子一般大的白绒花团，顺枝而长的，如挂纸钱串，就地而生的，又如围起的花环。哦，我明白了，这类花的开放，是对三边荒凉的送葬吗？是对三边的富有和美丽的礼赞吗？天黑回到村子，房东已为我准备好了送别酒菜，菜饱酒足，席上拉起了二胡。二胡的清韵，又勾起了我思亲的幽情，仰望天上明月，不知今夜亲人们如何思念着我，可他们哪会知道，今夕我在这里是这么欢乐啊！一时情起，书下一信，告诉说：明日我又要继续往北而去，只盼望什么时候了，我要和我的亲人，更多的朋友能一块再走走三边，那该又是何等美事呢。

宜君记

宜君划为县以后，城便建在山上，屋舍极少，唯几所单位，几座商店，沿山梁公路的两旁排列而已。整个山梁峭而精光，凌众山之上，像是连接关中和陕北的一道天桥。这里春夏秋冬，四季分明，风花雪月，变化丰富。这几年里，此地好处传开，远近人都去游了。

一九七九年七月，天热的时候，我去了一趟。车一拐进山梁上的岔垭，也便进了城口；风呼地吹来，顿时清凉到了心上。遂往西看，梁垭之外，是几百里深远的峡谷，似乎都装了风，在那里憋得很久很久了，一出这梁垭，就都要喷出来。那风却十分清净，无沙无尘。因为没有树，也看不见它的踪影；人却感觉到了，如在沐浴着泉水澡。房子就静静卧在那梁背上，疑想一定如山溪中的鱼一样有着吸盘了，才在这里趴下来的吧。街上游人踵踵，其人数之众多，服装之鲜艳，和这个地方极不相配。有的捡起石子逆风而掷，三米五米，掷出又滚回，顺风去掷，石子像鸟儿一样飞去，人好像也要一起掷出去了，前跑十多步才能收住。岔垭处拥了好多人，故意任风将身子旋转取乐，再竭力扎住脚跟，身子向西倾斜，好像使弹簧牵制着，已经斜成六十度了，却不会倒下。我一近去，众人就睨着我嘻嘻窃笑；觉得纳闷，问时，才笑我穿着短衫短裤。果然走遍全城，人皆长衣长裤，每个商店从无出卖扇子、裙子、蚊帐，更无叫卖的冰棍。到了夜晚，旅社少，游客多，我们就睡在外边。月光也清凉，大家聊起来，立即熟了。一个说：难得一个夏天这么凉的月光！一个说：何不去打些酒喝？便去一家夜店灌了酒，席地而喝。夏天的燥热和燥热引起的昏沉一时退尽，什么也不去想了，只是贪杯。享受不在酒上而在这夜的清凉，夜的清凉享受在心上又寄托于酒上，不觉大醉了。醒来天已大白，却见满身一层白皮，原是夏天里出的痱子，全都尽愈而脱褪了。

从此以后，每年夏天，我到宜君城一次，最热的时期就度过了。今年冬天，冷得特别出奇。我到陕北出差回来，坐在车上，眉毛胡子都结了一层冰花，十几个小时里也不知我腿是谁腿。到了宜君，心想这个季节，再也不可能有外地人待在这里了吧？一下车，满山遍野一片银白，脚踩下去便没了腿肚。但一进城，两边屋檐却滴着水，街上倒没见几个人，家家窗口里都往外涌着笑。随便到一家私人客店，挑棉布帘进去，哄的一股热气就喷过来，立时身上就腾腾冒气，双腿恢复了知觉，十个指头却钻心地疼痛了。房子的人都围过来，一听口音，都不是本地人，才知是外地的游客，或是从陕北下关中，从关中上陕北的旅客过往中特意留下来的。惊问：冬天里还到这里来？

答曰：别的地方，或许比这里气温高一点，但室外室内一个样，这里却是室外越冷，室内越热，最暖和不过呢。主人便指点着让我看：窗下便是火口，火道却是通过屋内地下，又连着夹墙，直到土炕；整个冬天，火便烧个不停。果然见那桌上一盆月季，花开得十分鲜嫩，那以麦糠和泥涂的墙皮上，竟绿绿地出现一些麦苗了呢。夜里和旅客睡在一个大炕上，舒服得脚手大字摆开，如躺在热水盆里。夜已深，却互不能入睡，直道这地力的出奇，随喊主人起来，切了牛肉，烫了壶酒，又喝又聊。一直到了鸡叫，渐渐听得了外檐水大起来，方知道雪下得更紧了。

离开这个地方已经好些日子了，脑海里还总是恍恍惚惚记得那一夜。想这个山梁小县城，夏天知凉，冬天知热，难得这一块宝地，一年四季里，远处人喜欢来旅游，过路的人喜欢来歇住。再想，这地方比不得北京、上海繁华，比不得青岛、桂林幽美，但繁华为了饱眼，七天八天也就烦了，幽美为了歇腿，十天半月也就腻了。这个小地方，却给人以实惠，给人以慰藉。便琢磨县名：宜君。真是宜于君来啊。君是何人？天下不耐热冷人也。

敦煌沙山记

　　河西走廊，是沙的世界，少石岩，少飞鸟，罕见树木，也
罕见花草；荒荒寂寂的戈壁大漠，地是深深的阔，天是高高的
空，出奇的却是敦煌城南，三百里地方圆内，沙不平铺，堆积
而起伏，低者十米八米不等，高则二百米三百米直指蓝天，垅
条纵横，游峰回旋，天造地设地竟成为山了。沙成山自然不能
凝固，山有沙因此就有生有动：一人登之，沙随足坠落，十人
登之，半山就会软软泻流，千人万人登过了，那高耸的骤然挫
低，肥臃的骤然减瘦。这是沙山之形啊。其变形之时，又出奇
轰隆鸣响，有闷雷滚过之势，有铁骑奔驰之感。这是沙山之声
啊。沙鸣过后，万山平了，一夜风吹，却更出奇的是平堆竟为
垅，小垅竟为峰，辄复还如。这是沙山之力啊。进入十里，有
一泉水，周回千数百步，其水澄澈，深不可测，弯环形如半月，
千百年来不溢，不涸，沙漏不掉，沙掩不住，明明净净在沙中
长居。这是沙山之神秘啊。《汉书》载：元鼎四年，有神马

（从泉中）出，武帝得之，作天马歌。现天马虽已远走，泉中却有铁背游鱼，七星水草，相传食之甘美，亦强身益寿。这是沙山之精灵啊。

敦煌久为文化古都，敦者，大也；煌者，盛也。旧时为丝绸之路咽喉，今日是西北高原公路交通枢纽。自莫高窟惊世骇俗以来，这沙山也天下称奇，多少年来，多少游客，大凡观了人工的壁画，莫不再来赏这天地造化的绝妙的。放眼而去，一座沙山，一座沙山，偌大的蘑菇的模样，排列中错错落落，纷乱里有联有系；竖着的，顺着的，脉络分明，走势清楚，梁梁相接，全都向一边斜弯，呈弓的形状；横着的，岔着的，则半旧交叠，弧线套叉，传一唱三叹之情韵。这是沙山之远景啊。沿沙沟而走，慢坡缓上，徐下慢坡，石山顶不高，朦朦并不清晰，万道热气顺阳光下注，浮眼光上腾，忽聚忽散，散则丝丝缕缕，聚则一带一片，晕染梦幻，走近却一切皆无；偶尔见三米五米之处有彩光耀眼，前去细辨，沙竟分五色：红、黄、蓝、白、黑，不觉大惊小叫，脚踹之，手掬之，口袋是装满了，手帕是包饱了，满载欲归，却一时不知了东在哪里，西在何方。茫然失却方向了。这是沙山之近景啊。登至山巅，始知沙山之背如刀如刃，赤足不能稳站，而山下泉水，中间的深绿四边浅绿，深绿绿得庄重的好，浅绿绿得鲜活的好。四周群山倒影又看得十分明白，疑心山有多高，水有多深，那水面就是分界线，似平山是有根在水，山有多高，根也便有多长；人在山巅抬脚动手，水中人就豆粒般大地倒立，如在瞳仁里，成千上万倍地缩小了。这是沙山之俯景啊。站在泉边，借西山爽气豁人心神，迎北牖凉风荡涤胸襟，解怀下卧，仄眼上眺，四面山坡无崖、无穴、无坎、无坑，漠漠上下，光洁细腻如丰腴肌肤。这是沙山之仰景啊。阴风之日，沙山外表一尺左右团团一层迷离，不即不离，如生烟生雾，如长毛长绒，悲鸣齐响，半晌不歇，月牙泉内却水波不兴，日变黄色，下澈水底，一动不动，犹如泉之洞眼。盛夏晴朗天气，四山空洞，如在瓮底，太阳伸万条光脚，缓缓走过，沙不流不泻，却丝竹管弦之音奏起，看泉中有鱼跃起，亦是无声，却涟漪扩散，不了解这泉是一泓乐泉，还是这山是一架乐山？这是沙山动中静，静中动之景啊。

天上的月有阴晴圆缺之变化，沙月却有明净和碧清，时令节气有春夏秋冬之交替，沙山却只有慢下、耸起和自鸣。这里封塞而开放，这里荒僻而繁华。有整晌整晌趴在沙里按动照相机的，有女的在前边跑，男的在后边追，从山巅呼叫飞奔，身后烟尘腾起，作男女飞天姿势的，是外国游人之狂欢啊。有一边走，一边回顾，身后的脚印那么深，那么直，惊叹在城里的水泥街道上从未留过自己脚印，而在这里才真正体会到人的存在和价值的，是北京、上海、广州的旅人之得意啊。有鲜衣盛装，列队而上，横坐一排，以脚蹬沙，奋力下滑，听取钟鼓雷鸣之声空谷回响，至夕尽欢才散的，是当地汉人、藏人端阳节之兴会啊。有三伏炎炎之期，这儿一个，那儿一个，将双腿深深埋入灼极热极的细沙之中，头身覆以伞帽，长久静坐，饥则食乌鸡肉，渴则饮蝎蛇酒，至极痛而不取出的，是天南海北腰痛腿疼症人疗治疾苦啊。九月九日秋高气爽，有斯斯文文长脸白面之人，或居沙巅望远观近，或卧泉边舀水烹茶，诗之语之，尽述情怀的，是一群从内地而至的文学作者啊。有一学子，却与众不同，壮怀激烈，议论哲理，说：自古流沙不容清泉，清泉避之流沙，在此却沙与水相斗相生，矛盾得以一统，一统包容运动；接着便吟出古诗一首："四面风沙飞野马，一潭云影幻游龙。"此人姓甚名谁，不可得知，但黑发浓眉，明目皓齿，风华正茂，是一赳赳少男啊。

一个有月亮的渡口

○
●

在商州的山里，我跋涉了好多天，因为所谓的"事业"，还一直在向深处走。"鸡声茅店月，人迹板桥霜"，身心已经是十二分的疲倦，怨恨人世上的路竟这么漫长，几十里，几十里，走起来又如此地艰难呢！且喜的是月亮夜夜在跟随着我，我上山，它也上山，我下沟，它也下沟，它是我的伙伴，才使难熬的旅途不至于太孤单、太凄凉了。

一日，我走到丹江的一个岸口，已经是下午的四点，懒散在一片乱石之中，将鞋儿、袜儿全部脱去，仰身倒下去痴痴地看那天的一个狭长的空白。这时候，一仄头，蓦地就看见黑黑的一片云幕上，月亮又出现了：上弦的，清清白白，比往日略略细了些，又长了些。啊，可爱的月，艰辛的旅途也使你瘦得多了，今日是古历的十五，你怎么还没有满圆呢？

"啊，月亮升得这么早！"

"它永远都在那个地方呢！"

说话的是从我身边走过的一位山民；我疑惑地坐起来，细细看时，脸就发烧了。原来这月亮并不在天上，而实实在在是嵌在山上的。江面是想象不来的狭窄，在这三角形状的岸边，三面的山峰却是那样的高，最陡最陡的南岸崖壁似乎是插着的一扇顶天立地的门板，就在那三分之二的地方，崖壁凹进一个穴窟，出奇地竟是白色，俨然一柄破云而出的弯月了。

　　"这是什么地方？"我急急地问。

　　"月亮湾渡口。"

　　渡口，又这么神话般的名字，我禁不住又喜欢起来了。沿丹江下来，还没有遇见过正正经经的渡口；早听人讲，丹江一带这荒野的山地，渡口不仅仅是为了摆渡，而是一个最好的安乐处，船只在这里停泊，旅人在这里食宿，物产在这里云集。这石崖上的月亮，便一定是随我走了多日的月亮，或许这里是它的窝巢，它是早早就奔这里来了，回来在这里等着我了。

　　我住了下来。

　　渡口，山民们所夸道的繁华处，其实小得可怜。南岸和北岸的黑石崖上，用凿子凿出十级、二十级的台阶，便是入水口；每一个台阶，被水的浸蚀呈现出每一种颜色。山根下的树丫上架着泥土和草根，甚至还有碗口大的石头，显示着江水暴溢的高度。一只船也仅仅是这一只船，没有舱房，也没有桅杆，一件湿淋淋的衣服用竹竿撑在那里晾晒，像是一面小小的旗子。两岸的石嘴上拉紧了一条粗粗的铁线，控制着船的往来。一条公路在这里截断，南来的汽车停在南岸，北来的汽车停在北岸，旅客们须在这里吃饭休息，方调换着坐车而去。北岸的山腰上就有了一片房子，房子的主人都是些山民，又都是些店员，家家开有旅社饭店。一家与一家的联系，就是那凿出的石阶路。屋基沿着一处石坎筑起，而再垒几个石柱儿一直到门框下，架上木板，这便是唯一的出路了。白日里，江面的水气浮动着，波色水影投映在每所房子的石墙上，幻化出瞬息万变的银光。一到夜里，江水的潮气浸了石墙，房子的灯光却一道一道从窗口铺展到江心，像是醉汉在那里朦朦胧胧蹒跚不已了。

我住下了两天，尽量将息着自己的疲倦，每每黄昏时分，就双手支着脑袋从窗口往江面看。南北调换的班车早已开走了，他们将大把的钱币放在各家的柜台上，将粪便拉在茅房里，定时的热闹过去了，渡口上又处于一种死一般的寂静。各家的主人都蹲在门口，悠悠地吸烟，店门却是不关的，灶口的火也是不熄的，他们在等待着从四面八方来赶明日班车的客人，更是在等待着从丹江上游撑柴排而来的水手们，这些人才真是他们的财神爷。果然，峡谷里开始有了一种嗡嗡嘤嘤的声音，有人便锐声叫道：柴排下来了！不一会儿，那山弯后的江面上就出现无数的黑点，渐渐大了，是一溜一串的柴排。这全是些下游的河南人，两天前逆江而上，在深山里砍了柴火，扎成排顺江而下，要在这里住上一夜，第二天再撑回山外去的。撑排人就大声吆喝着，将柴排斜斜地靠了岸，用一条葛条在岸上的石头上系了，就披着夹袄跳下排，提着空酒葫芦上山来了。

我太是迷恋了这个渡口，每天看着班车开来了，又开走了，下午柴排停泊了，第二天醒来江面又一片空白；后来就十分欣赏起渡口的云雾了。这简直是奇迹一般，早晨里，那水雾特别大，先是从江边往上袅袅，接着就化开来，虚幻了江岸的石崖，再往上，那门板一样的南崖壁就看不见了，唯有那石月白亮亮地显出来，似乎已经在移动了。当太阳出来的时候，峡谷里立即变成各种形态不一的光的棱角，以山尖为界，有阳光的是白的棱角，没太阳的是黑的棱角。直到正午，一切又都化作乌有。而近傍晚，从江面上却要升腾起一种蓝色火焰一样的蒸汽。这时候，停泊在渡口的大船一摆渡，平静的江里看得见船的吃水部分，水波抖起来，出现缓缓的失去平衡的波动，那两岸系着的柴排就一起一伏，无声地晃动。我最注意的是此时江心中的那个石月的倒影，它竟静静地沉在水里，撑排人总是划着排追逐着它，上水和下水的地方，几乎同时有好多人在喊着：月亮在这儿！月亮在这儿！

是的，月亮是在这儿，我在这里停歇下来了，它也在这里停歇下来了，日日夜夜，一推开窗子，它就在我的眼中了。看着月亮，我想起了千里之外的家，想起了家中的娇妻弱女，我后悔我为什么要跑这么远的路程。我又是多么感激起这个渡口了，竟使我懂得了疲倦，懂得了安谧！

但是，店主人已经是第三次地催我走了。

"懒虫！"她说，"还没见过你这样的人呢！我们这里是过路店，可不是疗养所啊，你是要来招女婿？"

我脸红红的。我也明白了她的意思：在这个村子里，山坡最上的那一家，有一个漂亮的女子，专卖酒和烟的，但却不开旅社留客。她爹是一个瞎子，每天却比有眼睛的还精灵，可以从那仄仄的石阶路上走到江边舀水，到屋后坡上抱柴，卖酒的时候，又偏要端坐在酒柜台后，用全是白的眼睛盯着一个地方。那女子招呼着打酒，声音脆脆的，客人常就端了酒碗在她家一口一口地喝，邀她喝，她也喝，邀她打扑克，她也打，大声说笑。当客人们偷眼儿看她的时候，她会大着胆子用亮亮的眼睛对视，便使客人们再不敢有什么心思了。她家每天卖出的酒最多，但并没有引出不光彩的事来。我曾和我的店主人说起她，她说这女子能掌握住人，尤其是男人，是当将军的材料，至少可以当个领导。

"瞧你这样子，能占了她的便宜吗？收了那份心吧！"

店主人不时戏谑着我，我感到了厌烦，只好搬出她家，又住在另一家店去了。

夜里，又是一群撑排人上了山，歇在了隔壁那家的旅社里，他们是一群年纪不大也不小，相貌不美也不丑的男人。一进那旅社里，就大声吵闹着喝酒；乘着酒兴，话说得又特别多，谈这次进山的奇遇，谈水路上的风险，有的就骂起来，说他们的腰疼、腿疼，这山上、水上的活计就不是人干的。末了，是醉了，又哭又笑，满口的粗话，接着是吐字不清的喃喃，渐渐响起打雷一般的鼾声了。

我却没有睡着，想这些撑排人，在他们的经历中，一定是有着不可描述的艰辛：野兽的侵犯，山林的滚坡，江水的颠簸，还有那风吹雨淋，挨饥受饿。……他们是劳力者，生命是在和自然的搏斗中运动。而我，为了所谓的"事业"，在无休无止的斗争中和噩梦般的生活旋涡里沉浮。……我们都是十分疲倦了的人，汇集在丹江的一个渡口上，凭着渡口的旅社，做着一种身心的偷闲，凭着渡口旅社的酒，消磨着这征途的时光，加速着如此漫长的人生。但愿他们今夜睡得安稳，做一个好梦，也但愿我再不被噩梦惊醒，睡得十分香甜吧。

但是，天未明的时候，一阵粗野的喊声从江边传来：

"王来子，快起来吧！人家排都撑走了，你还睡不死吗？那床上有你老婆吗？"

隔壁的旅社窗子开了，有了回答声：

"你催命吗？天还早哩，急着去丹江口漂尸吗？这儿多好的地方！"

"再好，是久待的地方？！你要死在这儿，就不叫你走了！"

隔壁的王来子一边小声骂着把扣子扣歪了，又嘟囔着去那家女子酒店敲门。江下又喊了：

"你还丢心不下那小娘儿吗？你个没皮没脸的东西！"

"我去打些酒。"

"河里的鱼再大，也没有碗里的小鱼好啊，不要脸的来子！"

他们互相骂着下到江里了。水雾中，各人解开了柴排上的葛条系绳，跳了上去，一声叫喊，十个八个柴排连成一起向江下撑去。到了渡口下的转弯地方，河水翻着白浪，两岸礁石嶙嶙，柴排开始左冲右撞起来，他们手忙脚乱，叫喊着：向左！向右！竹篙便点，柴排一会儿浮起老高，一会儿落得很低，叫喊声就轰轰地在峡谷里回响。看着那有如此力量去奋争，有力量去上路的柴排和撑排人，我突然理解了他们：他们或许不是英雄，却实实在在地不是一群无聊的酒鬼，在这条江上，风风雨雨使他们有了强硬的身骨，也同时有了一股雄壮的气魄，他们是一群生活的真正强者。那柴排的一路远去和叫喊声的沉沉传来，充满了多么生动的节奏和高雅的乐趣啊！而顿时感到了自己内心的一种若有所失的空虚。

我呆呆地趴在窗口上，一抬头，又看见那石壁上的月亮了。月亮还在那里，一个清清白白的上弦。噢，当我出发到商州来的时候，月亮是半圆的，走了这么多的日子，在这里又待了这么长的时间，它还是这个半圆，它难道是死去了吗？月有阴晴圆缺，由圆到缺由缺到圆，一天一天更新着世界的内容，难道它现在终止了时间的进速，永远给我的将不是一个满圆吗？!

吃过早饭，我走掉了。

不是沿着来路返回，而是开始了向着海一般深的山中又走我的路了。心里在说：在商州的丹江，一个有月亮的渡口，一个年轻人真正懂得了的渡口：它是人在艰难困苦的旅途上的一次短暂的停歇，但短暂的停歇是为了更快地进行新的远征。

读山

在城里待得一久，身子疲倦，心也疲倦了。回一次老家，什么也不去做，什么也不去想，懒懒散散地乐得清静几天。家里人都忙着他们的营生，我便往河上钓几尾鱼了，往田畦里拔几棵菜了，然后空着无事，就坐在窗前看起山来。

山于我是有缘的。但我十分遗憾，从小长在山里，竟为什么没对山有过多少留意？如今半辈子行将而去了，才突然觉得山是这般活泼泼的新鲜。每天都看着，每天都会看出点内容；久而久之，好像面对着一本书，读得十分地有滋有味了。

其实这山来得平常，出门百步，便可蹚着那道崖缝夹出的细水，直嗓子喊出一声，又可叩得石壁上一片嗡嗡回音。太黑乱，太粗笨了，混混沌沌的，无非是崛起的一堆石头；石上有土，土上长树。树一岁一枯荣，它却不显出再高，也不觉得缩小；早晚一推窗子，黑兀兀地就在面前，午后四点，它便将日光逼走，阴影铺了整个村子。但我却不觉得压抑，我说它是憨小子，憨得可恼，更憨得可爱。这么再看看，果然就看出了动人处，那阳面，阴面，一沟，一梁，缓缓陡陡，起起伏伏，似乎是一条偌大的虫，蠕蠕地从远方运动而来了，蓦然就在那里停下，骤然一个节奏的凝固。这个发现，使我大惊，才明白：混混沌沌，原来是在表现着大智；强劲的骚动正寓于悄悄的静寂里啊！

于是，我常常捉摸着这种内在的力，寻找着其中贯通流动的气势。但我失望了，终未看出什么规律。一个山峁，一个山峁，见得十分平凡，但怎么就足以动目，抑且历久？一个崖头，一个崖头，连连绵绵地起伏，却分明有种精神在团聚着？我这么想了：一切东西都有规律，山则没有；无为而为，难道无规律正是规律吗？

最是那方方圆圆的石头生得一任儿自在，满山遍坡的，或者立着，或者倚着，仄、斜、蹲、卧，各有各的形象，纯以天行，极拙极拙了。拙到极处，却便又雅到了极处。我总是在黎明，在黄昏，在日下，在雨中，以我的情绪去静观，它们就有了别样的形象，愈看愈像，如此却好。如在屋中听院里拉大锯，那音响假设"嘶，嘶，嘶"，便是"嘶"声，假设"沙，沙，沙"，便是"沙"声。真是不可思议。

有趣的是山上的路那么乱！而且没有一条直着，能从山下走到山顶，能从山顶走到山底，常常就莫名其妙地岔开，或者干脆断去了。山上啃草的羊羔总是迷了方向，在石里，树里，时隐时现。我终未解，那短短的弯路，看得见它的两头，为什么总感觉不到尽头呢？如果将那弯线儿拉直，或许长了，那一定却是感觉短了呢，因为城里的大街，就给人这种效果。

我早早晚晚是要看一阵山上的云雾的：陡然间，那雾就起身了，一团一团，先是那么翻滚，似乎是在滚着雪球。滚着滚着，满世界都白茫茫一片了，偶尔就露出山顶，林木漾漾地细腻了，温柔了，脉脉地有着情味。接着山根也出来了。但山腰，还是白的，白得空空的。正感叹着，一眨眼，云雾却倏忽散去，从此不知消失在哪里了。

如果是早晨，起来看天的四脚高悬，便等着看太阳出来，山顶就腐蚀了一层红色，折射过山梁，光就有了棱角，谷沟里的石石木木，全然淡化去了，隐隐透出轮廓，倏忽又不复存在，如梦幻一般。完全的光明和完全的黑暗竟是一样看不清任何东西，使我久久陷入迷惘，至今大感不解。

看得清的，要算是下雨天了。自然那雨来得不要太猛，雨扯细线，就如从丝帘里看过去，山就显得妩妩媚媚。渐渐黑黢起来，黑是泼墨的黑，白却白得光亮，那石的阳处，云的深处，天的阔处，树头的虚灵处……一时觉得山是个莹透物了，似乎可以看穿山的那边，有蓄着水的花冠在摇曳，有一只兔子水淋淋地喘着气……很快雨要停了，天朗朗开来，山就像一个点着的灯笼，凸凸凹凹，深深浅浅，就看得清楚：远处是铁青的，中间是黑灰的，近处是碧绿的，看得见的那石头上，一身的苔衣，茸茸的发软发腻，小草在铮棱棱挺着，每一片叶子，像长着一颗眼珠，亮亮地闪光。这时候，漫天的鸟如撕碎的纸片般自由，一朵淡淡的云飘在山尖上空，数它安详。

我总恨没有一架飞机，能使我从高空看下去山是什么样子，曾站在房檐看院中的一个土堆，上面甲虫在爬，很觉有趣，但想从天上看下面的山，一定更有好多妙事了。但我却确实在满月的夜里，趴在地上，仰脸儿上瞧过几次山。那时月亮还没有出来，天是一个昏昏的空白，山便觉得富富态态；候月光上来了，但却十分地小，山便又觉得瘦骨嶙峋了。

到底我不能囫囵囵道出个山来，只觉得它是个谜，几分说得出，几分意会了则不可说，几分压根儿就说不出。天地自然之中，一定是有无穷的神秘，山的存在，就是给人类的一个窥视吗？我趴在窗口，虽然看不出个彻底，但却入味，往往就会不知不觉从家里出来，走到山中去了。我走月也在走，我停月也停。我坐在一堆乱石之中，聚神凝想，夜露就潮起来了，山风森森，竟几次不知了这山中的石头就是我呢，还是我就是这山中的一块石头。

河南巷小识

○
●

　　在我们西安，河南人占了三分之一，城内三个大区：莲湖，碑林，新城；新城几乎要成为河南的省城了。他们是二十年代开始向这里移居的；半个世纪以来，黄河使他们得幸，也使他们受害，水的灾祸培养了他们开放型的性格，势力便随着陇海铁路向西延伸，在西安的城墙内外的空旷地上筑屋栖身了。而在这个城市居住的本地人，却是典型的保守性格，冬冬夏夏，他们总是深住在一座座对称严格的小四合院里，门口有石狮照壁，后院有花坛水井。两相建筑，对比分明。但是，随着时间的推移，这个城市的人口愈来愈暴溢，居住的面积愈来愈紧张，这种对比分明的建筑也愈来愈失去了界限：小四合院里，已经不是一家人、两家人了，而是十几家、几十家，门窗失去了比例，灶房占却了庭院，那门道处，花坛上，拐弯抹角的地方都成了住窝，人都有了善于爬高钻低、拧左转右的灵活；而河南人呢，门前再也没有一道篱笆圈起来种葱种蒜的空地，横七竖八的住屋往一块云集，越集越大，迅速扩张，宽一点的出路便为街了，窄一点的出路便为巷了，墙随着地势或直或团，檐随着光线或收或出，地面上没有前途了，又向高空发展，那电线、电视天线、晾衣服麻绳，将天空分割成无数碎块，夜里星星也看得少了。于是，大千世界，同此凉热，本地人再不自夸，外地人再不自卑，秦腔和豫调相互共处，形成了西安独特的两种城语。

西安城，在世界上最出名的是那一圈保留得完整无缺的古代城墙，正是这圈城墙，使我们居住在这里的人们从此受到了限制，当今的时代，已经不是古远的唐朝、明朝，它每时每刻都要变化，而大街愈是扩建宽阔，小四合院和小巷便愈是狭小，时兴的楼房愈是改造高大，小四合院和小巷便愈是低矮。我是住在小四合院的陕西人，我的老婆却是从小生活在那小巷里的河南人，我们往来着，从一个拥挤的世界到另一个拥挤的世界。但是我们终不能明白天地间的事竟如此矛盾，居住在这样的地方，我们到了晚年的人偏多是臃臃肿肿，而我们的孩子们年纪还小小的，却个个都长得高大个头！因为我的儿子要结婚，我的小四合院里的两间小屋必须要安下一张四尺宽六尺长的双人床，退了休的我只得去投靠老婆的娘家——泰山的儿子在外地工作，按规矩我这是做了上门女婿——在河南人的小巷里住下来了。

这条巷子，当然是离城墙最近了。城墙是整个巷子的四五倍高，暮色的天气里，云压得很低，便看得见风里的夕阳在女墙上腐蚀。那斜壁上横出的碗口粗细的枸子树上，紫燕一起起飞，回旋的运动中，一会露出最宽的正面，一会显出最窄的侧面，如同一朵方向不定的云朵。这是全巷人最为眼福的一景，常常下班回来，都要站在巷口看着，直等到这群飞物倏忽投向远远的城门外去，像被吸铁吸去一样没了踪影，才硬着脖子往巷里走去。这个时候，又正是一辆火车定时从城墙外通过，笛声叫着，惊天动地，他们就想象着道班上的巡警该是站得端端正正向列车致意了，于是一边往巷里走，一边脚下有了节奏，似乎这火车的轰鸣不是一种摧残寿命的噪音，而是一首护送他们回家的雄壮乐曲。

巷子的路很长很长，因为这是一个"中"字的形状，三条正巷便是那"中"字里的竖道，两边都是高高的楼房，这竖道就特别幽深。一盏昏昏的路灯在巷的那头亮了，无数的人头在晃动，家家的门窗已经打开，水瓢声，锅勺声，播放着豫剧的收音机音量开到了最大限度，一闻到饭菜的香味，一听到豫剧的唱腔，每一个进巷的人就感到"家"的温暖了。"回来了？""回来了！"一问一答，简单的招呼，从巷子走进去要进行成百次的反复。到了"中"字里的那个方块处，这便是巷子的集中区域。屋舍一律东西方向，分成无数个岔道，宽者一米二三，窄者不足三尺，门和门直对，窗和窗直对，一个岔道又形成了独立的胡同。结构的复杂，似乎每一个地方都可以和任何地方接通，每一个地方又都可以和任何地方堵塞，像八卦阵一样，暗道机关，只有这个巷子的人才会知道。屋舍的高低不一，宽窄不一，造型不一，一切恰如其分地占领着位置，又都在互相依赖，如果扳倒一家屋舍，便极有可能导致整个巷子的倒坍。完全可以看出，早先的房子全然是土坯筑的，油毛毡在上盖了，压上砖头，便是屋顶，墙头上就长出厚厚一层墨绿色的苔藓。现在却差不多翻修成了瓦房，有方块瓦的，有机制瓦的，有石棉瓦的，也有高等住宅，则是一砖到顶的二层平顶小楼。我们的住房是属于那老式的结构，你永远也不会相信这竟也是两层楼呢！楼下的房子暗极了，虽然一切家具都是现代化了：电镀桌、电镀椅、电视机、电风扇、洗衣机、柜钟，但都失去了闪光的色彩。顺着门后的墙角，是靠着一把木梯的，直上直下，用铁丝固定在墙上；爬着上去，那里更是一个黑暗的去处。还好，电灯的开关就在梯子上头，拉开了才见里边是支有一张床呢。这样的楼上卧室家家都有，一上去就得睡下，一起床就得坐起，刮风风从四面可以进来，下雨雨声就在脑门之上，但无风无雨的月明之夜，那却是收听站，楼下的左边右边、前边后边，一切谈论听得清楚，家事、国事、天下事，分辨着那谈论人的口气、语调，便可想象得出那举止、神气，滋味是读任何报纸也不能比拟的。

在最小的范围内，囊括最丰富的内容，这是这条巷子的神秘处，也是这条巷子里的河南人的神奇处。简直像是一个被打开的收音机，一切线路眼花缭乱地呈现出来，虽然错综复杂，却一切各有规律。人和人相处太近了，人和人就各自十二分地熟悉，别人是如何的走势，如何的坐态，甚至一声咳嗽，闭上眼睛也能分辨出来。如果一个生人，要趁乱走进来，立即就要被全巷人发现了。"你找谁？"必是有人起来发问的，这倒不是怀疑生人是"非偷即抢"，而是担心会陷入迷魂阵，曾经发生过许多人在这里转来转去，寻不着要去的人家，而竟最后又苦于不能出去。

　　巷子里是有空闲的时候，那是有工作的都去上班走了，龙钟的退休老人便成了巷子的警察和清洁工。他们会认真地打扫清一切角落，然后就喜欢蹲在南北两个巷口，只要守住这两个巷口，巷子里一切便安全无事。他们开始悠闲地吸烟，烟是上好的水烟，又拌了香油、香精，装在特制的木头旋出的圆盒里，揉出一丸一丸豆粒大小的烟团塞在竹根管做成的烟袋里，吸一下，烟全然入口，这便是最醉心的"一口香"了。一连吸过二十袋，三十袋，香味浓浓地飘满了巷子，他们就闭上眼睛，靠在路灯杆下做一个长长久久的过足瘾后的遐想。最紧张的，却要算一早一晚在厕所的门口。厕所只有两个，一个在方块的东北角，一个在方块的西南角，黎明起来，家家要倒便盆，到了晚上，尤其是一场精彩的电视刚刚完毕，去厕所的小道上就队如长龙。上完厕所，就又要去巷头唯一的水管处挑水，吃和排是人生的两项最重大的工作，那挑水又常常是两个小时、三个小时的心平气和的等待。

　　可怜这条巷子，冬天倒还罢了，因为人多炉子多热气多，雪落得总比大街上要薄，一到了夏天，却是彻夜不能安宁。他们诅咒着这个季节。家家可以什么也没有，但不能没有风扇，扇出来的风却一样还是热的。家与家太近，打开窗子就得拉上窗帘，多少新婚夫妇的夏季蜜月，那简直是一种热水里的生活。几乎成了没有办法的习惯，男人一进巷第一件事就是剥光上衣，老少都穿短裤，吃饭一律到大巷口去，一碗饭，一身水，一场代价很高的劳作。到睡觉了，就各自占地安床，老的来睡，少的来睡，男的来睡，女的也来睡，直把那巷道挤得只有一尺来宽，夜里挑水的人小心翼翼地走过，也曾发生过水溅了两边的人头，桶撞了熟睡人的牙齿的事件。

环境的限制，迫使着这里的人们只能团结，不能分裂。以前有两家闹翻了脸，互相报复的机会就十分方便：你今夜将我窗下的炉子灭了火，我明夜在你檐下的水缸里撒了土，动起手脚，又没有斗打的场地，那门前台阶上的大小物什就遭到了毁坏，而且又波及四邻，一辆自行车倒了，哗哗哗倒下一片，一个污水桶翻了，污水汩汩汩漫流到各家，结果全胡同声讨，两家也后悔。教训使他们懂得了"克己复礼"，利人利己。所以，自此以后，斗家来了客，炉火突然灭了，隔壁的宁肯自己饿着，也要将炉子搬来让给客人做饭；一天三顿，谁家饭好，谁家饭差，大家都知道，孩子们只要端着小碗，一巷子的好饭就都吃了；白日里在巷道拉上无数道绳晾上衣服，衣服是各家都有，五颜六色，进巷如见迎接外宾的彩旗。但谁也不会收错，即使夜里有谁忘记收了，就会有人大声喊：谁的衣服没收？谁的衣服没收？

河南人的耐忍是和他们的吃苦能干一样著称于这个城市的，他们一代一代居住在这里，使他们作为人的本性恶的成分没有滋生和扩张，而是极大限度地萌长着美的成分。他们注重本质的淳朴、正直和自强不息，也讲究着外表的端庄、大方和修饰打扮。但是使他们伤心的是不能办一个花坛，便只好家家将盆花放在屋顶上，一有空就爬上去侍弄，夸耀着各自的鲜艳，这高高低低的屋顶就成了他们最有色彩的地方。整个区域，一共是六棵树，这树就是他们的圣物，节日要给树上挂彩带，腊八要给树上放米粥。树是早年建房时就长的，因为房子的拥挤，长得十分细，也十分高。春天来没来，树是他们的消息；天上有风没风，树是他们的预报，当偶尔有一群鸟儿落在那树上，树一个快活的惊悸，他们的心颤酥酥地感到了身心的快活。

他们热爱着养他们的西安古城，但他们毕竟怀念生他们的河南故乡。当河南的剧团来西安演出，他们必是全巷出动，集体订票；常常就在早晨起来，谁家妹子细声细气唱几句"银环"，立即就有了"栓保"的回唱。接着，唱"栓保妈"的也有，唱"栓保爹"的也有。当某个老头回了一次老家，说起河南的水利建设如何好了，收成如何好了，这人就红火了一巷，这家请，那家叫，烟酒供上聊话儿，末了一起为河南的富强干杯。家家都继承着一种风俗：在墙上悬挂五个六个相框。那里边是装有几代人的相片，相片是他们的家史，有老一辈的，记载着初到西安的经历；先是捡破烂，蹬三轮车，再是开饭店，摆地摊，后是进工厂，开机器……老年人就要大讲他们的处世哲学了：苦要耐得，福得知享，大苦中才有福。当然，言语之间，他们也多多少少流露出一些异乡人的情感，只是盼望儿女们若要成家能找河南老乡。但是，后辈们却越来越多地要将陕西的姑娘领进家来要见公公婆婆，或者自己的姑娘去进了陕西的人的小四合院里去当了人家的媳妇。事实证明着年老人的婚姻思想的过时，新的家庭的和睦，生活的幸福使他们明白，河南人和陕西人都是轩辕的子孙，在西安的这块土地上，他们有责任合二为一地建设好这个城市。

我常想，这条巷子，如同那些小四合院，或许还要在一定的时间里继续保留在西安城里，其人口的密度还会要越来越大，但是，矮小的房屋住的是高高大大的人群，艰苦的环境培养的是不屈不挠的性格。我们眼见得巷子里的大学生不是一代比一代增多了吗？在整个巷子里，最受崇敬的要算是住在巷头的那位年轻的城建局工程师了，每天晚上，人们都要拥进他家去询问城市建设的情况。某某大街要扩修，他高兴，我们也高兴；某某地方要建一座大商场，他激动，我们也欢呼。为了西安将来人人都住上舒适的房子，这个巷子里的人默默地又是甘心情愿地在这里拥挤。当空闲的时候，这些人们总喜欢一家家去那高高的城墙上俯视这个城市，孩子们就在那里放起了各种各样的风筝，风筝飘在城墙的上空，飘在我们巷子的上空，飘在西安城的上空，孩子们在锐声叫喊，大人们也在锐声叫喊，一会儿是"中！中！"一会儿又是"妙！妙！"这时候，城墙下的两个外地游客，瞧见了我们的狂样，我听见他们在说："这群人怎么啦？又说陕西话，又说河南话，准是喝醉酒了?！"

三游华山

华山是天下名山，我在西安住了十多年了，却还没有去过一次。今年四月里，筹备了好些天，终于在一个天气清朗的日子去了。一到华阴，远远就看见华山了，矗立群山之上，半截在云里裹着，似露非露，像罩了一层神光灵气。趋着那个方向走去，越走越不见了华山，铁兽似的无名群山直铺了几里远的凉荫，树木一片一片的。偶尔从树林子里漫下一条河来，河里却全部没水，满是石头，大的如一间房的模样，小的也有瓮大的、盆大的、枕大的，颜色一律灰白，远远看去，在绿树林子之下，白花花的耀眼，像天地之间，忽然裸露了一条秘密，这便将我吸引过去。置身在那里，先觉得一河石头高高低低，密密疏疏，似乎是太杂乱了，慢慢地便看出它乱得有节奏，又表现得那么和谐。本是一片死寂的顽石，却充满了运动和生命，这使我惊奇不已，高兴得从这块石上跳上那块石头，从那块石上又看这块石头的阴、阳、明、暗，不停地在石隙之间跑动出没，竟没有再去华山，天到黄昏便返回了。

到了五月，我又去一趟华山。直接搭车在桃枝站下来，步行了七里赶到华山入谷口，忽见谷外有一处院落，很是好看，便抬脚进去，才知道这是华山下名叫"玉泉院"的寺庙。院内空寂无人，数十棵几搂粗的大树，全部遮了天日，树下的场地上，有着深深浅浅的绿，如铺了一层茸茸的地毯。坐上去，仰头看见太阳在树梢碎纸片大的空隙激射，低眼看身下的绿，却并不是苔藓，是一种小得可怜的草，指甲盖般圆，裂五个七个瓣，伏地而生，中有数十个针尖大小的花蕊，嫩黄可爱。用手去抠草不能抠起，手却染成浅绿。这小草一棵挨着一棵，延续到草场边的斜砖栏上，几乎又生长在树的根部，如汗毛一般。我太喜欢这种环境了，觉得到了最好的地方，盘脚坐起，静静地听自己呼吸。忽见后边的朱红方格门推开了，出现几个游客。再看时，一条曲径，直从那边花坛旁通去，不知那里又有了什么幽境，只见那路面碎石铺成，光影落下，款款如在浮动。我就这么坐着，神静身爽，竟不觉几个小时过去，起来看天色不早，就又搭车返回西安。

两次为华山来，却未登山而归，友人都笑我荒唐，我只笑而不语。到了六月初，又邀我的一个学生再次去华山，终于进了谷口，逆一条河水深入。走了三里，本应再走十里便可上山了，河水却惹得我放慢了脚步，后来干脆就在水中列石上坐下。水很明净，河底石子清晰可见，脚伸进去，那汗毛上就显出一层银亮亮的小珠儿，在脚下形成无数漩涡，悠悠而去。青石板很多，水从上流过，腻腻地软着身子，但遇着一块仄石了，就翻出一朵雪浪花，或在下出现一个空心儿的漩涡。河里没见到鱼，令我很遗憾，到了拐弯处，水骤起小潭，有几丈深的，依然能看到底。捡些小片石丢去，片石如树叶一样，先在水面上浮着飞，接着就没进水，左一漂，右一漂，自自在在好长时间才落水底。

这么又玩了半天，学生催我赶路。我说："回吧。"他有些疑惑了："你这是怎么啦？三次上华山，都半途而归？"我说："这就蛮够兴趣了。"学生说："好的还在山上哩！"我说："是的，山下都这么好，山上不知更是有多好了。"学生便怨我身懒。我说："不。要是身懒，我能年年想着来吗？能在今年连来三次吗？之所以几年里一直不敢动身，是听别人说得多了，觉得越好越不敢去看。如今来了三次，还未上山，便得了这许多好处，若再去山上，如何能再享用得了？如今不去山上，山上的美妙永远对我产生吸引力。好东西不可一次饱享，慢慢消化才是。花愈是好，与人越亲近；狐皮愈美，对人越有诱力。但好花折在手了，香就没有了；狐皮捕剥了，光泽就没有了。"学生说："那么，这是什么道理呢？"我说："天地大自然是知之无涯的，人的有限的知于大自然永远是无知，知之不知才要欲知。比如之所以有性格，在于人与人的差异。好朋友之间有了矛盾，往往不在大事上，而在于小事上伤了和气。体育场上百米跑，赛的其实并不在于百米，而是一步的距离。屋内屋外，也不是仅仅只一门之隔吗？可以说，大自然的一切奥秘，全在微妙二字，懂得这个道理，无事不可晓得，无时不产生乐趣和追求。"学生点头称是。两人一路返回。学生很乐道此游，要我下次上华山，一定要邀他同往，并要我将所说的道理写出送他。

安西大漠风行

○
●

　　癸亥八月十一日，行至桥湾，吃多了白兰瓜，腹泻不止；便不搭车受时间的约束，雇骆驼悠悠往安西去。前晌，距安西城百十里，忽起风，帽子吹落在地，滚轮而去不知了踪影，骆驼嘶鸣，常常停下来作踌躇状。看大漠却并无烟尘，太阳照着，正空空洞洞地晴，奇怪之，领驼人曰：没有树木，风便有力无形。在驼峰中一扬身，果然发抛竖直根根似铿锵有声。时走时歇，又半晌，远近一层玄武岩碎石覆盖，焦黑如烧过的灰渣，令人恐惧。接着，渐渐有了黄土，却堆得奇形怪状，如台，如塔，如柱，如盏；可喜的是有了沙蒿一从一从的，每一从就巩固一个土丘，均匀分布，如是坟冢。风集中成旋转的一股，从坟冢间移过，袅袅扶摇，方向不能固定。还是没有飞鸟，三匹四匹野生骆驼，背负着大山，仄着头在远处出现，偶尔有了一片羊，肥得是一群肉的咕涌，身子雪白，眼子乌黑，像戴了墨镜。正午，风更大作，羊群顺风儿跑去，旋风的孤烟倏忽消失，大漠更是一片空明，却强硬不可前进。骆驼裹腿不走，下坡拉缰绳牵制，人不能站直，俯身六十度而不倒，骆驼躁怒，随喷唾液，竟半盆之多，盖头泼来，腥恶窒人气息。只好拉骆驼在一根土柱后卧下等待。问领驼人：这土柱是风堆起来的吗？回答却出乎意料：风蚀而成。俯地看那坟冢般的沙蒿土丘，却在风中加高。由此引出好多思想：这里的黄土被风蚀成塔林，塔林一点点风化，玄武石片覆盖一切，但新的黄土堆又在沙蒿下形成突出，越来越大，连成一片，风又开始腐蚀……以此反复，毁坏一切，又生造一切。大漠一定是有精灵的了，一片焦黑并不等于全然死寂，生死的抗争在编写着一部缓慢的历史。

　　风突然停息了，但立即远远的地方出现了浩渺的海水，而且快极快极地漫延了过来，我惊慌爬上驼峰，水终没有到眼前。领驼人告诉那是海市蜃楼，在这里随时便可见的。果真那水越来越大，在地平线上连成一片，且开始出现一痕远山，有了孤岛，有了卧桥，有楼台林丛，有船，豆点人物。我锐声大叫，心里说：富贵的人做的是噩梦，贫穷的人做的是美梦，这海市蜃楼莫非是大漠的迷离的梦了？因为它太荒寂，梦才如此丰富；它太痛苦，梦才这么神化。这理想的、浪漫主义的艺术，天地自然都会创造，何况人乎？一路荒唐想着，直到天黑，终于到了安西城。

柳园

如果没有铁路，人不会来，黄羊兔子也不会来，但现在谁能不来，恰如一座美好的院落，总要进门道，跨门槛。从四面八方到敦煌，必此下车，然后搭汽车一漫儿斜下五六个钟头，从敦煌返回，又搭汽车一漫儿斜上到柳园。敦煌要和上海比，或许高度已在上海几百层楼顶，但往柳园，却成了煤井里的坑道，两条公路犹如坑道里的两条铁轨。

说准确些，柳园是在一座山上。山看起来并不高，沙把它埋了，所以沿路只是些高高低低的山峁顶尖，你能想象得出雾里在庐山、在峨眉的境界。据说悬空寺修建，需大雾弥漫时才可动工，那么走这一路，之所以安全，心地踏实，那也是亏了云雾，云雾已经凝固了，云雾就是沙。

正因为如此安全，游人就忘形得意，表现出人的懵懂和可笑，反说：沿途的山太小了，又不集中，这儿一个石的三角，那儿一个石的三角。但他们又出奇地只感觉冷，冷得直哆嗦。

看那些石三角却像是大火燎过，呈焦黑色，寸草不长，怀疑是冶炼后的炭渣堆。偶尔一群石三角与一群石三角中间有了绿，远远就大呼小叫：有水了！近去却是一溜骆驼草。路还并没有修好，常常前边放炮扩建，车要停下来，发现民工用钎用锤一下一下凿打黑石，才明白了身下的路并不是在沙上，而一尺厚的沙下就是坚硬的岩石，硬得如铁，铁镐碰石，嘣！一撞一跳，全是金属音响。

到了柳园，就到了山顶，看四面一溜一带的群山，如摇头摇尾的细浪，似趋势而来，又似奔脉而去。镇子很小，但车站很大，其实车站就是镇子。有商店，有饭店，有旅店，职工就是居民，居民不多，是游客的十分之一。游客是四面八方黑白棕黄之人种，南腔北调日法英德之言语。本地居民服装也可粗细，语言也解中西，但一眼却能看出住籍，他们颧上都有大小不等深浅不一的两块红肉，那是日之所致，风之所致。靠山吃山，靠水吃水，他们靠的是车站，游客却视他们是大海中的一支桨板，是黑暗中的一颗星星，是上帝是观音是阿弥陀佛。一整天的塞外风沙，是他们给了吃喝，给了热炕，给了一颗稳妥妥的心。

但是，整个镇土，没有一棵树，搂粗的没有，筷子粗的也没有，石头上是没有长树的，没有树也就没有鸟了。只有一园花，那只能是车站单位养的，土是集中起来的好土，灌溉的水是特意从外地运来的，特意从人的食水中强行分配出来的。

没有青林鸟语。这是多么可怕的地方。但柳园却是一座大殿的石雕，具体点，是卧在敦煌艺术之宫门口的石狮子、铁狮子，还可以说，是一位战士。地知道它，将最高点的位置给它，天知道它，把太阳多来照耀，五点这里就天明。夜八点半了，太阳还不会全落。

游寺耳记

甲子岁深秋，吾搭车往洛南寺耳，但见山回路转，湾湾有奇崖，崖头必长怪树，皆绿叶白身，横空繁衍，似龙腾跃。奇崖怪树之下，则居有人家，屋山墙高耸，檐面陡峭，有秀目皓齿妙龄女子出入。逆清流上数十里，两岸青峰相挤，电杆平撑，似要随时做缝合状。再深入，梢林莽莽，野菊花开花落，云雾忽聚忽散，樵夫伐木，叮叮声如天降，遥闻寒暄，不知何语，但一团嗡嗡，此谷静之缘故也。到寺耳镇，几簇屋舍，一条石板小街，店家房皆反向而开，入室安桌置椅，后门则为前庭，沿高阶而下。偌大院子，一畦野菜，篱笆上生满木耳。吾讨酒喝，杯未接唇则醉也。饭毕，付钱一元四角，主人惊讶，言只收两角。吾曰：清静值一角，山明值一角，水秀值一角，空气新鲜值八角，余下一角，买得今日吾之高兴也。

未名湖

夜本来黑得沉重，也刚刚下过雨，夜就全集中到了这里；我已说不清我是从哪一个丘后来的，记得当时进了北大校内往东走，又往南，又往东，凭我的感觉，有如狗凭借了嗅觉，在这里站住了。我第一次领会了夜的真正本色，先是隐隐约约看见一层微亮，后又不可复辨，眼睛完全地无用了。这种坠入深渊般的境界急过了一刻，便出现了一种漆光，眼睛依然无用，心身却感应了。我明白这是黑的极致，黑是无光的。黑得发漆却有了光泽。湖的边沿在哪里，是圆形的，还是方形的，触摸着身边的桥栏，认作是一座汉白玉的建筑，腻得有如人脸和玻璃的紧贴，或者少女的肤肌。身后的滴雨滑动下来，声响微妙，想象得见这滑动了很长的路线，无疑是从垂柳上下来的。

夜原是为情人准备的。但今夜里没有星月，丘后的树丛里也没有绰约的路灯，幻不出天的朦胧水的朦胧，又等不及漆光，爱情也觉不宜，所以已经没有一个人在这里。这倒恰好，窃喜我来得是时候。我面朝着湖的方向，回忆着某杂志上一篇关于介绍此湖的文章，说湖中是有一个岛的，湖东是有一座塔的，但现在岛上的树和东边的塔认识不出，全在漆光里。这漆光似乎很低，又似乎很高，离我很远，离我又很近，湖显得非常大。在黑色里往前走，硬硬的就是路，软软的就是路边的草，草也潮润得温柔，踏着没一点声音。一种难得的气息拂过来，其实并不可称作拂，是散发着的，口鼻受用了，身上每一处皮肤每一根汗毛也在受用。我真感动着这一夜眼睛是多余的，心、口、鼻、耳却生生动动地受活，倒担心突然间丘的树丛某一处亮一点灯，或远远的地方谁划着了一根火柴。我度过了三十个年的夜，也到过许许多多的湖，却全没有今夜如此让我恋爱这湖。未名湖，多好的湖，名儿也起得好，是为夜而起的，夜才使它体现了好处。世上的事物都不该用名分固定，它留给人的就是更多的体验吗？我轻轻地又返回到汉白玉的建筑上，再做一番腻的触摸，在沉静里让感觉愈发饱溢；十分的满足了，就退身而去。穿过校园，北大的门口灯火辉煌，我谁也不认识，谁也不认识我，悄悄地来了，悄悄地走了。这一夜是甲子年的七月十六日，未名的人游了未名的湖。

宿州涉故台龙柏树记

○
●

　　淮北平原少树。数百之地，所见参天巨木者绝无，细枝弱冠虽有生长，变不成林，又多为泡桐，质地松软，数尺之高便枝丫横生。所以人家住户多以水泥杆代橼，苫其茅草，仅仅檐头覆瓦，称之"瓦镶面"。门窗最贵，框窄如细条，新婚嫁娶，扇面上双喜大若小斗，框上对联则笔画了了，字小似大杏。唯有太阳和铁轨，黎明里从地平线上同时出发，一个经天运行，一个地间划一，是最为壮观的景物。

　　宿州文友耿春海常来信邀我去游。信上谈及少树一事，他说：淮北古时多有森林，地壳变化，木入地衍变为炭，如今淮北大煤矿便是其证。当时想：此似应有理，又似乎无理，笑笑置之，终未去。

　　甲子年三月，往东南行，途经宿州拜会耿友，又提及此事，他终不服，同我骑车信游乡间，所到之处仍是无粗木古树。日近黄昏，行至州南四十余里，一老翁说：有，在涉故台。涉故台为何物？回答是陈涉演武练兵之处。

陈涉的故事，少时在《史记》里读过，是我国历史上第一个农民起义者，天地间的堂堂英雄。大泽乡竟在宿州，令我十分惊喜，想如此故迹，必是殿阁巍峨，楼榭壮丽，林荫覆盖，鸣鸟上下。耿友连连遗憾身在宿州竟一直未来造访。我更暗暗后悔，不该妄下断言，认定淮北无巨木。遂驱车前往，果然有一土台，台上有一阁楼，楼前有一树木。

树则粗四拃，长三丈，根扎台坡，顺坡而曲，上有十二爪枝。这树若在字里，是个小字；若在官里，是个七品；若在人里，是个侏儒。如此无粗无长无直无用之材料，何以称作古木，更何以配站英雄陈涉起义之地呢？两人都觉失望，耿友更是脸面无光，叹淮北确实少苍古之木啊！

上得台去，一片乱石破瓦，中有一楼，两层高的模样，檐同墙齐，檐角欲坠，壁裂纵横。下有一门，上圆下方，门上三窗，亦上圆下方，怕是人入内有生命危险，全然用泥巴糊了。绕楼一匝，荒草埋了屋基三层砖石，湿湿虫乱如蚂蚁。楼上有顶无脊，瓦一半酥散，土石壅平，长满茅草，全枯干了，秀着白穗。砖墙面上，缀满了苔藓，春草浅发，苔斑白里泛绿。再往后，忽见荒草乱石之中，有几块断碑，字迹剥脱，勉强辨认，无一字记载陈涉之功绩，唯有"创之者不知何时，成之者不知何人"字样。不觉添了几分凄凉，几分疑惑。

遥问田头耕种人："这是涉故台吗？"

回答："是涉故台，你们不见有那树吗？"

再问："这树是什么树，能证明是涉故台？"

再回答："怎么不能证明？这是龙柏树，千百年的古物了。"

又问："你怎么知道是千百年的古物？"

又回答："世世代代百姓都这么说的。"

耿友立即手舞足蹈起来，说：树不在高粗，古老才是真树，拉我重又看那树。树还是那么矮小，但毕竟看出它不是一般树了。百姓称为龙柏，为何等木种，自不可知，但它不像泡桐那么松软，比松柏更要坚硬，浑身疙疙瘩瘩，又尽是小坑，通身灰白，因人常爬上踏磨踏磨，外则呈赤红颜色，摸之，光腻如玻璃，用石敲敲，叮叮价响，石头已经敲碎，虎口震麻，树上竟不留一点痕迹。两人大奇，盘脚树下久久观看，猜测这原是荆条一类的品种长大的，又看出其形酷似一条拔地欲飞的龙。于是，写文章的人幻想就产生了，断定这是一棵巨木古树，是一棵好树，一棵有价值的树。耿友自然得意，我也为之欢呼，声明这树纠正了我的偏见。

耿友说："这棵龙柏树，是不是陈涉当时种植的呢？"

我说："我想，应该是陈涉植的。俗言讲：民于官是水，官于民是舟，水可以浮舟，水亦可以覆舟。当年陈涉起兵于此，兵败于此，他在农民的眼里是英雄，在官府的眼里是贼寇，中国封建王朝自然不会在此为他筑庙立碑。但这演武练兵土台，天地却为其保留。这龙柏之木，原本或许是土台上一棵荆条，它生为小草，却不甘心为草，长成木本。试想，鲤鱼可化蛟龙，草为何不可成木？但这种草变为木，又是何等艰难，它长成一指，不可能以年来计算，而十年、百年单位。又正因为以十年、百年为年，它必是长得坚硬。陈涉是要做天子的，但他却失败了；这树或许要长成参天栋梁的，但它却在风里雨里摧残得遍身疤痕，形似秃桩。你不是看见这树像一条龙吗？它不是一直在要拔地欲飞吗？但它毕竟未拔地飞去，它还长在这里，变成了龙的化身，变成了树的化石，变成了化石般的树吗？请相信，农民是记着农民的英雄，他们说这树证明了这土台是涉故台，这涉故台也就证明这树是陈涉手植的了。"

耿友说是。

我突然又记起《史记》上的记载，说是陈涉当年起义，派人在附近庙里夜夜装狐狸声叫"陈涉要当王了"而鼓动民心。举目四望，如今远近却无一处庙宇。此时落日已在西边地平线上，同时在那一个大圆的地方，一辆列车又直奔东边而去。这淮北平原是一块古老的土地，最为壮观的是天上的太阳，是地上的铁轨，也是在天在地之间的这一棵陈涉化身的、中国农民化身的不飞不罢、欲飞不能的龙柏树啊！

在桂林

○
●

　　一九八七年的六月，我来到了桂林。这是我第一次到西南。如今想起，当时怎么就一口应邀了呢？神差鬼使，令我也几多迷惑、梦境般地，突然就身在桂林了！人生有许多说不透的事体，但冥冥的世界里，肯定是有着招魂的神秘，我不知道我已经等待着来桂林有多少个年年月月，而桂林等待我又已经是多少个长长久久呢？

　　走到任何地方，我都有记录感受的习惯，但是面对桂林每一山一水，我却毫无笔下的才能，周身的细胞都在活动，千思万虑的好词却都不确切。我不知道是大美者不言呢，还是桂林的山水不是为文学而存在，任何文人在它面前都要变成白丁呢？

　　它不是先有了城后有山水，它不是人类追求自然的工作，街随着山转，屋沿着水筑，天地的造化来得真真实实。综观满城的山，全然没底没基，没脉没向，但却绝不是土丘，也绝不是石堆，它是耸耸的山，独立自主，拔地而起。既是拔地竖出，结构却又如组装的家具一样，一层一层组合，每一块又如偌大的焦炭，欲黑乍白，极尽裂变，苔痕随意点染。你是不知道它是怎么形成的呢？

据说山皆是石灰岩质，而它应该是一座火山，但是有山就有树，树皆浅嫩。且大都缘壁而生，根系裸露，随岩赋形，成束，成网，那斜斜的枝条只要贴着崖，浑身就要生出根。这生根的枝条远望你以为是那石崖上的裂缝，而石崖上的裂缝你又往往疑心为斜出的枝条。你是不知道这些树是吸收什么生长的呢？

北方人仰观象于天，是那些星辰、日月和云朵，桂林则是山和水的变化莫测的符号。登临任何一座山，从这块石头上跳跃到那块石头上，一石一景，一景一新，你弄不清那是一个游览的活人还是一块清影的静石，恍惚间你也怀疑你是否身上的衣服已幻化为石上的苔藓而身子又已衍变为什么一种符号。从仄仄的石径上折行下山，危崖处有石雕栏杆，似乎那栏杆已经年长日久，裂纹丛生，酥酥烂烂，使你不敢攀扶。其实它完整无缺，光腻如肌，凑近细瞧才看清那石头中夹有无数黑色的线条，呈现出现代派艺术的意味。你不知道这里的石头就是这样能俯察式于群形的一种本色呢，还是山上树的根系已经浸渗入石中而形成的结果呢？

每一条巷巷道道，凡有土的地方都长有桂树。桂树高大，枝冠呈圆，虽然还不是开花时节，但你能闻到一股幽幽的淡香。据介绍，九十月碧树繁花，香袭全城。你不知道这地方哪来的这么多的香气让桂树释放的呢？

差不多都在下着雨，并不大的，淅淅沥沥，那山就渐渐地淡了去，虚了去，幻化成一个影。那树那花，秀丽朦胧，如美人之羞色。但雨还是在下，太阳即使出来，也是水汪汪的软乎乎的一团蛋黄，你似乎醒悟北方的黄土地是太阳太强烈的缘故，而这里的太阳逊色，则是红土地的红质太多了，太盛了。但你却陷入另一层糊涂：桂林的天上哪儿来的这么多的柔情？于是，你似乎又明白了桂林是东方的味，是中国的味，它的存在才使中国有了水墨的画，也之所以走遍桂林的大街小巷，游遍桂林的远郊近县，随处有画店，画店一满字画。但你又疑惑，不知道这真山真水又是谁画的，画这山这水该用去了多少的晕染的墨汁呢？

最是那到了晚上，一街的商店一齐洞开，灯火通明如昼，但公园里却一片漆黑，唯湖心岛上数点彩灯明灭，如美人调情之眼，平添许多浪漫。小小心心地从蛇行的折桥上走过，身下的水黑绸也似的抖，斜旁伸过来的棕叶，摩摩裟裟擦拂肩头，你可看见湖心岛上尽是三三两两的幽会男女，他们的脸乍暗还亮，在朦胧中正美。你立即要吟出这样的爱情诗："到鬼才去的树下，说半明半暗的话，天明了，那枯树长出新叶，相对的心形由浅到深，由小到大。"穿过一对一对的情人，越过水上的石磴，已经走到岸头上了，回头看那临街的一岸，五彩灯火倒映湖中，形成立体，变成另一个世界，这时候，你是不知道了那湖到底是多么个深呢？

畅游漓江，恰恰地又是一个雨天。万点雨脚，一河溅珠，两岸凤尾竹湿漉漉的沉重，打鱼的人四根长竹便是船，放鱼鹰，垂钓钩。成群的水牛在沙滩上游动，那不是沙滩，全然被绿茵覆盖，浅浅的，嫩嫩的，如毡如毯。突然间，你会闻到一种气味，犹如在北方的山林里闻到一只飞跃而过的麝的幽香。你伏在船边，努力地掬一把水来，你的手也似乎绿得可人，你终不知道这满河满沿的水是什么染就的呢？

在北方，人以食五谷为主，在桂林却什么都可吃了，那囫囵囵的金龟，那沉沉浮浮的螺蛳，蛇，蛙，麻雀，老鼠……天上飞的，除了飞机不吃，都吃。地上走的，除了草鞋不吃，都吃。你才知道北方人活得太寡味了，人活到世上就是什么都要吃的，什么动物活到世上，又都是供人吃的。吃各种半生半熟的肉，喝"三花""瑞露"美酒，荡俗气，除愁闷，你生熟无间，坐卧无序，掐指计算桂林的食谱，可怎么也不知道还该去吃些什么，喝些什么，该怎么个吃喝法呢？

在街头听罢三个两个的盲人叩渔鼓而歌的小曲，到剧院看过桂林彩调，你是明白了桂林天地和谐的旋律，但由此而不知道了漓水咬噬岩岸又是如何微微？风前的水鸟又是如何啁啁？竹林的雨滴滑下又是如何泛泛？你不明白灵渠上大小天平的设计是怎样从头脑中产生的，你不知道兴安的一株古杨怎么就会吞掉一块石碑，你不知道那古榕树上的附生草怎样生出了象形的文字，你不知道那灵渠上的"飞来石"是真的从峨眉飞来的呢，还是那石上的一株鸳鸯桂树才是真的飞了来？你不知道那如象如虎如骆驼如净瓶的山山峰峰是上天造设于地启示人的呢，还是人以动物器皿而赋形？如果说上天将许多秘密泄露给人间，你却不知道那龟走蛇行是表示了什么意图？如果是人以生存经验来赋形取名，你却不知道桂林的人是怎样感应着这苍茫的宇宙呢？你不知道连世界上最沉重的山都如此小巧玲珑，那风又有几两，云又有几钱，蚊心有多大，蝉翼有多薄了？你不知道别的山有洞穴而临风鸣响，那整座芦笛岩山竟是一个大溶洞，风拍起薄薄的洞壳会发出怎样的一种音律呢？

　　来桂林之前，有人说：那儿什么都长毛。果然如此，树是山之毛，苔是石之毛，雾是天之毛，雨脚是水之毛，而人之毛就该是那无穷无尽的惊异和疑惑了。白天里，行不停，看不停，听不停，闻不停，吃不停，到夜里则是没完没了的梦。梦全是在飞动，树飞动，山飞动，水飞动，虫负人物飞动。黎明醒来，我也不知道我已做了仙了呢，还是仙做了我呢？

守顽地

○
●

　　圆通是昆明的一个公园，我最喜欢的是西南角的那片乱石岗子。时值岗上有风，风的形象正表现在树叶上，活活泼泼看得清楚，又不可恶，需眨着眼睛看；恰到好处地吹干身上的一层薄薄的热汗。树不繁杂，是细碎叶子那一种，枝干就看出黑色，皆斜着求伸。疏疏朗朗的随便，苍苍老老的神态，正是画家们常喜欢画的一类。无数的并不艳丽的鸟儿在枝头跳跃，对应鸣和，虽然听不懂内容，但平和和谐使人愉悦，直盯着一个，看它突然离去，心里充满一丝恋情。林子里的石头，尤为可人，一块与一块，根基是一起的，所以它不小巧，但出了地面，各独自表现，树又间隔其中，所以又不沉重。石头的秉性本是顽的，又都是南方常见的石灰岩质，不能凿成方正的用材，焦炭般的，又用不着雕饰，便自带了抽象艺术的意味，故它自自然然坐卧，以致使铜钱般的白色的苔斑弄得自己一身，也弄得树干一身。这原来并不是人工作为的，老早的一个岗子，被人看中了，才繁衍成一处大园子的吧。这么好的一片林子，一片石头，正中午的，却没有几个游人。游人都集中到东边和南边的地方去，那里有许多假山、盆景和亭楼。这实在是委屈了这个岗子。初这么想，心中怨怪人在城市里，整日愤愤失去了自然，辟地作园，却都热衷那假山假水，人是这般的虚伪和可笑？但转念又想：正是众多市民如此冷落这个岗子，岗子才这么野树野石地率真吗？这冷落着好，少了几分关心，多了更多的灵性，我称这岗子是守顽地，是圆通公园的，也是全国所有公园唯一的守顽地啊！我在岗子上静坐了差不多一个中午，我决意了晚上再来，月夜里的岗子一定会更好的。

灵渠

灵渠在广西，为秦统一南方时运输粮草而接通湘漓二江的水利工程。在渠岸边，有一座隆起颇高的坟茔，有一株吞食石碑的古杨，一段故事就千百年地流传了下来。

说是始皇下令修建灵渠时，先派了一位将军负责开掘渠道。因战事紧迫，他率领兵士日夜劳作，但兵士不服水土，害痢疾病倒了三分之一。死死活活，终在限定的时间里完工，可是在通水时渠道却塌了。始皇怒，将军于渠岸当众被斩，派另一将军接替施工。第二位将军自然不敢怠慢，清除泥土，继续修筑。又是连绵阴雨，将军身生湿疮，下体溃烂，不能行动，让人抬到现场监工。但新修的渠道通水时又遭塌陷。始皇闻知更怒，又斩将军于渠边，再委任第三位将军。这位将军吸取了前二位的经验教训，认为塌陷的原因是渠址土质太差，便重新改道，结果大获成功，遭到始皇嘉奖。这位将军受到嘉奖后，却一句话也未讲，跪倒在前二位将军殉难处，拔剑自刎。

士兵们将三个将军分别埋葬于灵渠岸上，但是，在第三位将军埋葬后的第三天，人们发现墓地里并没有三座坟丘，三者合一，极高极大。兵士们就重新修建墓碑，凿出"三将军墓"。

千百年来，秦朝的宫殿已荡然无存，三将军墓却一直完好，代代有人修葺。不知什么年代，距三将军墓不远处，则有了一古杨，古杨下原有一高大石碑，但古杨却慢慢长大，身子将石碑包住，又慢慢以树身吞食，石碑已没有了十分之九，看不清石碑上的任何字迹了，而古杨则郁郁葱葱，枝叶繁茂。于是，对于这一奇观，在灵渠两岸，人们又在谈讲着各种说法。

一则说，灵渠工程完毕，始皇果然统一南方，为了庆贺武功，在灵渠边竖立了一块石碑，企望始皇的赫威万古长驻。但就在碑竖起后，一天夜里，有人看见石碑前立有三个无头之人，消息传开，人们去看，却见一株树长在那里。这树愈长愈大，慢慢就将石碑吞食掉了。

一则说，那竖石碑地是二位将军殉难处，人们为了纪念他们，为他们而竖的。后从咸阳赶来了二位将军的夫人，她们合持一根哭丧棒，于碑前痛哭一场，又一起投灵渠而死。那哭丧棒插在碑前，竟生根发芽，蔚然成材，就将石碑吞入树心中去。

一则说，为始皇的赫威竖下石碑后，不久，碑的背面出现了悼念三将军和三夫人的奠文。朝廷追查奠文的作者和勒石的工匠，却杳无音讯。派人洗去了奠文，但另一面的赫威颂辞也随之消失了 。这奇异之事传到咸阳，始皇怒不可遏，欲差人鸡血涂碑，以火焚裂，但当来人赶到，碑前一古杨却将那无字碑吞食收藏了。

至今，人们看不到了石碑上的文字，而古杨身上遍生附生苔，苔呈白色，竖横交错，如龙飞凤舞，人们肯定那是碑文的衍化。

太阳城

○
●

　　南宁似乎离太阳过近，又似乎太阳升到天空了停止着不动，于是，有了红土地，有了从五月到十月的漫漫长夏。若南来小住数日，正逢炎季，白天里全然待在房子里，隔一会儿就泡到浴盆去。再就张着口从窗棂往外看，看到的并不是北方的丝丝缕缕的热气；光脚一片，又似乎光已不存在的难受却是烤炙一般。街上行人并不多，肤黑形瘦，动作迅速如当地的一种蚂蚁，不是在爬，是飞，倏忽闪逝，不可捉摸；脚底下的影子却浓得沉沉重重。出奇地竟没有听到蝉叫。鸟鸣山更空；南宁少了蝉声，反倒使人更烦躁，怀疑要发生地震。

　　太阳真是南宁的。

　　这个多民族居住的城市，在远古的时代就于花山石崖上绘制了图形，多少个年年月月过去，图形依然清晰可辨，是一片红光，如霞如炎。至今谁也弄不清那是什么颜料涂抹的，谁又能否认那就是用太阳的光染成的呢？围绕着南宁而重重叠叠的高山峻岭上，是生活着别一种语言、别一种风俗的人们，在他们的山寨里一代传一代地有着铜鼓的崇拜。铜鼓之所以为铜，铜是太阳的光泽，鼓之所以为圆，圆是太阳的形状，且每一面铜鼓的中央，莫不浇铸有一个八角或十二角的光齿的太阳啊。三五一群的少女从桄榔树下钻出来了，她们的嘴唇上差不多都要涂着极重极艳的口红，那么一噘，挺像一颗红果，更像一颗太阳呢。那手指上的指甲全然涂红，脚趾甲也涂上了，美丽而神圣，是披了一身红的小的太阳吗？可以断言了，羿射九日的神话这里绝无流传，也可以重新断言，羿一定是南宁人氏。人对于无法征服的东西而转入无限崇拜，这就是具体的南宁吧。

令人喜爱的是满城的树木，这么红天红地的，竟绿翠鲜活。是有了太阳而使树木变形了呢，还是天地造化的神秘达到和谐？南宁的树木品类繁杂，许许多多的在北方是为草的，养于盆内，置于案几，这里却高大成株，列于街头。它们的目标似乎是直指太阳，攀沿光路上长，所以桄榔最多，端直无横枝，而墙头的迎春花蔓则垂落墙根，细拉数丈，以探深求测高。树木尽量结果，芭蕉生于顶尖，菠萝蜜挂在枝干，全要将一颗颗一嘟噜有糖的汁水凝固在红日之下，这就是南宁人长夏中的清泉。

太阳遗憾是晒不死生命的。

在邕江岸边的一块草地上，一群孩子赤头赤脚踢着足球，对抗激烈，形势紧张，观战人大呼小叫，却就有诗人大动诗兴，脱口吟出：一个光的刺猬，从东天滚过西天，蜇痛了整个宇宙；人集合起来，捉住它，踢起了足球。

哦，你终于要离开这太阳城了，你永远要留下最强烈的印象，你害怕回到了北方而面颊上那太阳的红痕会消失，你便到那相思树下去，捡那高大乔木上落下的红豆。这是生长太阳的树。你捡一把，又捡一把，从此南宁的太阳的记忆就长生陪伴你了。夫人！

荒野地

○
●

　　这原本是庄稼地，却生长了一片荒草。荒草一人余高，繁荣得蓬勃健美。月夜下没有风，亦不到潮露水的时分，草的枝叶及成熟的穗实萧萧而立，但一种声息在响，似乎是草籽在裂壳坠落，似乎是昆虫在咬噬，静伫良久，跳动的是体内的心一颗。扮演着的是《聊斋》里的人物，时间更进入亘古的洪荒，遥遥地听见了神对命运的招引。

　　月亮在天上明亮着一轮，看得清其中的一抹黑影，真疑心是荒野地的投影，而地上三尺之外便一片迷蒙。夜是保密的，于是产生迟到的爱情。躲过那远远的如炮楼一般的守护庄稼的庵架，一只饥渴的手握住了一只饥渴的手，一瞬间十指被胶合，同时感受到了热，却冷得簌簌而抖。

　　一溜黑地过趟，松软如过草滩，又分明是脚上穿了宽松的鞋。可怜的农人种下了这一溜洋芋，四周的荒草却终使它们未能健长，挖掘过的地上没有收获到拳大的洋芋，肥沃的土地上明日的清晨却能看到两行交织的脚印。

已经是草地的中央了，失却的则是东南西北的方向。境界幽幽。心身在启示着坐下来，恰好有两块石头，等待这石头是多少个年月，石头也差不多等待得发凉了。天地之间，塞涌的是这荒草，人也是荒草的一棵，再有一棵。说话的是眼睛，说尽着唐诗宋词的篇章。头顶上的月亮丰丰满满。需要有点风，风果然而至。草把月划成了有条纹的物件，且在晃动不已。不知名的昆虫在呻吟着，散发着那特有的气味。待到死过去几次，又活过来几次，一切安静了，望月亮又如深下去的一眼井水，来分辨那里面的身影了。

佛殿一样的地方，得到的是心身的和谐，方明白那一溜松软的黑地是通往未来的雨道，铺着毡毯。

生长庄稼的土地却长满了这么多荒草，这是失职的农人的过错吗？但荒草同样在结饱满的果子，这便是土地的功能。失职的农人或许要诅咒的，而娇弱无能的庄稼没有荒草这么并不需要节令、耕作、肥料而顽强健壮啊！

因为草、人归复了原本的形态，这个月下夜晚是这么苍茫壮阔。

生之苦难与悲愤，造就着无尽的残缺与遗憾，超越了便是幽默的角色，再不寄希望于梦境和来世，就这么在荒野地中坐下，坐下如两块石头。或许坐上百年上千年，或许很短的一刻，但已够了。

走出了荒野地，另一处草浅的地方，仍发现了曾是长过瓜果的，是南瓜或是西瓜，肯定的也是未收获到要收获的东西，瓜田早废了，瓜叶腐败为泥，而绳一样纵横的瓜蔓却还发白地将也为泥地印缀在地上。踏着这白绳的空格走，像是游戏。突然就会想起月亮上的那一株桂树，还有那一位勇敢的却砍不断树身的吴刚。

　　而毕竟有这么一块荒野地。

游了一回龙门

○
●

千里黄河，陡然紧束，前边就是龙门吗？多少个年年月月听说着鲤鱼化龙的传奇，多少个日日夜夜梦想着大禹疏通的险关，全没想到因事赴了韩城，在黄河岸上正百无聊赖地漫走，路人竟遥指龙门便在前头。觅寻是经历了艰辛苦难，到来却是这样的突然。不期然而然的惊喜粉碎了我的心身，我自信我们的会见是有神使和鬼差，是十二分的有缘。为了这一天的会见，我等待了三十七个春秋。龙门，也一定是在等待着我吧，等待得却是这么天长地久。

我是个呆痴而羞怯的人，我从不莽撞撞地走进任何名胜之地，在兰州和佳县我曾经多次远看过黄河，惊涛裂岸也裂过我的耳膜，但我只是远看，默默地缩伏在一块石头上无限悲哀。现在，我却热泪满面，跪倒在沙石起伏的黄河滩上，兴奋得身子抖动，如面前的一丛枯干的野蒿，我听得出我的身子同风里的野蒿一起颤响着冷冷的金属声。我从来没有这样的勇敢，吼叫着招喊河中的汽船，我说，我要到龙门去！

　　时已暮色苍茫，正是游龙门的气氛。汽船载着我逆流而上，汽船像是也载不动我巨大的兴奋，步履沉沉，微微摇闪，几乎要淹没了船舷。河水依然是铜汁般的黏滞，它虽在龙门之外的下游肆漫了成里的宽度而汹汹涌涌，在这狭谷中却异常地平静，大智到了大愚之状，看不到浪花，也看不到波涛，深沉得只是漠漠下移，呈现出纵横交织了的斜格条纹。这格纹如雕刻上去一般，似乎隔着船也能感觉到它的整齐的棱坎。间或，格纹某一处便衍化开来，是从下往上翻，但绝不扬波溅沫，只是像一朵铜黄的牡丹在缓缓地开绽。无数的牡丹开绽，却无论如何不能数清，希冀着要看那花心的模样，它却又衍化为格纹，唯有一溜一溜的酒盅般大的漩涡无声地向船头转来，又向船后转去，便疑心这是一排排铁打的铆钉在固守了这水面，黄河方没有暴戾起来。两岸的峡壁愈来愈窄，犹如要挤拢一般。且高不可视，恨不得将头背在脊上。那庞然的危石在摇摇欲坠，像巨兽在热辣辣地耽视你，又像是佛头在冷眼静观你。峡谷曲拐绕转，一曲一景，却不知换景在什么时候什么地方，我不禁想到了那打开的一幅古画长卷，更想到了农家麦场上的那一场古今的闲聊。正这么思想，峡壁已失却了那刀切的光洁，乃一层一层断裂为方块，整齐如巨砖砌起。而逼我大呼小叫的是那砖砌的壁墙上怎么就生长了那么高大的一株古树，这是万年物事吗？能看清它的粗桩和细枝，却全然没有叶子，将船靠近去，再靠近，却原来是峡壁裂开了一条巨缝，那石缝的一块尖石上正坐着一头同样如石头的黑鸟。这奇景太使人惊恐，或许是因为吓唬了我，随之而来的则是数百长的大小不一、错落有序的凹凸壁，惟妙惟肖的是佛龛群了。我去过敦煌，我也去过麦积山，但敦煌和麦积山哪里有这般的壮观和萧森？我完全将此认作佛的法界了，再不敢大声说笑，亦不敢轻佻张狂。佛的神圣与庄严使我沉静，同时感到了一种说不出的平和和亲近。船继续往上行，峡谷窄到了一百米、八十米、六十米，水面依然平静，自不知了是水在移还是船在移。峡峰多为锯齿形了，且差不多峰起双层，里层的峰与外层的峰错位互补。想，若站在外层峰上下视船行，一定是前峰见船首，后峰见船尾了。恰恰一柱夕阳腐蚀了外层峰顶，金光耀眼，分外灿烂。坐船头看外层金黄的峰头与里层的苍黑的峰头，一个向前窜一个向后遁，峡峰变成了活动体。如此大观，我看得如痴如醉，倏乎间有蓝色的雾从峡根涌出，先是一团一缕，后扯得匀匀细细充融满谷，顿时感到鼻口发呛，头发上脸面上湿漉漉地潮起水沫了。忽然峡谷阴暗起来，但同时仍在峡谷的另一处却泛起光亮，原来船正靠着一边的峡岩下通过，惊奇的是阴暗和光亮的界线是那么分明，它们是立体的几个大三角形，将峡谷的空间一一分割了。我明明知道这是光之所致，却不自觉地弯下了身子，担心被那巨大的黑白三角割伤，船工们却轰然告我：龙门已进了！

龙门，这就是龙门吗？！传说里黄河的鲤鱼一生下来就做着一个伟大的梦想往这里游，游到这里就可以化龙。那么，有多少游到了这里实现了抱负，又有多少牺牲了，半途而废了，完成了一个悲壮的形象？今日我也来到了龙门，龙在哪里呢？神话中有龙宫，龙宫有龙王也有龙女，不知洞庭湖的龙与黄河的龙是否一家，那让我做个传书的柳毅多好啊！不不，我进了龙门，我也要成龙了，我就是一条游龙，多自在，多得意啊，瞧，高空上有云飞过，正驮着奇艳的落霞，这云便是翔凤了。有游龙与翔凤，天地将是多么丰富，一阴一阳，相得益彰，煌煌圆满，山为之而直上若塔，水为之乃源远长流，大美无言地存留在天地间了。

汽船终究是扭转了船头要顺流归返了，我的身子随船而下，我的心我的灵魂却永远驻恋在了龙门。试想过多少多少年，或许我已经垂垂暮老，或许我身躯早已不复存在，而更多更多的后来人到此，他们又是会看到夜空的星子静照河面，就知道那是我深情的永不疲倦的眼睛。风在峡谷回鸣，那也是我的心声，他们听得懂是我沉沉地抒发着三十七年里来得太晚的遗憾和寻见了我应寻见的企望的礼赞。那靠近水面的石壁上腐蚀斑驳的图案，他们也读得懂是我感念这次辉煌会见的画幅和诗篇，他们更以此明白，那汽船并不是船而是我踏水走来的巨鞋，或者醒悟进入龙门的十多里黄河之所以平稳，将波澜深藏，那格纹正是我来时走过的印有牡丹的绒毯。他们一定会记住一九八九年十月三十日有一个叫贾平凹的学子到此一游，从此他再不消沉，再不疲软，再不胆怯，新生了他生活和艺术的昭昭宏业。

四月廿三日游太湖

原来是一滩水而已！

当我千里迢迢地站在了太湖堤岸，没有滚滚的波浪，没有穿空的危崖，十多年来的热盼和想象等待来的，就如这柳下仄仄卧卧的圆石一样呆痴和冰凉吗？天地间聚这样的一洼清水，别的地方也易见到，似乎更大，水更清，除了水鸟翻飞便无游人，而水鸟翻飞愈是水天一色的空阔浩渺。

我久久地不愿坐上泛湖的小舟。

时近黄昏，水面光亮如镜，无数的游舟在那里滑行，尖声锐语，嬉戏无常，已分不来是游人的得意忘形还是湖中显现了水族的活跃。全是些妙龄女子，衣饰使太湖浸染了各种颜色。忽有音乐骤起，从水的某一处潮湿湿过来。我茫然四顾，水汽蒙蒙中不见奏乐的人，却确乎在遥远的水面，一只彩舟凌波而去，无数的舟激动追逐，追在前头渐渐船如一线人若芥子，一层一层极厚极柔的水纹推至岸头。有几只终于返回了，满脸热汗的女子十分疲劳，却遗憾苦叫未能追上那西施。这怨恨使我惊讶，难道西施还在太湖？随之我也笑起我自己了。那倾国倾城的一代名姬是不会至今还泛舟在太湖，但夕阳辉映里出现幻景是太湖的奇观吗？想那英雄的范蠡在金雕玉琢的船上，置一点酒茶，抚一把檀扇，有美人在旁，衣若飞云，眉如远山，清妙似踏波仙子，那是何等适意。而如今的女子都来湖上是想往那美人神采而产生了幻景还是她们以自身的美丽和幸福不能自持，看别人是西施别人又看自己是西施而真似假时假亦真？我多少有些明白了，太湖毕竟是美人的湖。这一滩水是有了美人，有美人而成就了这一滩水。

微风中我幽幽地叹息了。

有一年，我去西北的某地，在一处细若小儿尿的泉溪前看见了数百人为舀水发生的械斗，结果瓷盆瓦罐遍地碎片，有人流出的血竟比所得的水多。在所经过的三天四夜的路途中，干渴的人家宁给我一个馒头也不肯让半碗凉水，偶尔的那个下午天下起雨，村中的老的少的，垂奶子的妇人和少女，赤了上身在水地上打滚，那张开的口舌鼻翼的十二分的受活表情，惊心动魄地震撼了我。可这有着太湖的吴越，到处是水，似乎那高楼大厦的城市中若随便在水泥路面上抠抠就咕嘟嘟要涌出一个泉来。乡下的村居，更是屋在水上建筑。淘米费去那么多水，洗菜费去那么多水，衣服二日三日就搓，澡一日一冲，连每日早上年轻的媳妇提了马桶在门前恍恍敲着刷涤也要费那么多水。

知道了吴越的水多，你总算明白了这里的女人多的原因。遥想古有楚王爱细腰之说，楚虽不是吴越，恐怕同属一个流域，那么，西施也一定是个细腰妇了。细腰当然立之亭亭，行之曳曳，但细腰远瞧美好近察则不如北方的那胖妇杨玉环吧。看湖汉上的小船上临风立几个细腰女，真令人担心在船的波晃中那腰要闪断，一握之躯，能受用得了几碗饭呢？听她们细言颤语，舌尖缠绕，柔若蚊鸣，这多是腰太细的缘故。临走时邻居嘱我代购一件上衣，他熊腰虎背，我一到这里就打消进商店的念头，因为所行之处见哪一个是粗壮形象！我准备回去时买撮白菜和捎一页灰砖，我要让他瞧瞧：吴越的白菜就这么苗条如蒜苗，吴越的灰砖就这么秀气如瓷片！西北的大吼大叫的秦腔使吴越之人震耳欲聋，但我在吴越的几个晚上失眠而特意去看锡剧和评弹，竟使我沉睡如泥而昼夜不分。

我明白了吴越之地为什么多出文人，因为有水生纹，纹者文也。明白了吴越人为什么脚腿不健，因为以船代步，那船正是仿了北方人的鞋形而制。明白了吴越之地为什么人善乐，连一个瞎子也能奏出"二泉映月"，月偏偏在这里最清最白。

这里确实是配作有月亮的地方，即使太阳，也雌化得清丽。雄性的太阳在西北，阳亢得如一只火刺猬，那粗硬尖锐的光刺直扎着烤炙，便有了沙漠的灰烬和焦骨的石山。西北和东南如此不同，这真是上古神话中的共工与颛顼混战的结果吗？天柱折，西北倾，日月就移之吗？天柱折，东南陷，流水便聚之吗？如若不是，那么羿射的一定就是东南的太阳，禹疏的一定是西北的流水！羿，可恶的持弓鬼，把太阳撵到了西北，而大愚的禹怎么能将西北的水一尽儿全疏走呢！被世世代代传颂的补天的女娲原来工作得并不完满和彻底！

天色愈来愈晚，湖雾愈发绚艳，太湖一时之间像要起火燃烧。太湖到了此时，才真正地感动我了，它是在等待着我的这一刻，更是我等待着它的这一刻，这一刻如此的辉煌灿烂！我踏步登上了湖边的岩山，我瞧见了岩壁上书写的三个大字：鼋头渚。哦哦，这千万年来静卧在这里的原来是一只水鼋！这水鼋几时从水里爬出，又几时被游人误为山岩而一直委委屈屈地忍受着在等待着我的会见呢？有龟便有蛇，蛇在哪里，是化幻了往昔那个妖冶的西施还是退化了如今湖中小小的银鱼？我终于认出了，这个水鼋不正是支撑天柱的那个水鼋吗？现在盖房筑厅只仅用凿成鼋形的石块，而真正能支撑苍天的真正的水鼋却冷落寂寞了。大材不可小用，这便是水鼋被误解和寂寞生存的伟大处。我默念起古书上对神龟的记载了：背脊像天一般圆，腹像地一般方，背上有盘像山丘，黑纹交错构成许多星宿之状，五彩斑斓像锦缎的花纹，行走与四季相应。我随之在鼋头渚上来回跑动着寻找着那可以占卜的纹相，可惜我不识那如星宿之状的交错的黑纹，坐下来，遥望那远处的据说有"潜鱼"之景的蠡园。是了是了，潜者为鱼，跃者为龙，鱼者阴，龙者阳，阳者清，阴者浊，失了天柱，空留神鼋，天地是东南倾了。我临风苍凉而悲，我不知道天地是不是还要再倾下去，我简直分不来我是那个未死的杞人呢，还是杞人终又转生了我?！湖面的霞光水汽更红了，起火燃烧到正旺处。西北的沙漠上有海市蜃楼，东南的湖面上有山火燎原，这一切奇境又是神灵在暗示我天地要同此凉热的玄妙吗？难道我虽看不懂神鼋背上的占卜的纹相而以别一样的景色泄机吗？我恍恍惚惚之中意识到天地虽倾但并不会继续倾斜而要复正，不是说米是男性生殖器的象征麦是女性生殖器的象征而西北人缺阴故喜食麦东南人缺阳故喜食米吗？神意如此，真是千声万声的阿弥陀佛了，阿弥陀佛！

西安这座城

○
●

　　我住在西安城里已经是二十年了，我不敢说这个城就是我的，或我给了这个城什么，但二十年前我还在陕南的乡下，确实是做过一个梦的，梦见了一棵不高大的却很老的树，树上有一个洞。在现实的生活里，老家是有满山的林子，但我没有觅寻到这样的树，而在初做城里人的那年，于街头却发现了，真的，和梦境中的树丝毫不差。这棵树现在还长着，年年我总是看它一次，死去的枝柯变得僵硬，新生的梢条软和如柳。我就常常盯着还趴在树干上的裂着背已去了实质的蝉壳，发许久的迷瞪，不知道这蝉是蜕了几多回壳，生命在如此转换，真的是无生无灭，可那飞来的蝉又始于何时，又该终于何地呢？于是在近晚的夕阳中驻脚南城楼下，听岁月腐蚀得并不完整的砖块缝里，一群蟋蟀在唱着一部繁乐，恍惚里就觉得哪一块砖是我吧，或者，我是蟋蟀的一只，夜夜在望着万里的长空，迎接着每一次新来的明月而欢歌了。

我庆幸这座城在中国的西部，在苍茫的关中平原上，其实只能在中国西部的关中平原上才会有这样的城，我忍不住就唱起关于这个地方的一段民谣：

　　　　八百里秦川黄土飞扬，
　　　　三千万人民吼叫秦腔，
　　　　调一碗粘面喜气洋洋，
　　　　没有辣子嘟嘟嚷嚷。

　　这样的民谣，描绘的或许缺乏现代气息，但落后并不等于愚昧，它所透发的一种气势，没有矫情和虚浮，是冷的幽默，是对旧的生存状态的自审。我唱着它的时候，唱不出声的却常常是想到了夸父逐日渴死在去海的路上的悲壮。正是这样，数年前南方的几个城市来人，以优越异常的生活待遇招募我去，我谢绝了，我不去，我爱陕西，我爱西安这座城。我生不在此，死却必定在此，当百年之后躯体焚烧于火葬场，我的灵魂随同黑烟爬出了高高的烟囱，我也会变成一朵云游荡在这座城的上空的。

　　当世界上的新型城市愈来愈变成了一堆水泥，我该怎样来叙说西安这座城呢？是的，没必要夸耀曾经是十三个王朝国都的历史，也不自得八水环绕的地理风水，承认中国的政治、经济、文化的中心已不在了这里，对于显赫的汉唐，它只能称为"废都"。但可爱的是，时至今日，气派不倒的，风范犹存的，在全世界的范围内最具古城魅力的，也只有西安了。它的城墙赫然完整，独身站定在护城河上的吊板桥上，仰观那城楼、角楼、女墙垛口，再怯弱的人也要豪情长啸了。大街小巷方正对称，排列有序的四合院和四合院砖雕门楼下已经黝黑如铁的花石门墩，让你可以立即坠入了古昔里高头大马驾驶了木制的大车开过来的境界里去。如果有机会收集一下全城的数千个街巷名称：贡院门、书院门、竹笆市、琉璃市、教场门、端履门、炭市街、麦苋街、车巷、油巷……你突然感到历史并不遥远，似至眼前飞过一只并不卫生的苍蝇，也忍不住怀疑这苍蝇的身上有着汉时的模样或是有唐时的标记。现代的艺术在大型的豪华的剧院、影院、歌舞厅日夜上演着，但爬满青苔的如古钱一样的城墙根下，总是有人在观赏着中国最古老的属于这个地方的秦腔，或者皮影木偶。这不是正规的演艺人，他们是工余后的娱乐。有人演，就有人看，演和看都宣泄的是一种自豪，生命里涌动的是一种历史的追忆，所以你也便明白了街头饭馆里的餐具，碗是那么粗的瓷，大得称之为海碗。逢年过节，你见过哪里的城市的街巷表演着社戏，踩起了高跷，扛着杏黄色的幡旗放火铳，敲纯粹的鼓乐？最是那土得掉渣的土话里，如果依音笔写出来，竟然是文言文中的极典雅的词语，抱孩子不说抱，说"携"，口中没味不说没味，说"寡"，即使骂人滚开也不说滚，说"避"。你随便走进一条巷的一户人家中吧，是艺术家或者是工人、小职员、个体的商贩，他们的客厅是必悬挂了装裱考究的字画，桌柜上必是摆设了几件古陶旧瓷。对于书法绘画的理解，对于文物古董的珍存，成为他们生活的基本要求。男人们崇尚的是黑与白的色调，女人们则喜欢穿大红大绿的衣裳，质朴大方，悲喜分明。他们少以言辞，多以行动；喜欢沉默，善于思考；崇拜的是智慧，鄙夷的是油滑；有整体雄浑，无琐碎甜腻。西安的科技人才云集，产生了众多的全球也著名的数学家、物理学家，但民间却大量涌现着《易经》的研究家，观天象，识地理，搞预测，做遥控。你不敢轻视了静坐于酒馆一角独饮的老翁或巷头鸡皮鹤首的老妪，他们说不定就是身怀绝技的奇才异人。清晨的菜市场上，你会见到手托着豆腐，三个两个地立在那里谈论着国内的新闻。在公共厕所蹲坑，你也会听到最及时的关于联合国的一次会议的内容。关心国事，放眼全球，似乎对于他们是一种多余，但他们就有这种古都赋予的秉性。"杞人忧天"从来不是他们讥笑的名词，甚至有人庄严地提议，在城中造一尊巨大的杞人雕塑，与那巍然竖立的丝绸之路的开创人张骞塑像相映生辉，成为一种城标。整个西安城，充溢着中国历史的古意，表现的是一种东方的神秘，囫囵囵是一个旧的文物，又鲜活活是一个新的象征。

所以，我数次搬家，却总乐意在靠近城墙的地方住。现在我居住在叫甜水井的方位。井已经被覆盖了，但数个四合院内还保留着古老的井台。千百年来，全城的食用水靠这一带甜水供应，老一代的邻居还说得清最后一届水局的模样，抱出匣子来让我瞧那手摸汗浸而光滑如铜的骨片水牌，耳畔里就隐约响起了驮着水筲的驴子叩击青石板街的节奏。星期日，去那嚣声腾浮的鸟市、虫市和狗市，或是赶那黎明开张、日出消散的露水集场，去城河堰上看那练习导引吐纳之术的汉子，去古旧书店书摊购买几本线装的古籍，去寺院里拜访参禅的老僧和高古的道长，去楼房的建筑工地的土坑里捡一堆称之为垃圾文物的碎瓷残片，分辨其字画属于汉的海风之格或属于唐的山骨之度，一切都在与历史对话，调整我的时空存在，圆满我的生命状态。所以，在我的居室里接待了全中国各地来的客人乃至海外的朋友，我送他们的常常是汉瓦当的一个拓片，秦砖自刻的一方砚台，或是陪他们听一段已无弦索的古琴的无声的韶音。我说，你信步在城里走走吧，钟楼已没钟，晨时你能听见的是天音；鼓楼已没鼓，暮时你能听见的是地声。再倘若你是搞政治的，你往城东去看秦兵马俑；你是搞艺术的，你往城西去看霍去病墓前石雕。我不知疲劳地，一定要带领了客人朋友爬土城墙，指点那城南的大雁塔和曲江池，说，看见那大雁塔吗？那就是一枚印石；看见那曲江池吧，那就是一盒印泥。记住，历史当然翻开了新的一页，现代的西安当然不仅仅是个保留着过去的城，它有着其他城市所具有的最现代的东西。但是，它区别于别的城市，是无言的上帝把中国文化的大印放置在西安，西安永远是中国文化魂魄的所在地了。

游笔架山

岚皋县有座笔架山，山离县城远，路又难走，很少有人去过。笔架山上有一个庙，没庙名的，在山顶南坡的崖窝下，周围树罩严了，上了山的人也不易能寻得到。一九九四年初夏我到那里，为的是山的名字好，没想到山上的月亮出来筲篮大的，红了一片梢林，软和软和得像要流汤水，赶紧拍摄，照片洗出来，月亮却小得可怜，是个白点，至今不明白什么原因。早晨云就堆在庙门口，用脚踢不开，你一走开，它也顺着流走，往远处看，崇山峻岭全没了，云雾平静，只剩些岛屿，知道了描写山可以用海字。崖窝的左边和右边各有一簇石林，发青色，缀满了白的苔，如梅之绽，手脚并用地爬到石林高端，石头上有许多窝儿蓄着水，才用树叶折个斗儿舀着喝干，水又蓄满，知道了水是有根的却不知道石头上怎么能有水根？庙前有一棵老树，树上生五种叶子，有松、柏、栲、皂、枸，死过三次，三次又活过来，知道了人有几重性格，树也有多种灵魂。挖了几株七叶一枝花，采到一枚灵芝，有碟子般大，听着涧溪中的鲵叫，还遇到了一只朱鹮，长喙白羽，飞着似一片树叶飘，东一下西一下的，担心要掉下来，才一喊，如箭一样斜着射出去了。

在庙里住了一天和一夜，这需要掏钱的，因为没有和尚，一个束发的老女人能打卦，但也不是尼姑，就吃到熏肉，不腻，有松果味，吃了耐嚼的豆腐干，吃了笋丝。老女人说庙侧的泉水能去病，去舀着喝了一碗。夜真是漆黑，又寒得渗骨，得烧柴火取暖。屋角有虫鸣，崖头上有野鸽扑啦，也有什么兽叫，松鼠在咬松果，松果落下来发着绵软的响。

庙里的佛像是木刻的，没有彩绘，无灯无磬无钟，也可以不上香，不磕头，但卦却灵。卦谱是木刻的板，陈年老板，抽出签子，用淡墨水在板上刷，用黄表纸一按，卦辞就出来。庙是小庙，像山里的人一样质朴和简单，原因那个和尚早在六七十年前就死了，谁来庙里谁就是庙上人。但是，那个和尚死了，和尚的尸体还在，完好无缺地坐在一个土瓮里，土瓮就在庙前的树下。据说"文革"中有信男怕毁了这金刚不坏身，把它背下山藏在家里，十多年前又背回庙来。沙漠有风无雪雨，制作木乃伊，能运到城里让千人万人瞧稀罕。笔架山山雨无序，鸟兽群聚，而和尚六七十年死而不腐，狼不吃，鸟不啄的，可没有多少游人来看，也没有一个科学家来研究。

从庙后攀藤索能上到崖顶，崖顶上树很老，却是侏儒，有一堆白骨，几片已朽的木板，几颗锈坏的钉。陪我的人说，十年前有一个游医，也想自己有功德，尸首也会不腐，就做了个木箱，自己坐进去，让一个山民把箱盖钉死，结果未出一年木箱腐败，游医成了一堆白骨。那山民呢，犯杀人之罪，判了刑，现在还坐在牢里。

走进塔里木

八月里走进塔里木，为的是看油田大会战。沿着那条震惊了世界的沙漠公路深入，知道了塔克拉玛干为什么称作死亡之海，知道了中国人向大漠要油的决心有多大。那日的太阳极好，红得眼睛也难以睁开，喉咙冒烟，嘴唇干裂，浑身的皮也明显地觉得发紧。车上的司机告诉说，地表温度最高时是七十摄氏度，那才叫个烤呀！公路未修的时候，车队载着人和物资从库尔勒出发，沿着塔里木盆地边沿走，经过阿克苏，经过喀什，再到和田，这是多么漫长的道路，然后沙漠车才能进入塔克拉玛干腹地。这么一趟回来，人干巴巴的，完全都失了形！司机的话使我们看重了车上带着的那几瓶矿泉水，并且相互恶作剧，拧对方的肉，问：熟了没？喉咙也就疼得咽不下唾沫，将手巾弄湿捂在口鼻上。在热气里闷蒸了两个小时，突然间却起风了，先是柏油路上沙流如蛇，如烟，再就看见路边有人骑毛驴，人同毛驴全歪得四十度斜角地走，倏忽飘起，像剪纸一般落在远处的沙梁上。天开始黑暗，太阳不知坠到哪里去了，前边一直有四辆装载着木箱的卡车在疾驶，一辆已经在风中掀翻了，另外的三辆停在那里用绳索拉扯，仍摇晃如船。我们的小车是不敢停的，停下来就有可能打滚，但开得快又有御风起空的危险。司机说，这毕竟还不是大沙暴，在修这条公路和钻井的时候，大沙暴卷走了许多器械，单是推土机就有十多台没踪影了。我们紧张得脸都煞白了，幸好大的沙暴并没有发生，而沉甸甸的雾和沙尘，使车灯打开也难见路。艰艰难难地赶到塔中，风沙大得车门推不开，迎接我们的工人已都穿着棉大衣，谁也不敢张嘴，张嘴一口沙。

接待我们的是副调度长王兆霖，人称沙漠王的，他笑着说：中央领导每次来，天气总是好的，你们一来就坏了。我们也笑了，说这正是老天想让我们好好体验体验这里的生活嘛！

我们走进了大漠腹地，大漠让我们在一天之内看到了它多种面目，我们不是为浪漫而来，也不是为觅寻海市蜃楼和孤烟直长的诗句。塔里木大到一个法国的面积，号称第二个中东，它的石油储量最为丰富，地面自然条件又最为恶劣，地下地质结构又最为复杂。国家石油开发战略转移，二十一世纪中国石油的命运在此所系，那么，这里演绎着的是一场什么样的故事，这里的人如何为着自己的生存和为着壮丽的理想在奋斗呢？我们在塔中始终未逢到好天气，风沙依旧肆虐，所带的衣服全然穿在身上，仍冻得嘴脸乌青。沙漠王是典型的石油人性格，高声快语，又诙谐有趣，领我们去看第一口千吨井，讲这里的过去，讲这里的将来。去英雄的沙漠车队，介绍每一个司机的故事，去看用铁板铺成跑道的飞机场，去亲自坐上沙漠车在沙梁间奔驰，领受颠簸的滋味，去看各处的活动房，去看工人床头上都放的什么书。在过去有关大庆油田的影视中，我们了解了石油人生活的简陋，而眼前的塔里木，自然条件的恶劣更甚于大庆，但生活区的活动房里却也很现代化了，有电视录像看，有空调机和淋浴器，吃的喝的全都从库尔勒运进，竟也节约下水办起了绿色试验园，绿草簇簇，花在风沙弥漫的黄昏里明亮。艰苦奋斗永远是石油人生活的主旋律，但石油人并不是只会做苦行僧，他们在用着干打垒的精神摧毁着干打垒，这里仍是改革的前沿阵地。不论是筑路、钻井、修房和运输，生产体制已经与世界接轨，机械和工艺是世界一流，效益当然也是高效益，新的时代，新的石油人，在荒凉的大漠里，为国家铸造着新的辉煌。

我们在沙漠腹地的日子并不长，嘴里的沙子总是刷不净，忽冷忽热的气候难以适应，我就感冒了，又开始拉肚子，但我们太喜欢那红色的信号服和安全帽，喜欢去井位，在飓风中爬井台，虽然到底弄不明白那里的生产程序和机械名称，却还要喋喋不休地问这问那。新疆是中国最大气的地方，过去的年月里容纳了多少逃难的人，逃婚的人，甚至逃罪的人。而今的塔里木油田上，为了一个共同的目标，五湖四海的人走到一起。塔里木改变了他们的人生观，培养了他们特有的性格和行为方式。他们是那样好客，给你说，给你唱，却极少提到这里的艰苦，也不抱怨这恶劣的气候，说许多趣话，甚至那些带彩的段子，使你感受到生命的蓬勃和饱满。

我们采访了那些在石油战线上奋斗了一生的老大学生，更多地采访了那些才从大学毕业分配来的大学生，问他们为什么没有留在大城市，没有去东南沿海地区。他们对这些似乎毫无兴趣，只是互相戏谑：谁谁在这里举行婚礼的那天，竟自己喝醉了酒，沉睡得一夜不起；谁谁去出车，车在半途坏了，爬了两天两夜，又饥又渴昏倒在沙梁上，幸亏派飞机搜索才救回来，去修那辆车时，才发现车座下面还有着一瓶矿泉水的，真是笨得要死。谁谁的媳妇千里迢迢到库尔勒，指挥部派专车将人送到工地，说好明日再送回库尔勒，可活该倒霉，这一夜却起了特大沙暴，甭说亲热，连睁大眼睛端详一下媳妇都不可能。这些年轻人给我们留下了极深的印象，从沙漠回来后，当我们在繁华的城市坐着小车，就每每想起了他们。世上有许多东西我们一时一刻离不了，但我们却常常忽略，如太阳如空气，我们每日坐车，就忘了车的行走需要的是石油！现在的小孩子，肚子饥了要馍馍吃，馍馍是哪儿来的，孩子们只知道馍馍是从厨房来的。我们也做过一次小小的调查，问过十三个坐车的人：车没油了怎么办？回答都是：去加油站啊！谁又知道发生在沙漠中的这些极普通又极普遍的故事呢？接触了不同岗位不同层次的石油人，临走时，我们见到了塔指的三个领导。邱中建，这是石油战线上无人不晓的一个名字，他的一生几乎与中国所有大油田的历史连在一起，如今已经六十多岁的人，祖国需要他到塔里木来，需要他来指挥这一场新体制新工艺高水平高效益的石油大会战。他离开了北京和家人，一人就长年待在塔里木。钟树德呢，这位塔指的大功臣，为了中国的石油事业，他献出了自己的一只眼睛。他自始至终在塔指，大漠中的每一口井台上都流过他的血汗。当我们见到他的时候，他才从塔中回到库尔勒不久，而那只完全失明的眼睛，因失去了功能，沙子落进去，摩擦得还是血红血红。梁狄刚更是个传奇人物，他的母亲居住在香港，年纪大了，一直希望他也能定居香港，但他虽是大孝子，可忠孝难两全，当中央电视台的记者采访他时，他没有什么华丽的辞藻，只说了句：我不能丢弃我的专业。与这些领导交谈，你如坐在一张世界地图前，坐在一张中国地图前，他们的襟怀和视角是那么大，绝口不提自己的事，只强调这一生就是要为中国找石油。塔里木油田可能是他们人生最后要找的一个大油田了，党和人民让他们来，这就是他们一生最大的幸福。但他们压力很大，因为中央领导一个接一个来塔里木，历史的重任使他们不敢懈怠，如何尽快地发现大的场面，使他们只有日日夜夜超负荷地工作着。

我们去塔里木，我们是几个普通得不能再普通的人，又行色匆匆，但石油人却是那样的热情！所到之处，工人们让签字。签什么字呀，一个作家浪得再有虚名，即使写出的书到处有人读，而比起石油人是多么微不足道啊！他们一有机会就让我写毛笔字，我写惯了那些唐诗宋词，我依旧要这么写时，工人们却自己想词，他们想出的词几乎全是豪言壮语。这些豪言壮语在别的地方已经消失了，或者有，只是领导的鼓动词，而这里的工人却已经将这些语言渗进了自己的生活，他们实实在在，没有丁点虚伪和矫饰，他们就是这样干的，信仰和力量就来自这里。于是，我遵嘱写下的差不多都是"笑傲沙海""生命在大漠""我为祖国献石油"等等。写毕字,晚上躺下,眼前总还是这些石油人的一张张黑红的面孔,想,这里真是一块别种意义的净土啊,这就是涌动在石油战线上的清正之气,这也是支持一个民族的浩然之气啊!回到库尔勒,我们应邀在那里做报告。我们是作家,却并没有讲什么文学和文学写作的技巧,只是讲几天来我们的感受。是的,如何把恶劣的自然环境转化为生存的欢乐,如何把国家的重托和期望转化为工作的能量,如何把人性的种种欲求转化为特有的性格和语言,使我们进一步了解了石油人。如今社会,有些人在扮演着贪污腐化的角色,有些人在扮演着醉生梦死的角色,有些人在扮演着浮躁轻薄的角色,有些人在扮演着萎靡不振的角色,而石油人在扮演着自己的英雄角色。石油人的今生担当着的是找石油的事,人间的一股英雄气便驰骋纵横!

从沙漠腹地归来,经过了塔克拉玛干边沿的塔里木河,河道的旧址上是一眼望不到头的胡杨林。这些胡杨林证明着历史上海洋的存在,但现在它们全死了,成了之所以称为死亡之海的依据。这些枯死的胡杨粗大无比,树皮全无,枝条如铁如骨僵硬地撑在黄沙之上。据说,它们是千年不死,死了千年不倒,倒了千年不烂。去沙漠腹地时,我们路过这里,拍摄了无数的照片。胡杨林如一个远古战场的遗迹,悲壮得使我们要哭。返回再经过这里,我们又是停下来去拍摄。那里修公路时所堆起的松沙,扑扑腾腾涌到膝盖,我们大喊大叫。为什么呐喊,为谁呐喊,大家谁也没说,但心里又都明白,塔里木油田过去现在是没有个雕塑馆的,但有这个胡杨林,我们进入大漠腹地看到了当今的石油人，这些树就是石油人的形象，一树一个雕塑，一片林子就是一群英雄！我们狂热地在那里奔跑呐喊之后，就全跪倒在沙梁上，每人将矿泉水喝干，捧着沙子装了进去带走。这些沙子现在存放在我们各自的书房，我们不可能去当石油人，也不可能长时间生活在那里，而那个八月长留在记忆中，将要成为往后人生长途上要永嚼的一份干粮了。

四方城

今冬无事，我常骑了单车在城中闲逛。城市在改造，到处是新建的居民楼区，到处也有正被拆除的废墟，我所熟悉的那些街，那些巷，面目全非，不见了那几口老井和石头牌楼，不见了那些有着砖雕门楼和照壁的四合院，以及院中竹节状的花墙和有雕饰的门墩。怅怅然，从垃圾堆里寻到半扇有着菱花格的木窗和一个鼓形的柱脚石，往回走，街上又是车水马龙，交通堵塞，真不知是该悲还是该喜。

天黄昏到家，胡武功却在门口蹲着。问：找我吗？他说：找你。入屋吃酒，他从皮夹克衫里往外掏东西，他的夹克衫鼓鼓囊囊，竟掏出百余幅的照片来要我看。原来武功他们同我一样，是这个城的闲人，有兴趣在城里闲逛，而且多年前就这么闲逛了。但是，我闲逛了也就闲逛了，他们闲逛了却抓拍了这么多照片！于是我便兴趣了他那夹克衫，探手再去掏，果然又掏出一个照相机来。我说：你们做了布袋和尚嘛！

照片全摊在床上，如同一瞬间时间凝固，西安城的巷巷道道，人人事事，一下子平面摆在面前。我嗒然忘失自我，也不知在了何处。片刻，扭头看窗外，窗前老槐上正有寒鸦，拍窗它不惊，开窗以酒盅投掷，仍也不起，疑心它必在偷看了我们，是痴是僵。我对西安是熟知的，一张张看着，已不知今夜是从四堵城墙的哪一个门洞进去，拐过了几街几巷，又要从哪一个门洞出来；只急急寻找四合院中四分五裂的隔墙和篱笆中的人家，那早晨排队而入的公厕呢？那煤呢？那盛污水的土瓮呢？老爷子的马扎凳小孩子的摇篮车呢？小小的杂货店里老板娘正在点钱。蹬三轮车的小贩在张口叫卖。巷口的谁家有了丧事，孝子贤孙为吹鼓手的耳上夹烟。城墙根织沙发床的人回过头来，一脸惊恐，原来是不远处爆玉米花的人又爆出了一锅。风雨中红灯一片的夜市上，手持了大哥大的小姐与收破烂的民工同坐一桌吃起饺子了。来去匆匆的上班人群中，有老头坐在隔离墩上茫然四顾。那放风筝的孩子，风筝挂在了树上，一脸无奈。那电杆下扎堆的人指手画脚，观棋而语一定不是些君子。挂满广告条幅的商场门口，是谁摸奖摸中了，一人仰笑，数人顿足。坐在时装店塑料模特脚下的艺人拉二胡，眼睛闭着是自己陶醉，还是原本就是瞎子？擦皮鞋的老妪蹲在墙角，牵长毛狗的小姐一边走一边照镜。从仅容一身的巷道里跑过来的是谁？甑糕摊前那位洋人在说什么？股票交易厅外又是拥满了人，邮局门口代书写信件、状词的三张桌子怎么空无一人……一座转型时期中的古城里，芸芸众生在生活着。生活中有他们的美丽和丑陋，有他们的和谐与争斗。我看了这张又急切翻看那张，喃喃地问：

我在哪儿，哪一张有我呢？

举起杯来，向胡武功敬酒。我说，以这么大的热情和朴实无华的镜头，这么真实地记录一个城市的百姓生活，在中国摄影史上还并不多见吧。而在这些作品中，从人与城的关系、人与人的关系、人和城与时代的关系里，你们竟能表现出如此丰富的历史性、哲理性和艺术性！

我们都是西安城的市民，我们荣幸生活在这个城里又津津乐道这座城，但正如河水，看到的河水又不是了看到的河水，在这瞬息万变的年代，谁能是真正意义上的西安记录员呢？摄影是一门能将复杂处理成简单，而又能在简单中透出复杂的艺术，如果这批照片结集，最能清点二十世纪末的西安的面目。今天的西安人或熟知西安的人，我们同历史将从古城走出去，明天的人或不熟悉这个时期西安的人又将会凭此集再走回古城啊！

我这么对胡武功说着，屋外已大风吼窗，胡武功酒红上脸，开始讲他们四人数年里的奔波，说是在去年的冬季，也就是今日同一个黄昏，他们在北门口拍摄，阴雪四集，寒风酸牙，后在一个小酒店里也是吃酒的，吃酒全为取暖，四人不觉哑笑，真该是"为乐未几，苦已百倍"。听他喋喋不休讲去，我脑子里却生想：去年寒夜，今夜谈起，今夜情景，谁又会知道呢？歪头看胡武功，胡武功说着说着，头一沉，趴在那里却睡着了，是酒力发作还是太疲倦，鼾声微起。一双鞋，是那种穿得很烂又脏的旅游鞋，已掉在床下，呈出个×状。

圌山

八月为圌山来苏，先在江油一望，东北半空黛色，一山独立，只显得天低云白。江油自古称孤城，孤城对独山，山是好山，城也是好城。

午后去登临，一路往高处走，上了山山还在山上。收割后的稻田已不存水，稻草一拢一拢却支立在那里，层层递进，遍野密布。圌山主峰透逸如城堡，稻草拢俨然列阵，已是兵临城下了。顺主峰下一道斜梁再走，走出三里地，才发现梁势为 S 形。梁左右成洼，聚水成湖，恰夕阳西照，一湖白亮，一湖主峰遮阴为黑。山中自有太极图，难怪山又称灵山，唐人窦子明在此羽化成仙。

以为窥得堪舆机理，便急不择路往主峰狂奔，到了峰下，岩陡如墙，仰脖则面壁，已不见峰头古柏。手扯壁上藤蔓，能摇动不能引上，野鸽腾飞，鸟粪哗哗下落。好不容易冲开兵阵近来，却"城下叩关门不开"。吆喝了数声，无有应和，绕了壁底往右觅路，发觉不对，又往左，行百十丈后又觉不对，回头再往右，慌张约一里地，忽清光一线，峰开小口，忙入其内，便见一片平场，两间茶园，歪歪斜斜数顶滑竿之中，几人正玩牌作乐。还未问路，人已围住，牵衣扯膊让坐滑竿。坐吧，从江油到峰下半天已过，精疲力竭，望峰顶还在云端，天又开始落雨。坐上了，却又想，半天已过，又已到了峰下，何必留个不是走上去的遗憾？遂罢手疾走，一边听那伙人在身后恶声作骂，一边沿一条道路深入。

行不多时，仰头看刀截一般的崖头有人影说话，嗡嗡一团，不辨其语。忽一石从上跌下，忙收脚站定，那石跌到地面时倏忽一滑，无声停落在一棵树上，看清方知是鸟。路高下曲折，需不停撩拨树枝才能前行，五步之外就不知出没，如雾里开车。雨似乎比先前还大，却看不见雨脚。古树尽都没有柔枝，梢林又全藤蔓挂须，大小叶片光亮明灭不定。路两旁长满马蓝，蓝气弥漫，染路面也染人，身上白衫眼见着越来越不白。行了半会，怀疑起路的方向，事到如今，也只能随着路走。再深入半会，脑子就恍惚起来，感觉迷糊，不敢喊也不敢跑，缩骨塞背人已如雨中鸡。终恐惧不过，拔脚一跑，一跑就收不住，树枝刮破几处衣裤，一跤倒卧在那里。卧着头不敢抬，静听了半时没有声息，睁开眼来，竟是境界大变：树遁天开，面前赫然矗起一座山门，上书"云岩寺"。一时不知是梦里，抑或神鬼使幻？发呆了半晌，也分辨了半晌，才醒悟自己走的是一条后路，已由峰下盘旋到了峰上前路处。错中得福，倒嘿嘿发笑这寺藏得好，这山门造得好所在。

便要记得这山门，细细读起门上的雕饰，便闻得一股奇香，回身四顾，一株龙柏后，一僧人在焚柏籽。僧人一定见得我刚才的模样，若悄然离开，太丢体面，逐近去问僧："寺建于何年?"僧说："唐乾符。"又问："山前有太极图，怎么是寺?"僧说："东禅林西道观。"转身而去。心平常下来，拾级而上，楼宇掺杂，果然是文武殿、护法殿、超然亭、飞天藏，佛道既都耐得清凉，一山也容得两教了。殿与殿依山建筑，随势赋形，拐弯衔接之处窄窄斜斜却是茶园、饭馆、旅社、客堂：整个山上倒如一座园林庭院。这一切自与别处寺院景致略同，总不明白窦子明怎么在此修炼，虽能观山前太极图，可识得此机就会成仙?坐在一殿门口歇气，一回头却见殿内上接梁下着地悬一巨型木塔，八棱八方四层四界，上刻天宫星月山水人物。知道这是星辰车，兴趣顿起，进去伏地看了塔柱下边的藏针，依风俗推动三匝，停止后察看面对自己的神像为男为女。竟然是女！不知是喜是忧，也不知往后运势好坏，要寻人问询，殿内无客无僧，墙上有古人诗句："推出星辰空里转，移来日月阁上悬，通天妙智源针窍，一法明时万法全。"好寺好诗，窦子明能将乾坤视为掌中之物，运转日月星辰又以一针之悬，通天贯地的玄理原来是如此的细微啊！

因在星辰车处流连太久，登上峰高处已是黄昏，雨虽停歇，但风云往来。高处并不阔，涧断三柱，西柱有东岳殿，南柱有窦真殿，北柱有鲁班殿。三柱以铁绳连系，殿皆沉浮云海之中。站在东岳殿外，脚下似摇晃之感，头也晕眩，但还是去崖头看清人诗碑："人间尽有坦平路，谁向灵山顶上来?"我来了！我千里而来，因我"生无长房缩地术，不能摄取此山长在目；手无秦皇驱山鞭，不能安置此山西湖边"，我只有千里而来；我来并不羡仙，我自知我"亦有陶令兰舆谢公屐，役役奔走风尘只名利"。来了就是来访孤，来问独，来"愁坐正书空"。我捡起一片小石，宁愿落个爱刻爱划的恶名，还是悄悄在崖头写了"平凹来此"四个小字。

写毕，转悠了西柱头所有能站立之地，却不能到对面的北柱头的鲁班殿。那殿坐满柱头，柱头正好一殿，墙角齐边齐沿，檐角凌空，不知当初如何建造。殿门紧闭，唯两窗洞开，天色灰暗看不清里边结构。为桥的一线铁绳发着冷光，萧然无声。传说里，山上的和尚可渡此桥，每日自在来去焚香清馨，但并不是每个和尚能够，每代只产生一人有此技。当今自然有能渡者，便求小僧请出那人，小僧却说渡者不巧下山去了。不能被领携过渡，也不能见过渡人的风姿，心知自己缘分还浅，却心中默默许愿：来一鸟代我前去索隐吧？念头刚起，果见一鸟飞落绳桥，羽毛翻乱，几乎要坠去，遂一声嘶叫，终于飞进殿去。我怔了半天，两拳为鸟加劲竟攥出汗来，继而欢呼不已，感念这鸟了。鸟是不是进山时见到的那只鸟，但我认作就是，我称它是青鸟，竟躬身致敬。此时天已黑，风硬如拳，殿旁古松枝叶嚯嚯，一轮明月涌出，我第一回见得月大如鼓。

摸黑下山，仍宿于江油，一夜学琴不睡。翌日清晨离开孤城，再望圌山，白云已封。

进山东

第一回进山东，春正在发生，出潼关沿着黄河古道走，同车里有着几个和尚——和尚使我们与古代亲近——恍惚里，春秋战国的风云依然演义，我这是去了鲁国之境了。鲁国的土地果然肥沃，人物果然礼仪，狼虎的秦人能被接纳吗？沉沉的胡琴声从那一簇蓝瓦黄墙里传来，音韵绵长，和那一条并不知名的河，在暮色苍茫里蜿蜒而去，弥漫着，如麦田上浓得化也化不开的雾气。我听见了在泗水岸上，有了"逝者如斯夫"的声音，从孔子一直说到了现在。

我的祖先，那个秦嬴政，在他的生前是曾经焚书坑儒过的，但居山高为秦城，秦城已坏，凿池深为秦坑，自坑其国。江海可以涸竭，乾坤可以倾侧，唯斯文用之不息，如今，他的后人如我者，却千里迢迢来拜孔子了。其实，秦嬴政在统一天下后也来过鲁国旧地，他在泰山上祀天，封禅是帝王们的举动。我来山东，除了拜孔，当然也得去登泰山，只是祈求上天给我以艺术上的想象和力量。接待我的济宁市的朋友说：哈，你终于来了！我是来了，孔门弟子三千，我算不算三千零一呢？我没有给伟大的先师带一束干肉，当年的苏轼可以唱"执瓢从之，忽焉在后"，我带来的唯是一颗头颅，在孔子的墓前叩一个重响。

　　一出潼关，地倾东南，风沙于后，黄河在前，是有了这么广大的平原才使黄河远去，还是有了黄河才有了这平原？哐啷哐啷的车轮整整响了一夜，天明看车外，圆天之下是铅色的低云，方地之上是深绿的麦田，哪里有紫白色的桐花哪里就有村庄，粗糙白土坯院墙，砖雕的门楼，脚步沉缓的有着黑红颜色而褶纹深刻的后脖的农民，和那叫声依然如豹的走狗——山东的风光竟与陕西关中如此相似！这种惊奇使我必然思想，为什么山东能产生孔子呢？那年去新疆，爱上了吃新疆的馕，怀里揣着一块在沙漠上走了一天，遇见一条河水了，蹲下来洗脸，"日"地将馕抛向河的上游，开始洗脸，洗毕时馕已顺水而至，捡起泡软了的馕就水而吃。那时我歌颂过这种食品，正是吃这种食品产生了包括穆罕默德在内的多少伟人！而山东也是吃大饼的，葱卷大饼，就也产生了孔子这样的圣人吗？古书上也讲，泰山在中原独高，所以生孔子。圣人或许是吃简单的粗糙的食品而出的，但孔子的一部《论语》能治天下，儒家的文化何以又能在这里产生呢？望着这大的平原，我醒悟到平原是黄天厚土，它深沉博大，它平坦辽阔，它正规，它也保守而滞板，儒文化是大平原的产物，大平原只能产生于儒文化。那么，老庄的哲学呢，就产生于山地和沼泽吧。

　　在曲阜，我已经无法觅寻到孔子当年真正生活过的环境。

如今以孔庙孔府孔林组合的这个城市，看到的是历朝历代皇帝营造起来的孔家的赫赫然大势。一个文人，身后能达到如此的豪华气派，在整个地球上怕再也没有第二个了。这是文人的骄傲。但看看孔子的身世，他的生前凄凄惶惶的形状，又让我们文人感到一份心酸。司马迁是这样的，曹雪芹也是这样的，文人都是与富贵无缘，都是生前得不到公正的。在济宁，意外地得知，李白竟也是在济宁住过二十余年啊！遥想在四川参观杜甫草堂，听那里人在说，流离失所的杜甫到成都去拜会他的一位已经做了大官的昔日朋友，门子却怎么也不传禀。好不容易见着了朋友，朋友正宴请上司，只是冷冷地让他先去客栈里住下好了。杜甫蒙受羞辱，就出城到郊外，仰躺在田埂上对天浩叹。尊诗圣的是因为需要诗圣，做诗圣的只能贫困潦倒。我是多么崇拜英雄豪杰呀，但英雄豪杰辈出的朝代，斯文是扫地的。孔庙里，我并不感兴趣那些大大小小的皇帝为孔子树立的石碑，独对那面藏书墙钟情，孔老夫子当周之衰则否，属鲁之乱则晦，及秦之暴则废，遇汉之王则兴，乾坤不可久否，日月不可久晦，文籍不可久废啊！

当我立于藏书墙下留影拍照时，我吟诵的是米芾的赞词：孔子孔子，大哉孔子！孔子以前，既无孔子；孔子之后，更无孔子。孔子孔子，大哉孔子！出得孔府，回首看府门上的对联，一边有富贵二字，将富字写成"冨"，一边有文章二字，将章字写成"章"，据说"冨"字没一点，意在富贵不可封顶，"章"字出头，意在文章可以通天。唏，这只是孔门后代的得意。衍圣公也是一代一代的，这如现在一些文化名人的纪念馆，遗孀或子女大都能当个纪念馆长一样的。做人是不是伟大的人，生前姑且不论，死后能福及子孙后代和国人的就是伟大的人。孔子是这样，秦嬴政是这样，毛泽东也是这样，看着繁荣富裕的曲阜，我就想到了秦兵马俑所在地临潼的热闹。

在孔庙里我睁大眼睛察看圣迹图，中国最早的这组石刻连环画，孔子的相貌并不俊美，头凹脸阔，豁牙露鼻。因父亲与一个年龄相差数十岁的女子结婚，他被称为野合所生。身世的不合俗理和相貌的丑陋，以及生存困窘，造就了千古素王。而秦嬴政呢，竟也是野合所得。有意思的是秦嬴政做了始皇，焚书坑儒，却也能到泰山封禅。他到了这里，不知对孔子做何感想。他登泰山而天降大雨，想没想到过因泰山而有了孔子，也可以说因了孔子而有了泰山，在泰山上他能祀天而求得以武功得天下又以武功能守天下吗？

我在泰山上觅寻我的祖先遇雨而避的山崖和古松，遗憾地没有找到这个景点。听导游的人解说，我的祖先毕竟还是登上了山顶，在那里燃起了熊熊大火与天接通，天给了他什么昭示，后人恐怕不可得知。而事实是秦亡后，就在泰山之下，孔庙孔府孔林如皇宫一样矗起而千万年里香火不绝。孔子就是五岳独尊的泰山吗？泰山就是永远的孔子吗？登泰山者，人多如蚁，而几多人真正配得上登泰山呢？我站在拱北石下向北面的峰头上看，我许下了我的宏愿，如果我有了完成夙愿的能力和机会，我就要在那个峰头上造一个大庙的。我抚摩着拱北石，我以为这块石头是高贵的，坚强的，是一个拳头，是一个冲天的惊叹号。

古人讲：登泰山而一览众山小。周围的山确实是小的，小的不仅仅是周围的山，也小的是天下。我这时是懂得了当年孔子登山时的心境，也知道了他之所以惶惶如丧家之犬一样到处游说的那一份自信。

我带回了一块石头，泰山上的石头。过去的皇帝自以为他们是天之骄子，一旦登基了就来泰山封禅，但有的定都远，他们可以来泰山祀天，也可以自家门前筑一个土丘作为泰山来祀，而我只带回一块石头——泰山石是敢挡的——泰山就永远属于我，给我拔地通天的信仰了。

进山东的时候，我是带了一批《土门》要参加签名售书活动的，在济宁城里搞了一场，书店的人又动员我能再到曲阜搞一次，我断然拒绝了。孔子门前怎能卖书呢？我带的是《土门》，我要上泰山登天门，奠地了还要祀天啊！我站在山顶的一截石阶上往天边看去，据说孔子当年就站在这儿，能看到苏州城门洞口的人物，可我什么也看不见，我是没有孔子的好眼力，但孔子教育了我放开了眼量，我需要一副好的眼力去看花开花落，看云聚云散，看透尘世的一切。

怀着拜孔子、登泰山的愿望进山东，额外地在济宁参观了武氏祠的汉画像石，多么惊天动地的艺术！数百块的石刻中，令我惊异的是最多的画像竟是孔子见老子图。中国最伟大的会见，历史的瞬间凝固在天地间动人的一幕，年轻的孔子恭敬地站在那里，在袖筒中伸出两只雁头，这是他要送给老子的见面礼。孔子身后是颜回等二十人，四人手捧简册，而子路头有雄鸡，可能是子路生性喜辩爱斗的吧。这次会见，两人具体说了些什么，史料没有详载，民间也甚不传说，而礼仪之邦的芸芸众生却津津乐道，乐此不疲，以至于这么多的石刻图案。老子在西，孔子在东，孔子能如此地去见老子，但孔子生前为什么竟不去秦呢？这个问题我站在泰山顶上还在追问自己，仍是究竟不出，孔子说登泰山而赋，我要赋什么呢？我要赋的就只有这一腔疑惑和惆怅了。

丽江古城

我最喜欢的是丽江古城里的水，在西北生活得久了，知道什么为渴望，第一回到昆山的周庄，见到流水穿街过巷，入院过墙，兴奋得大呼小叫，但周庄的水毕竟太软太柔，有一股鱼虾的腥味，丽江古城的水就不一样了，它是玉龙山上下来的雪水，经双石大桥一分而三进城的，清泠有声，洁净无泥。桥有千座，石拱的，石条的，木板的，孔也是单孔、双孔和多孔。才驻脚在最古老的栗木板桥头，说那栗木质如石料，那垂柳苍枝如龙蟠，便瞧见河边的浅水里活动着一只瑞兽，忙趋身近去，是一面石板上有着瑞兽的浮雕。浮雕绝对是明清时期的物件，我移动不起，便感叹这么好的东西竟丢弃在这里！遂捧水洗脸，趁机咽下了一口，没想就爆响了一片笑声。

笑声在河对岸的木楼上，揭窗高撑，站在窗口的是与我同来丽江古城的王先生和张女士，我们是在四方街走散了的。我先是在一个卖铜器的摊前翻那些铜件，拿了这件又丢不下那件，商贩就把一颗烟递过来和我说话，他说四方街可是古城的心脏，有四条主要街道通向四面八方，每条主要街道在城内又有数十条街巷向四周延伸。我说若没有方的城墙，那这里该是个平放的车轮轴心了。商贩说，丽江古城从来没城墙。这我就犯嘀咕了，天下还真有古城没城墙的？商贩问我从哪儿来，我说是西安。他说：噢，难怪了，你不晓得纳西族的历史。原来隋末唐初，纳西族人就居住在了这里，明洪武十六年这里的土司越过千山万水朝觐了朱元璋，朱元璋给土司起了汉姓木，意思是朱下面为木，让其坐上第一任世袭的丽江军民总管府的宝座。木府土司从那时起就建设城市，但偏不修城墙，认作木字四周有墙便是困字，怕影响木家的兴旺发展。故事说得颇为有趣，商贩越发地得意，又介绍说早先这里是土坪场，后来用五花石铺成了一个府印之状的广场，又在广场沿河一边修了水闸，每日日落散市后，关闸漫水，西河水自然通过广场和七一街、五一街流向中河，就将广场和街道冲洗得干干净净了。城市有这么个清洁法，真使我如听神话，仰头看看日头，日头才到当顶，指望着目睹关闸漫水的场面是不可能了，这才想起一块游四方街的王先生和张女士，但这里摊贩云集，人头攒拥，哪里寻得着他们的身影？现在不期然而然竟又遇着，张女士尖声打趣我：不见你了，还以为你尾随了哪一位纳西姑娘去人家吃茶了！我说你怎么知道的，我真的尾随了一位姑娘直走到卖鸭桥头，她进了一家店里吃鸡豆凉粉，她拿眼窝我，我便离开了，但我并不是要对她非礼，我是欣赏她的披肩呢！纳西族妇女的服饰是非常美丽的，差不多宽腰大袖，前幅短后幅长及胫的镶边祆儿，外加紫色或青色的坎肩，下着长裤，腰系多折，绣有蜂蝶图形，而围圈上则用金线和彩丝绣了图案，称作"披星戴月"。"披星戴月"这四个字汉族里是形容辛劳的，纳西族人却使它产生了诗意。南方的妇女比北方的妇女要劳苦，纳西族更是如此。除了家务仍要务农经商，什么都靠肩背，昨天下午在进城的路上我是看见过一个七十多岁的老太太，腰已经弯得厉害，却仍是背着一个大背篓，背篓里高高装着杂物，背篓的宽背带斜系在肩上，因为太重，一只手紧紧抓着背带，但她的脚步很稳。今天早晨，我起得早，在宾馆后面的小坡上散步，更是有一群妇女往坡上背石头，可能是坡上正修建什么。她们是将大块的石头放在背上，用绳捆着一直到脖前，坡道在转弯时路面太陡，架了木板，木板上横着钉了木条，她们就踩着木条吭哧吭哧往上走。那腰系的多折随之摆动，其上的蜂蝶图案如活了一般。我说完了我的见闻，张女士说："你到楼上再看看吧，更有叫你稀罕的事哩！"拉着我就上了楼。

楼是木楼，明代的物事，那楼梯的扶手，二楼的护栏，以及所有的门和窗，都有着十分精致的雕花，在内地的安徽和山西，有至今保存得完整的明清村落，依然雕梁画栋，但汉族民居的雕刻多是历史人物故事图，而纳西族信奉万物有灵，崇拜多神，他们雕刻的几乎全是飞禽走兽花鸟草木。站在楼道上往远处一看，全城尽在眼下，你看到的没街没巷，屋的檐角翘起的瓦顶皆密密麻麻浮着，如黄河开冻后涌下的浮冰。而看楼旁的几处院落，认得哪一所是三坊一照壁，哪一所是四房五天井，哪一所又是一进两院，什么是妹楼、明楼，什么又是走马转角楼。进了楼上一间房中，原来是木雕工艺店同时也是作坊，四壁挂满了各种变形人兽雕件，一老者戴着老花镜正刻一只青蛙圆盘。他刻得真好，先是在白木圆盘上涂上了一层墨，然后并不画草稿，刀就在上面来回走动，刻剔出的是白，留下来的是黑，外一圈是狼狐虎豹头，中间是一个人面蛙身神，拙朴生动。我连声叫好，掏钱把蛙盘买下了。张女士说让女儿在盘背面留下姓名吧，我有些迟疑，以为这是张女士戏弄我了，可她却把我推进里边的套间里，套间里果然坐着一位极漂亮的姑娘，姑娘正在灯下抄写什么。近前看了，不觉大惊，她用的是方杆竹笔，写的是象形文字。来丽江古城，是受纳西人的象形文字而诱惑的，虽在街上看到了每家店牌的汉字下写有象形文，但毕竟还未目睹更多的象形文字，而且是现场书写。老实讲，这些象形文字我大略能看出每一个象形要代表的意思，但一个字一个字连起来就如对了天书，更不知其读音。姑娘告诉我，她这是抄写东巴教经文的。东巴教是纳西人的一种古老宗教，其图画象形的文字是当今世界上唯一保留完整的活着的象形文字，东巴文写成的东巴经有两千余册一千多种，内容涉及宗教、历史、语言、文学、天文、地理、哲学、医学、神话、艺术等等，堪称纳西古代的百科全书。我们赞叹着她这么年轻竟会东巴文，她羞涩地说她也是才学的，如果晚上去看古乐会表演，东巴教祭祀东巴，也就是神父身份的老者会在场，老东巴才是集巫、医、学、艺、匠于一身的。我们忙打问了晚上古乐会在哪儿表演，几时开演，并要求姑娘在蛙盘上签名留念。姑娘提笔写了，我只认得了一九九九年、月、日，因为一是画了一个逗号，九是画了九个逗号，月是画了个半月，日是画了个太阳。

晚上，我们寻着了古乐会演出地，想不到的全城竟有数家古乐会同时演出。先去了一家是乐舞并举，场面极其地华丽和神秘，演奏的是以道家洞经古乐《玉清无极总真文昌大洞仙经》和儒家典礼音乐为载体保存了部分唐宋元明的同曲牌音乐和纳西先民的"巴石什礼"音乐。这些曲牌在内地早已失传，却奇迹般地保留在丽江，并世代相传！音乐奏毕，主持人宣布老东巴领衔表演东巴舞，但见演奏者中的那个有着雪白胡须的老人走了出来，说了一通东巴语，随之表演起蛙舞，身手敏捷，而且表情万般丰富。可惜观看的游客太多，演出厅里连过道都挤满了人，我们不可能去台上和老东巴见面。待一场演出完毕，我们来到了街上，兴趣并未退去，急忙忙又往另一演出点跑，遗憾的是那里的演出刚刚结束，乐队已经离开了，但我们有幸被允许进去看看演出厅。这个演出厅是一座有着七八个朱红木柱的大房子，摆满了一排一排木椅，而地上则铺着厚厚的柏朵，演出台宽敞而略高，各种隔栏和木架，摆放着乐器和奇奇怪怪的人神面具。台墙上绘有图腾壁画，供奉了什么神位，有木雕的也有泥塑的。厅内灯已经关闭得只留下四角各一盏，乐器和神像发着幽光，驻脚留意进厅处的木板墙上的一溜镜框，里面是多位古乐会的老乐师，他们都穿着刺绣着龙凤和团花的长袍，又都是白胡飘胸，手执着二胡、板胡、琵琶、三弦，神态庄严，高深古雅。我们虽然未聆听到这些老者的演奏，但面对着皆是八十岁以上的古乐演奏的活化石们的照片，感觉到在天上，在大厅里，在我们心里旋律骤起，进入了一个崇高、空灵而远古的梦境之中。

　　丽江离西安的距离实在是太远了，但在丽江的两夜一日中总恍惚我并未离开西安，或者我就在西安。造物主造就了这个地球和人类，哪儿都有好山好水，有好山好水的地方就有人类，有人类就有着智慧，这便是丽江古城给我的启示。现在丽江古城被联合国批准为世界文化遗产，受到了保护，我将把这两夜一日今生今世保存在心里。

黄河魂

看黄河可以去许多地方，但要看黄河的精神气势，去小北干流中段的西岸最好。若从合阳县东的土塬下来，九十里宽的河滩上烟波浩渺，你会惊叹黄河出了龙门后是多么自由，自由使黄河没了暴戾，舒缓却更加壮阔深沉。一边是数百米高的黄土峡壁如暮云堆积，一边是大水走泥，稠铜滥漫；天荒地老，世事沧桑，你能不为自己的生命存在而锐声呐喊吗？如果能在这里多待上些日子，黎明早起就可以饱览黄河之水为什么是"天上来"，天近傍晚又可领略长河落日是如何的圆。黄河是二十四小时里因阴晴雨雪而变幻着颜色，主流道的开合聚散却以三十年的时空演义着它或在河东或在河西的谚语。夏日里，上千米的河床会在瞬间崩岸，河中的沙峰像地毯一样卷起，那是黄河在"揭底"。秋冬两季，水底有牛吼般的声音间或响起，这是黄河又在"地啼"。什么是魂魄，附气之神为魂，附形之灵为魄；太多的瑰丽太多的雄浑和太多的神秘，使黄河在这里构成了天下最独特的声与色的奇观，所以我称这里是"黄河魂"景区。

大唐芙蓉园记

曲江一带素来是西安的文脉之地，秦汉隋时这里便建过囿，到了唐代，更是皇家御苑和公共自然景区。但明清以后，所有的建筑、植被毁于兵火，残山剩水，废成了一片荒野。新世纪之初，江的北岸大兴土木，再建芙蓉园，辟地九百九十九亩，水阔三百三十三亩，建筑面积超过了五万平方米，创意之新，耗资之巨，做工之良，费时之久，令人叹为观止。

园内南为山峦，北为水面。如果进西御苑门，一经芙蓉桥，日光便先采水上，山势急逼到眼前。沿波池阪道深入，愈入愈曲，两旁嘉树枝叶深深浅浅，疑有颜色重染，树下异草，风怀其间。山峦东高西低，紫云楼建于主峰上，阙亭拱卫，馆桥飞渡，雄伟不可一世。登楼临窗，远处的秦岭霞气蒸蔚，似乎白云招之即来。回首北边湖面，烟水浩渺，白鹭忽聚忽散。对岸有望春阁，却是另一番态度。一个如龙盘山顶，一个如凤栖水边，两相欲语，却二湖雾漫，白茫茫一片，好像又坐忘于数千年里的往事中，销形作骨，铄骨成尘，更因风散。忽听得有丝竹管弦从山后传来，循声而去，过南馆院，转廊槛，由码头驾船到凤凰池，但见笋穿石罅，荷高桥面。山后果然有戏馆，有唐集市，有曲水流觞，有御宴宫，只是游人如蚁，极尽繁华。绕过山脚，找一块僻静处，路上就有灰雀，鸡蛋般大，起落如掷石子，撵了灰雀到一片林前，看小桃开泛了，道边花分五色，忽一齐飞起，方知是蝴蝶蹁跹。从溪上小桥通过，步入峡谷，唐人诗句刻于崖上，一群小儿在下啼呀念诵，便见一鸭从溪中爬出，摇头晃尾而来。抱鸭出谷，拣一奇石歇息，盯一处妙地，思想此间可起小楼，驯鹿招鹤，指月评鱼。正得意着，天空恰好飘一朵云，倏忽细雨洒下，细雨是脸上有感觉，衣衫却不湿。跳跃着跑进一簇馆舍，却怎么也找不着出路，流水穿过这家庭院又穿过那家楼阁，墙那边的慈竹竟萌了墙这边的弄堂。蓦然回头，竟是长廊，廊则绕湖南往湖北，走走停停，看不够山巅、坡侧、临岸、水上的楼亭台阁依势而筑，隐显疏密。扶廊栏探身，湖水是掬不着的，荷叶翻卷，俯仰绿成波浪，金鲤成群，宛若红云铺底。遂坐船自划到湖心岛上，岛上有古石，藓斑大如铜钱，有老梅枝压亭檐，立于亭前听一女子弹琵琶，忽见湖面微皱，如抖丝绸，岛似乎在移动。买一杯茶来，慢慢品尝，直至天近黄昏时，再驾船到北岸，望春阁下，丽人馆外，成群结队的女子，个个衣着新鲜，或嬉戏于浅水滩，或围坐于草坪中，有花能解语，无树不生香，她们既看风景，又让人看，一直要等待夜幕降临，观看水幕电影和焰火表演。

闻名来游园，游园而忘归。芙蓉园之所以让国人震撼，世界称奇，它不再是中国传统的山水写意园林的模式，而将盛唐最有代表性的，如帝王、诗词、歌舞、市井、佛道、饮食、妇女、杏园、茶酒、科技等主题文化让建筑园林大师们赋以景点，每一处都有说法，每一处都成了文化祖庭。古人讲："天生大唐则必有长安这样的城邑以成其都，有长安城则必有曲江这样的池园来辅助其功。"几千年来，中国从未像当今如此渴望强盛，人民从未像当今渴望生活得从容优雅。芙蓉园体现了大唐气象，传达着一种精神上的向往和需求。人无精神者颓，城无精神者废，国无精神者衰，芙蓉园建在西安，西安有了自信自强，中国何不昌盛！

又上白云山

○
●

　　又上白云山，距前一次隔了二十五年。

　　那时是从延安到佳县的，坐大卡车，半天颠簸，土眯得没眉没眼，痔疮也犯了，知道什么是荒凉和无奈。这次从榆林去，一路经过方塌、王家砭，川道开阔，地势平坦，又不解了佳县有的是好地方，怎么县城就一定要向东，东到黄河岸边的石山上？到了县城，城貌虽有改观，但也只是多了几处高楼，楼面有了瓷贴，更觉得路基石砌得特高，街道越发逼仄，几乎所有的坎坎畔畔，没有树，都挤着屋舍。屋舍长短宽窄不等，随势赋形，却一律出门就爬蹬道，窗外便是峡谷。喜的是以前城里很少见到有人骑自行车，现在竟然摩托很多，我是在弯腰辨认峭壁上斑驳不清的刻字时，一骑手呼啸而过，惊得头上的草帽扶风而去，如飞碟一样在峡谷里长时间飘浮。到底还是不晓得县体育场修在哪儿，打起篮球或踢足球，一不小心会不会球就掉进黄河里去呢？县城建在这么陡峭的山顶上，古人或许是考虑了军事防务，或许是为了悬天奇景，便把人的生活的舒适全然不顾及了。

其实，陕北，包括中国西部很多很多地方，原本就不那么适宜于人的生存的。

遗憾的是中国人多，硬是在不宜于人生存的地方生存着，这就是宿命，如同岩石缝里长就的那些野荆。在瘠贫干渴的土地上种庄稼，因为必定薄收，只能广种；人也是，越是生存艰辛，越要繁衍后代。怎样的生存环境就有怎样的生存经验，岩石缝里的野荆根须如爪，质地坚硬，枝叶稀少，在风里发出金属般的颤响。而在佳县，看着那腰身佝偻，没牙的嘴嚅嚅不已，仍坐在窑洞前用刀子刮着洋芋皮的老妪，看着沟畔上的汉子，枯瘦而孤寂，挥动着镢头挖地的背影，你就会为他们的处境而叹吁，又不能不为他们生命的坚韧而感动。

为什么活着，怎样去活，大多数人并不知道，也不去理会，但日子就是这样有秩或无秩地过着，如草一样，逢春生绿，冬来变黄。

确实在一直关注着陕北。曾倏忽间，好消息从黄土高原像风一样吹来：陕北富了，不是渐富，是暴富，因为那里开发了储存量巨大的油田和气田。于是，这些年来，关于陕北富人的故事很多，说他们已经没人在黄土窝里蹦着敲腰鼓了，也没人凿那些在土炕上拴娃娃的小石狮子和剪窗花。那虽然是艺术，但那是穷人的艺术，现在的他们，背着钱在西安大肆购房，有一次就买下整个单元或一整座楼，有亲朋好友联合着买断了某些药厂，经营了什么豪华酒店。他们口大气粗，出手阔绰，浓重的鼻音成了一种中国科威特人的标志。就在我来陕北前，朋友就特别提醒路上要注意安全，因为高速公路上拉油拉气的车多，他们从不让道，也不减速。果然是这样，一路上油气车十分疯狂，就发生了一起事故。在收费站的通道里，一辆小车紧随着一辆油车，可能是随得太紧，又按了几声喇叭，油车司机就不耐烦了，猛地把车往后一倒，小车的车前盖立即就张开了来。

二十五年后再次来到陕北，沿途看了三个县城四个镇子，同行的朋友惊讶着陕北财富暴涨，却也抱怨着淳朴的世风已经逝去。我虽有同感，却也警惕着：是不是我们心中已有了各种情绪，这就像我们讨厌了某个导演，而在电影院里看到的就不再是别人拍的电影，而是自己的偏见？

这也就是我之所以急切地来陕北，决定最后一站到佳县的原因。但是我没有想到在佳县，再也没有见到坡峁上或沟畔里有磕头机，也再没遇到拉油拉气的车，佳县依然是往昔的佳县。原来陕北一部分地下有石油和天然气，一部分地方，包括佳县，他们没有。除了方塌和王家砭那个川道，今年雨水好，草木还旺盛外，在漫长的黄河两岸，山乱石残，沟壑干焦，你看不到多少庄稼，而是枣树。佳县的枣树百年来就有名，现在依然是枣，门前屋后，沟沟岔岔都是枣树，并没多少羊，错落的窑洞口有几只鸡，砭道上默默地走动着毛驴。

生存的艰辛，生命必然产生恐惧，而庙宇就是人类恐惧的产物，于是佳县就有了白云观。

白云观在白云山上，距城十里，同样在黄河边，同样结构山巅，与佳县县城耸峙。是佳县县城先于白云观修建，还是修建县城的同时修建了白云观，我没有查阅资料，不敢妄说。但我相信白云观是一直在保护和安慰着佳县县城，佳县县城之所以一直没有搬迁，恐怕也缘于白云观。

上一次来白云观，在佳县县城的一家饭馆里喝了两碗豆钱稀饭，饭稀得照着我满是胡茬的脸，漂着的几片豆钱，也就是在黄豆还嫩的时候压扁了的那种，嚼起来倒是很香。那时所有的路还是土路，我徒步沿黄河滩往下走，滩上就是大片的枣树，枣树碗粗盆粗的，是我从未见过。透过枣林，黄河就在不远处咆哮，声如滚雷。我曾经到过禹门口下的黄河，那里原是厚云积岸，大水走泥，而这处在秦晋大峡谷中的黄河，你只觉得它性情暴戾，河水翻卷的是滚沸的铜汁。行走了一半，一群毛驴走来，毛驴没人鞭赶，却列队齐整，全是背上有木架，木架上缚着两块凿得方正的石块。后来才知道这是往白云山上运送修葺庙宇的石料了。佳县的山水原本使人性情刚硬，但佳县人敬畏神明，怀柔化软，连毛驴也成了信徒，规矩地无人鞭赶往山上运石，我当下感慨不已。我们就跟着毛驴走，走过一个时辰，忽峡风骤起，草木皆伏，却见天上白云纷乱，一起往山头聚集，聚集成偌大的一堆白棉花状，便再不动弹。在佳县县城就听说白云山上有非常之景色和非常之灵异，而峡谷风起，山开白云，确实使我叹为观止。沿途右面都是悬崖峭壁，藤萝侧挂，危石历历，但到一处，山湾环拱左右，而正中突出一崖，就在那孤峻如削的崖头上垂下一条蹬道。我初以为那是流水渠或从黄河里往山上抽水的水泥管道，而毛驴们一字儿排着从蹬道上爬了上去，我才知道白云山到了，这条蹬道就是白云观的神路。

天下好山上多有庙宇，而道教从来最神秘玄妙。中国传统文化里，比如中医、风水、占卜，其确实有精华灿烂，却也包囊了许多夸大其词故弄玄虚的东西。道家更不例外，往往山门分别，华山上的崆峒山上的观前蹬道就已经十分险峻，但全然没这条神路窄而陡。入观先登神路，是神爱走奇特之道，还是拜神须极力攀登，这让我想到佳县县城的建筑正是受道教的启迪吧。

这次重上神路，神路上还有十多人，以衣着和气质而看，有官员有商人有农夫和船工，都拿着香烛纸表，他们都是要去观里祈祷升官发财保重身家。这天并没有云雾，神路的台阶干净明显，但上到一半，只觉路在移动，人也头晕目眩起来。终于上到神路顶的石牌坊下坐歇，正如碑文上所写：足下青石铺地，头上白云连天，红日出没异常，黄河奔流不息。四望之，而秦峦晋峰为禅者坐蒲团，虽万千年不而重位也。一块走上神路的官员，那位眉宇间透着一股精明气的中年人，他异常兴奋，冲着我说：这神路应该叫青云！我回应着他：好！我知道他在抒发着青云直上的得意，但他继续往头天门爬去，我却觉得叫青云德路为好。

山脊依然在凸着，白云观的建筑开始递进而上，头天门，二天门，三天门，四天门，天门重重开启，倒疑惑怎么没建九天门呢，九天门多好，九重天，上到山顶，任何人都可以做神仙了。记得上次来时，正逢庙会，秦晋蒙宁香客云集，满山人群塞道，诸庙香火腾空，我第一次听说佳县的旅游局文物局就都设在观里，每年观里的收入竟占了全县财政收入的一半。这话当不当真，我未落实，但站在石阶上乞讨的人很多，虽上山的人每次只掏出二分五分的零钱，我询问一个乞者一天能收入多少，回答竟然是三十元，在当时真是个惊人的数目。这次上山，并不逢庙会，香客仍然不少，各天门前的石级上时不时人多得裹足不前。石级外就是松树，树下花草灿然，有人从石级上挤了下去，凑近那些花朵闻闻，不敢动手，因为几十米就有一个牌子，上书：花木睡觉，且勿打扰。有趣是有趣，可大白天里花木睡什么觉呀。民间有传说：今生长得漂亮，前世给神灵献过花。而这些花木沿道两旁开放，那也是为神灵而灿烂，怎么是睡觉了呢？

大概数了一下，白云观有庙宇五十余座，各类建筑近百处，这比上次来时恢复了不少，且又大多重新修葺。纵目看去，景随山转，山赋庙形。跟着香客穿庙群之中，回环萦绕，关圣庙、东岳殿、五祖、七真、药王、痘神、玉皇阁、真武殿、三宫、马王、河神、山神、五龙宫、真人洞，各路神灵，各得其位。到处有石碑，驻足咏读，差不多是历代历朝、世世代代翻修维护的记载。神灵是人类创造出来的，神灵又产生了无比的奇异，人便一辈一辈敬奉和供养，给了人生生不息的隐忍和坚强。

庙堂里神威赫赫，凡进去的人都敛声静气，焚香磕头，我当然在叩拜之列，敬畏地看着那些石雕泥胎。佛教道教是崇拜偶像的，这些石头泥巴一旦塑成神像，它就有了其魂其灵，也就是神气，这如同官做久了身上就有了威一样。白云观自明朱翊皇帝亲赐《道藏》四千七百二十六卷，毛泽东主席又两次登临后，声名大振，观里神奇的故事就广为流布。在陕北，我们常常惊叹那些窑洞不但宜于人的居住，其一面山放眼而去，尽是排排层层的窑洞，震撼力绝不亚于一片楼群的水泥森林。人的饮食、居住、语言、服饰都是与生存的自然环境有关，陕北的窑洞其实也是没有木头所致的创造，但白云观如此浩大的建筑群，这些木头又是从哪儿来的呢？观里的道士提起这事就津津乐道，说当年玉凤真人到此，露坐石上，寒暑不侵，每夜山头放光，士人便想筑建坛宇，偏就这一夜黄河里有大木漂浮而至。这样的传说在别的地方也有，河西的嘉峪关城堞修建时便也是一夜风刮砖至，待修好城堞，而仅仅剩下一块砖。面对着众多殿宇，我无法弄清最早的建筑是哪一座，而这建筑数百年复修，原来的木头还剩下几根。我遗憾在藏经阁里没有看见西南梁栋上的灵芝，那可是佳县人宣传白云观最有名的故事。说是《道藏》存入藏经阁后，有州牧卢君登阁眺望，忽见西南梁栋上挺生灵芝九茎，五色鲜明，光艳夺目。想起甘肃的崆峒山上有悬天洞，历史上凡是有大贵人去，洞里必有水出。据说有一年肖华将军去了山上，和尚道士都跑到洞下看出水的奇观，结果滴水未见。我笑着说：九茎灵芝或许大贵人能见，我不能见；或许有慧根的人能见，我不能见。自嘲着出了阁，去那真人一指顾间顿令清泉涌出而今称神水池舀水喝，果然是水与石槽相齐，多取之不见少，寡取亦未尝溢出。离开神水池，我便去真武大殿焚香，又抽了一签。白云观的签灵验，早已是天下皆知。开心的是，我把签抽出，道士问：哪一签？我说：四十三签。道士愣了一下，喜欢叫道：日出扶桑，和毛主席抽的同一个签。签每日被无数人抽过，和毛主席抽的同一个签的人肯定多多，但这一签对于我毕竟是一个庆祝。出了大殿，装好签谱，想今日的陕北，要穷就穷得要命，要富却富得流油，穷人和富人都来这里焚香敬神，于是神灵就以此大而化之，平衡谐和。富人有的是钱，听说早些年里，内蒙和宁夏的香客骑马而来，朝拜之后，钱袋捐空，马匹留下，只身返回。而今更有吴旗、志丹、府谷、神木一带的贩油暴富的人或者山西太原一带的煤大王，动辄来这里捐献巨资，或修一座桥，立一个石牌楼。他们有的是钱，但他们需要平安，需要好的身体和快乐，这就像害胃病的人来求医，医生完全可以一次看好他，却看了多年，花去他许多钱。医生说：他很有钱，需要一个胃病，而我一直在帮助他。那些贫穷苦愁的人来这里，他们的人生积累了太多的痛苦，需要带着明日的希望来生活，烧一炷高香，抽一个好签，其生命的干瘪的种子就又发芽了。一直在殿前院子里帮香客点燃香烛的那个老头，衣衫破旧，形容枯槁，但总是笑笑的，一脸天真。他见我出来，恭喜我抽了好签，说：你要信哩！我们就交谈起来，他说他是佳县城北山沟里的人，五年前害病了，病得很重，又没钱去看医生，家里把棺材都做好了。就这么等着死的时候，有人建议他来观里敬神，他就来了，以后每隔一天来一趟，结果病有了起色，越来越好，现在病竟然没了。他便还来，帮着香客点燃香烛，清洁观里的垃圾。我没有问他到底患了什么病，也没有揭穿有些病只要把思想从病上转移，心系一处抱着希望，又不停地上山活动，时间一长病也就消除了。但我说：要信哩，人活在世上一定要信点什么的。

天色向晚，我是得离开白云观了，离开前登上了魁星阁。

魁星阁在山之巅，可以拍摄山的俯瞰图，却遗憾这次来未能目睹云漫庙宇的景观。但是，连我也没想到，就在出了魁星阁，山巅之后的空中竟有一片云飘来，先是带状，后成方形，中间空虚，而同时在整个山脊两侧的沟壑里也有薄雾如潮涨起，花木牌楼顿时缥缈。数分钟后，山头上空聚起一堆白云，白得清洁而炫目。

我永远记住了，白云是白云山的一个开花。

六棵树

回了一趟老家，发现村子里又少了几种树。我们村在商丹川道是有名的树园子，大约有四十多种树。自从炸药轰开了这个小盆地西边的牛背梁和东边的烽火台，一条一级公路穿过，再接着一条铁路穿过，又接着修起了一条高速公路，我们村子的地盘就不断地被占用。拆了的老院子还可以重盖，而毁去的树，尤其是那些唯一树种的，便再也没有了，这如同当年我离开村子时那些上辈人使用的那些农具，三十多年里就都消绝了。在巷道口我碰到了一群孩子，我不知道这都是谁家的子孙，问：知道你爷的名字吗？一半回答是知道的，一半回答不知道。再问：知道你老爷的名字吗？几乎都回答不上来。咳，乡下人最讲究的是传承香火，可孩子们却连爷或老爷的名字都不知道了。他们已不晓得村子里的四十多种树只剩下了二十多种，再也见不上枸树、槲树、棠棣、栎、桧、柞和银杏木、白皮松了，更没见过纺线车、鞋耙子、捞兜、牛笼嘴、曳绳、梿枷、檐簸子。

记得小时候我问过父亲，老虎是什么，熊是什么，黄羊和狐狸是什么，父亲就说不上来，一脸的尴尬和茫然。我害怕以后的孩子会不会只知道了村里的动物只是老鼠苍蝇和蚊子，村里的树木只是杨树柳树和榆树，所以，就有了想记录那些在三十年间消绝的花草树木、飞禽走兽、农耕用具的欲望。

现在，我先要记的是六棵树。

皂角树　我们的村子分涧上涧下，这棵皂角树就长在涧沿上。树不是很大，似乎老长不大，斜着往涧外，那细碎的叶子时常就落在涧根的泉里。这眼泉用石板箍成三个池子，最高处的池子是饮水，稍低的池子淘米洗菜，下边的池子洗衣服。我小时候喜欢在泉水边玩，娘在那里洗衣服，倒上些草木灰，揉搓一阵子了，抡着棒槌啪啪地捶打。我先是趴在饮水池边看池底的小虾游来游去，然后仰头看皂角树上的皂角。秋天的皂角还是绿的，若摘下来最容易捣烂了去衣服上的垢痂，我就恨我的胳膊短，拿了石子往上掷，企图能打中一个下来，但打不中，皂角树下卧着的狗就一阵咬，秃子便端个碗蹲在门口了。

皂角树属于秃子家的，秃子把皂角树看得很紧。那年月，村人很少有用肥皂的，皂角可以卖钱，五分钱一斤。秃子先是在树根堆了一捆野枣棘，不让人爬上去，但野草棘很快被谁放火烧了，秃子又在树身上抹屎，臭味在泉边都能闻见，村人一片骂声，秃子才把屎擦了。他在夹皂角的时候，好多人远远站着看，盼望他立脚不稳，从涧上摔下去。他家的狗就是从涧上摔下去过，摔成了跛子，而且从此成了亮靫。亮靫非常难看，后腿间吊着那个东西。大家都说秃子也是个亮靫，所以他已经三十四五了，就是没人给他提亲。

秃子四十一岁上，去深山换苞谷，我们那儿产米，二三月就拿了米去深山换苞谷，一斤米能换二斤苞谷，秃子就认识了那里一个寡妇。寡妇有一个娃，寡妇带着娃就来到了他家。那寡妇后来给人说：他哄了我，说顿顿吃米饭哩，一年到头却喝米角儿粥！

但秃子从此头上一年四季都戴个帽子，村里传出，那寡妇晚上睡觉都不允他卸下帽子。邻居还听到了，寡妇在高潮时就喊：卫东，卫东！村人问过寡妇的儿子：卫东是谁？儿子说是他爹，他爹打猎时火枪炸了，把他爹炸死了。大家就嘲笑秃子，夜夜替卫东干活哩。秃子说：替谁干都行，只要我在干着。

村人先是都不承认寡妇是秃子的媳妇，可那女人大方，摘皂角时看见谁就给谁几个皂角，常常有人在泉里洗衣服，她不言语，站在涧上就扔下两个皂角。秃子为此和女人吵，但女人有了威信，大家叫她的时候，开始说：喂，秃子的媳妇！

秃子的媳妇却害病死了，害的什么病谁也不知道，而秃子常常要到坟上去哭。有一年夏天我回去，晚上一伙人拿了席在麦场上睡，已经是半夜了，听见村后的坡根有哭声。我说：谁哭哩？大家说：秃子又想媳妇了。

又过了两年，我再一次回去，发觉皂角树没了，问村人，村人说：砍了。二婶告诉我，秃子死了媳妇后，和媳妇的那个儿子合不来，儿子出外再没有音讯，秃子一下子衰老了，五十多岁的人看上去有七十岁。他不戴帽子了，头上的疤红得像烧过的柿子，一天夜里就吊死在皂角树上，皂角落得泉边到处都是。这皂角树在涧上，村人来打水或洗衣服就容易想起秃子吊死的样子，便把皂角树砍了。

药树　药树在法性寺后的土崖上，寺殿的大梁上写着清康熙初年重建，药树最少在这里长了三百年。我记事起，法性寺里就没有和尚，是村小学校，铃声在敲那口铁铸的钟，每每钟声悠长，我就感觉是从药树上发出来的。药树特别粗，从土崖上斜着往空中长，树皮一片一片像鳞甲，村人称作龙树。那时候我们那儿还没有发现煤，柴火紧张，大一点的孩子常常爬上树去扳干枯了的枝条，我爬不上去，但夜里一起风，第二天早晨我就往树下跑，希望树上的那个鸟巢能掉下来。鸟巢是可以做几顿饭的。

药树几乎是我们村的象征，人要问：你是哪儿的？我们说：棣花的。问：棣花哪个村？我们说：药树底下的。

我在寺里读了六年书，每天早晨上操听完校长训话，我抬头就看到药树。记得一次校长训话突然就提到了药树，说早年陕南游击队在这一带活动，有个共产党员受伤后在寺里养伤住了三年，解放后当了三年专员，因为寺里风水好，有这棵龙树。校长鼓励我们好好学习，将来也成龙变凤。母亲对我希望很大，大年初一早上总是让我去药树下烧香磕头。她说：你要给我考大学！

但是，我连初中还没有读完，"文化大革命"就开始了，辍学务农，那时我十四岁。

我回到村里，法性寺小学也没了师生，驻扎了当地很大的一个造反派的指挥部。我们从此没有安宁过，经常是县城过来的另一个造反派的人来攻打，双方就在盆地东边的烽火台上打了几仗，好像是这个造反派的人赢了，结果势力越来越大。忽然有一天，一声爆炸，以为又武斗了，母亲赶紧关了院门，不让我们出去，巷道里有人喊：不是武斗，是炸药树了！等村人赶到寺后的土崖上，药树果然根部被炸药炸开，树干倒下去压塌了学校的后院墙。原来造反派每日有上百人在那里起灶做饭，没有了柴火，就炸了药树。

村里人都傻了眼，但村里人没办法。到了晚上，传出消息，说造反派砍了药树的枝条，而药树身太粗砍不动也锯不开，正在树上掏洞再用炸药炸，队长就和几位老者去寺里和指挥部的人交涉，希望不要炸树身，结果每家出一百斤柴火把树身保全下来。

树身太大，无法运出寺，就用土掩埋在土崖下，但树的断茬口不停地往出流水，流暗红色的水，把掩埋的土都浸湿了，二爷说那是血水。

村人背地里都在起毒咒：炸药树要报应的！果不其然，三个月后，烽火台又武斗了一场，这个造反派的人死了三个，两个就是在药树下点炸药包的人，而"文革"结束后，清理阶级队伍，两个造反派的武斗总指挥都被枪毙了。

我离开村子的那年，村人把药树挖出来，解成了板，这些板做了桥板就架设在村前的丹江上。

楸树 高达二十米，叶子呈三角形，叶边有锯齿，花冠白色。楸树的木质并不坚实，有点像杨树。这棵树在刘新来家的屋后，但树却属于李书富家。刘新来家和李书富家是隔壁，但李书富家地势高，刘新来家地势低，屋后的阴沟里老是湿津津的，很少有人去过。楸树占的地方狭窄，就顺着涧根往高里长，枝叶高过了涧畔。刘家人丁不旺，几辈单传，到了刘新来手里，他在外地工作，老婆和儿子在家，儿子就患了心脏病，一年四季嘴唇发青。阴阳先生说楸树吸了刘家精气，刘新来要求李书富能把楸树伐了，李书富不同意。刘新来说给你二百元钱把树伐了，李书富还是不同意。

刘新来的老婆带了儿子去了刘新来的单位，一去三年没有回来。那时候我和弟弟提了笼子拾柴火，就钻进刘家屋后砍涧壁上的荆棘，也砍过楸树根。楸树根像蛇一样爬在涧壁上，砍一截下来，根就冒白水，很快颜色发黑，稠得像胶。我们隔院门缝往里看，院子里蒿草没了台阶，堂屋的门框上结个大蜘蛛网，如同挂了个筛子。

李书富在秋后打核桃的时候从树上掉下来，把脊梁跌断了，卧床了三年，临死前给老伴说：用楸树解板给我做棺材。他儿子在西安打工，探病回来就伐倒了楸树，伐楸树费老了劲，是一截一截锯断用绳吊着抬出来，解成了板。李书富一死，儿子却没有用楸树板给他爹做棺材，只是将家里一个老式板柜锯了腿，将爹装进去埋了。埋了爹，儿子又进城打工了，李书富的老伴还留在家里，对人说：儿子在城里找了个对象，这些木板留着做结婚家具呀。我也要进城呀，但我必须给他爹过了百天，百天里这些木板也就干了。

百天过后，李书富的儿子果然回来接走了老娘，也拉走了楸木板。也在这一天，刘新来家的堂屋倒塌了。

香椿　村里原来有许多椿树，我家茅坑边就有一棵，但都是臭椿。香椿只有一棵，这一棵长在莲菜池边的独院里，院里住着泥水匠，泥水匠常年在外揽活，他老婆年龄小得多，嫩面俊俏。每年春天，大家从墙外经过，就拿眼盯着看香椿的叶子。

男人们都说香椿好，前院的三婶就骂：不是香椿好，是人家的老婆好！于是她大肆攻击那老婆，说人家走路水上漂是因为泥水匠挣了钱给买了一双白胶底鞋，说人家奶大是衣服里塞了棉花，而且不会生男娃，不会生男娃算什么好女人？

三婶有一个嗜好，爱吃芫荽，她在地里种了案板大片的芫荽，每一顿饭，她掐几片芫荽叶子切碎了搅在饭碗里。我们总闻不惯芫荽的怪气味，还是说香椿好，香椿炒鸡蛋是世上最好的吃食。

社教的时候，村里重新划阶级成分，泥水匠原来的成分是中农，但村人说泥水匠的爹在解放前卖掉了十亩地，他是逮住要解放的风声才卖的地，他应该是漏划的地主，结果泥水匠家就定为地主成分。是地主成分就得抄家，抄家的那天村人几乎都去搬东西，五根子板柜抬到村饲养室给牛装了饲料，八仙桌成了生产队办公室的会议桌。那些盆盆罐罐都被砸了，院子里的花草被踏了。三婶用镰割断了爬满院墙的紫藤蔓，又去割那棵香椿，割不动，拿斧头砍，就把香椿树砍倒了。

从此村里只有臭椿，臭椿老生一种椿虫，逮住了，手上留

161

一股臭味，像狐臭一样难闻。

苦楝树　苦楝树能长得非常高大，但枝叶稀疏，秋天里就结一种果，指头蛋儿大，一兜一兜地在风里摇曳，一直到腊月天还不脱落。

先前村里有过三棵苦楝树。一棵在村口的戏楼旁，戏楼倒坍的时候这树莫名其妙也死了。另一棵在涧上的一块场地上，村长的儿子要盖新院子，村长通融了乡政府，这场地就批给了村长的儿子做庄宅地。而且场地要盖新院子，就得伐了苦楝树，这棵苦楝树产权属于集体，又以最便宜的价处理给了村长的儿子。这事村人意见很大，但也只能背后说说而已，人家用这棵苦楝树做了椽子，新房上梁的时候大家又都去帮忙，拿了礼，燃放鞭炮。

最后的一棵苦楝树在村西头，树下是大青石碾盘。碾盘和石磨称作青龙白虎。村西头地势高，对着南头山岭的一个沟口，碾盘安在那儿是老祖先按风水设计的。碾盘旁边是雷家的院子，住着一个孤寡老人。我写完《怀念狼》那本书后回去过一次，见到那老汉，他给我讲了他爷爷的事。他小时候和他娘睡在上屋，上屋的窗外就是苦楝树和碾盘，夏天里他爷爷就睡在碾盘上，那时狼多，常到村里来吃鸡叼猪。有一夜他听见爷爷在碾盘上说话，掀窗看时，一只狼就卧在碾盘下，狼尾巴很长，直身坐着，用前爪不断地逗弄着他爷爷。他爷爷说：你走，你走，我一身干骨头。狼后来起身就走了。我觉得这个细节很好，遗憾《怀念狼》没用上。

这棵苦楝树是最大的一棵苦楝树，因为在碾盘旁可以遮风挡雨，谁也没想过砍伐它。小时候我们在碾盘上玩抓石子，苦楝蛋儿就时不时掉下来，嘣，一颗掉下来，在碾盘上跳几跳，嘣，又掉下来一颗。述君和我们玩时，一输，就用脚踹苦楝树，他力气大，苦楝蛋儿便下冰雹一样落下来。

苦楝蛋儿很苦，是一味药，邻村的郎中每年要来捡几次。后来苦楝树被人用斧头砍了一次，留下个疤，谁也不知道是谁砍的，不久姓王那家的小女儿突然死了，村里传言那小女儿还不到结婚年龄却怀了孕。她听别人说喝苦楝蛋儿熬出的水可以堕胎，结果把命丢了，于是大家就怀疑是姓王的来砍了树。

一级公路经过我们村北边，高速公路经过的是村前的水田，但高速公路要修一条连接一级公路的辅道，正好经过村西头，孤寡老人的院子就拆了，碾盘早废弃了多年，当然苦楝树也就伐了。老院子给补贴了两万元，碾盘一分钱也没赔，苦楝树赔了三千元，村人家家有份，每户分到一百元。

这次回去，我见到了那个郎中，他已经是老郎中了，再来捡苦楝蛋儿时没有了苦楝树，他给我扬扬手，苦笑着，却一句话都没有说。

痒痒树　这棵痒痒树是我们村独有的一棵痒痒树，也可以说是我们那儿方圆十里内独有的树。树在永娃家的院子里，是他爷爷年轻时去山阳县，从那儿带回来移栽的。树几十年长得有茶缸粗，树梢平过屋檐。树身上也是脱皮，像药树一样，但颜色始终灰白。因为这棵树和别的树不一样，村人凡是到永娃家来，都要用手搔一搔树根，看树梢颤颤巍巍地晃动。

树和人在一起时间长了，不是树影响了人，就是人影响了树。五魁家的院墙塌了一面，他没钱买砖补修，就栽了一排铁匠蛋树，这种树浑身长刺，但一般长刺却是软刺，他性情暴戾，铁匠蛋树长的刺就非常硬，人不能钻进去，猫儿狗儿也钻不进去。痒痒树长在永娃家的院子里，永娃的脾气也变了，竟然见人害羞，而且胆小。当一级公路改造时，原本老路从村后坡根经过，改造后却要向南移，占几十亩耕地，村人就去施工地闹事，永娃也参加了，但那次闹事被公安局来人强行压服，事后又要追究闹事人责任。别人还都没什么，永娃就吓得生病了，病后从此身上生了牛皮癣。他再没穿过短裤短袖，据说每天晚上让老婆用筷子给他刮身子，刮下屑皮就一大把。村人都说这病是痒痒树栽在院子里的缘故，他也成了痒痒树。他的儿子要砍痒痒树，他不同意，说，既然我是人肉痒痒树，你把树一砍，我不也就死了。他儿子也就不敢砍了。

前三年的春上，西安城里来了人，在村里寻着买树，听说了永娃家院子里有痒痒树，就来看了要买。永娃还是不舍得，那伙人就买了村里十二棵紫槐树，三棵桂花树。永娃的儿子后来打听了这是西安一个买树公司，他们专门在乡下买树，然后再卖给城里的房地产开发商，移栽到一些豪华别墅区里，从中牟利。永娃的儿子就寻着那伙人，同意卖痒痒树，说好价钱是一千元，几经讨价还价，最后以五百元成交，但条件是必须由永娃的儿子来挖，方圆带一米的土挖出。永娃的儿子那天将永娃哄说去了他舅家，然后挖树卖了。等永娃回来，院子里一个大深坑，没树了，永娃气得昏了过去。

永娃是那年腊八节去世的。

去年，永娃的儿媳妇患了胆结石来西安做手术，那儿子来看我，我问那棵痒痒树卖给了哪家公司，他说是神绿公司，树又卖给一个尚德别墅区。他爹去世前非要叫他去看看那棵树，他去看了，但树没栽活。

四月三十日游青城后山

。
。

那里峰峦错综，沟壑复杂，一早进去，愈进愈深，到了下午不知了出路。迷糊着转过竹坡，忽然看见了一座古寺，山门逼仄，一和尚在那里读书，旁边的木牌子写有"天亮开门，天黑关门"，顿时心生喜欢。

在寺里烧过香了，沿寺前的小路往右去，涉过小溪，前面就是一个深坳，坳里尽是高大的楠木，也有樟和漆，树干光洁，没有苔藓和藤蔓纠缠，像无数的柱子栽在那里。走进去，人全然都绿了，脚底没有声响，仰头看树，树都直端端往上长，看不到顶，高高的空中枝叶联合，如盖了青云，阳光就从青云间下来，一道一道的白。

林子的中间，有人在卖茶，一间草房，一张竹桌，或许是大半天没有游客到来，卖茶人立在房前，数着落在竹桌上的七只鸟，又来了一只，是八只鸟。

我说：满山就这里的树木大呀！他说：这坳子深么。我说：

167

哪棵最高呢？他说：都争着太阳长的，差不多吧。

去搂了一棵树，羡慕着树安静地长在这里，太阳是树的宗教，才长得这么粗这么高。

在一棵树下，让一片光罩着，有细雨就下起来，雨并未湿衣，却身上脚下一层褐色的颗粒，捡起来，竟然是米粒大的花蕾。卖茶人说：那是漆树落花。我就站住不动，让花雨淋着。

走了几个城镇

中国的行政区域，据说，还沿用了明清时的划分，那就是不规则，或竖着或横着，相互交错，尤其省会城市必须都与邻省的距离最近，以防地方造反动乱。至于县与镇，就无所顾忌了，基于方便管理吧，百十里一县，二十里一镇。但在民间的习惯上，可能老百姓最营心的还是县，一般把省会城市不叫省城，叫省，镇当然还叫镇，而说到城，那就是指县城了，这如同所有的大路都叫官道，即使长江黄河从县城边流过，也都一律叫作县河。

今年，在断断续续的几个月里，我沿着汉江走了几十个县镇，虽不是去做调研和采风，却也是有意要增点见识。那里最大的河流是汉江，江北秦岭，江南巴山，无论秦岭巴山，在这一地段里都极其陡峭，汉江就没有了滩，水一直流在山根。那里有一句咒语：你上山滚江去！也真是在山上一失足，就滚到汉江里去了。沿江两岸南北去数百里，凡是沟岔，莫不是河流，所有的河流也都是汉江的秉性，没堤没岸，苦得城镇全在水边的坡崖上建筑，或开崖劈出平台，或依坡随形而上。我和司机每次都是悄然出发，不可声传，拒绝应酬，除了反复叮咛限制车速外，一任随心所欲，走哪算哪，饥了逢饭馆就进，黑了有旅社便宿。一路下来，则看到了平日看不到的一些事，听到了平日听不到的一些话，回来做一次长舌男，给朋友唠叨。

达 州

傍晚到达，城里人多如蚂蚁，正好手机上有朋友发来的短信：想我的，赏个拥抱，不理我的，出门让……蚂蚁绊倒。我就笑了，在万州，真会被蚂蚁绊倒呢。

不仅人多，人都还忙着吃，每个饭馆里都有人站着等候凳子，小吃摊上更是被人围着，随处可见有女孩，女孩都是三四个并排走的，一边走一边端着小纸盒子，把什么东西往嘴里塞。

这让我想起了九十年代去过关中的一些县城，满地都是嚼过的甘蔗皮和渣子，所有的电影院里，上千人全都嗑瓜子，嚓嚓嚓的声音像潮水般，你不也买一包来嗑就无法坐下来。

但达州街上很干净。

好比看见青年男女相拥相爱觉得可爱，而撞着年纪大的人偷情便恶心一样，达州城里女孩子的吃相倒优雅，是个风景。

只是街道窄。街道窄一是人太多，二是两边的楼房太高也太密。楼大多没外装饰，就显得是水泥的灰气。楼高就楼高了，其实也不是摩天大厦，而几乎一座挨着一座，同样格式，一般地方，齐刷刷地盖过去，我就感觉每条街上便是两座楼，左边是一座，右边是一座。

寻着一个宾馆住下，从最上边的窗子能俯视全城，城原来是建在一个山窝子里，楼把山窝子挤得严严实实，楼顶与四边的山冈几乎齐平，风在上边跑，风的脚可以从东跑到西，从北跑到南，风跑不到街上去。

一个县城，怎么会有这么多人呢？达州离大城市远，方圆数百里的大山里，这座城就是繁华地了吧。国家实施发展城镇化，人越来越多，楼就建得密密匝匝，要把小山窝子撑炸了。人是一张肉皮包裹了五脏六腑，人都到这里来讨好生活，水泥的楼房就把人打了包垒起来。

第二天离开达州，半路上遇着辆运鸡的卡车，车上架着一层一层铁丝笼，每个铁丝格里都伸出个鸡头，擦车而过的瞬间，我看到那些鸡的冠都紫黑，张着嘴，眼睛惊恐不已。

镇　安

没通高速公路前，从镇安到西安的班车要走七八个小时，通了高速公路，只需两个小时；双休日，西安人就多驾车去那里玩了。

隔着一条县河，北边的山坐下来，南边的山也坐下来，坐下来的北边山的右膝盖对着南边山的右膝盖，城就在山的脚弯子里，建成了个葫芦状。北山的膝盖上有个公园，也有个酒店，我在酒店里住过三天。

差不多的早晨都有一段雨。那雨并不是雨点子落在地上，而是从崖头上、树林子里斜着飞，飞在半空里就燃烧了，变成白色的烟。在这种烟雨中，一溜带串的人要从城里爬上山来，在公园里锻炼。他们多是带一个口袋或者藤篮，锻炼完了路过菜市买菜，然后再去上班。而到了黄昏，云很怪异，云是风，从山梁后迅疾刮过来，在城的上空盘旋生发，一片一片往下掉，掉下来却什么也没有。这时候，机关单位的人该下班了，回家的全是女的，相约着饭后去跳舞，而男的却多是留下来，他们要洗脚。办公室里各人有各人的盆子，打了热水洗了，才晃悠晃悠地离开。

八点钟，广场上准时就响喇叭了，广场在城里最中心处，小得没有足球场大吧，数百个女人在那里跳舞。世上上瘾的东西真多，吸烟上瘾，喝酒上瘾，打牌上瘾，当然吃饭是最大的瘾，除了吃饭，女人们就是跳舞，反复着那几个动作，都跳得脖脸通红，刘海全汗湿在额上。

这舞一直要跳过十二点，周围人没有意见，因为有了跳舞，铺面里的生意才兴旺。

镇安离西安太近，乡下的农民去西安打工的就特别多，城里流动人口少，那些老户就把自家的房子都做了铺面，从西安进了各种各样的货，再批发给乡镇来的小贩。而机关单位的人，最能行的已调往西安去了，留下来的，因为有份工作，也就心安理得留在县城，县城的生活节奏缓慢，日子不富不穷，倒安排得十分悠然。

我在夜市的一个摊子上坐下来，想吃碗馄饨，看着斜对面的那家铺面，光头老板已经和个小贩讨价还价了半天，末了，小贩开始装雨鞋，整整装了两麻袋。一个穿着西服的人提了一瓶酒、三根黄瓜往过走，光头在招呼了：

啊，去接嫂子呀？

穿西服的人说：让她跳去，我买瓶酒，睡前不喝两盅睡不着么。

光头说：好日子么，啥好酒？

穿西服的说：苞谷酒。

光头说：咋喝苞谷酒了？

穿西服的说：没你发财呀！

光头说：发什么财，要是能端公家饭碗，我也不这么晚了还忙乎！

穿西服的说：这倒是，你比我钱多，我比你自在么。

夜市的南头，单独吊着一个灯泡，灯泡下放着一盆水，飞虫在盆子里落了一指厚，但仍有蚊子咬人。卖馄饨的给了我一把蒲扇，那扇子后来不是扇，是在打，又打不住蚊子，一下一下都在打我。

小　河

从镇安到旬阳去，走的是二级公路，车到一个半山弯，路边有一排商店，商店里不知还有什么货，商店门口都摆了许多摊位，出售廉价的鞋帽衣物。没有顾客，摊位后是一妇女给婴儿喂奶，还有一只狗。

商店的左边是一个急转而下的路口。

我从路口往下看，路是四十度的斜坡，一边紧贴着崖，崖石龇牙咧嘴；一边还是商店，开间小，入深更小，像是粘在坜

173

沿上。有人就拉着架子车爬上来，身子向前扑得特别厉害，眼睛一直盯着地面，似乎他不敢抬头，一抬头，劲一松，车子就倒溜下去了。

也真是，我在商店里买了一包烟，烟是假烟，吸着的时候店主再拿一瓶饮料让我买，又拿一包糕点让我买。我一直吸烟，店主有些生气，说：要不要，你说个话呀！我说：我能说话吗？我一说话烟就灭了。

我顺着坡道直往下走，这就到了镇上，两边门面房的台阶又窄又高，门开着，里边黑洞洞的，看不清是卖货的还是卖饭的，门口都有一块光溜溜的石头，差不多四五个石头上站着鸭子，鸭子总是痒，拿长嘴啄身子。转过弯，又往下走，人家和商店更多些。再转个弯，就是河，河上有一座桥。桥头上有一个饭店，摆有三张木桌，饭店旁坐着个钉鞋的，他一直盯着我的脚。

桥应该是石拱桥，或者木桥，但它是水泥桥，已经破坏了护栏。站在桥上可以看到这个镇子分两半，一半在东边的山坡，一半在西边的山坡。一个小镇分为两半，中间是条不大的河，所以镇名叫小河吧。

河对面是另一条街，其实是从桥头一家杂货店门口像梯子一样陡的上坡路，一直下到河滩。这条街上多卖副食，山果也在这里卖。一黑瘦女人一见我来就拿根竹枝扇肉案上的一个猪头，说：肉耶，没喂饲料的肉！路尽头的河滩上、篱笆里长着萝卜，叶子很青，萝卜很白。

从桥那边返回来，许多人也是路过了停车下来到镇上的，站在桥上讨论着要买鸡蛋，说这里的鸡蛋一定是土鸡蛋，还说买一头猪吧，五六十斤，拉回去喂三个月苹果，那肯定好吃哩。讨论完了，就趴在护栏往下看。西边那屋场下的石阶上，有女人在河里淘米。他们不知是在看淘米的人，还是在看自己水里的影子。

在镇街转弯处，一家门口有一堆树根，见一个酒盅粗的柴棍似龙的形状，拿了要走时，忽有三个孩子跑来说那要钱哩，不给十元钱不能拿。我很生气，说个柴棍都要钱呀？抬头看见六七个男人全端了饭碗就在不远处的台阶上吃。我说：是你们教唆的吧？我朋友十年前路过这儿看见一个汉代石狮子，值三百元钱你们十元钱就卖了，现在一个柴棍儿值不了一毛钱倒要十元钱？六七个男人不说话，全在笑。我就把柴棍儿扔回树根堆了。

又回到入镇的那个慢坡路上，有人赶着一头毛驴迎面走来，人走一步，驴走一步，人总想去拉驴尾，但就差一步，一步撵不上一步，驴尾到底没拉住。

半山弯的鞋帽衣物堆边，妇女不见了，婴儿坐在那里，嘴里叼着一个塑料奶嘴，狗也嚼根骨头，骨头上没肉，狗图的是骨头上的肉味，在不停地嚼。

白　河

白河县城最早可能是一条街，河街。从湖北上来的，从安康下来的，船都停在城外渡口了，然后在河街上吃饭住店，掏钱寻乐。但现在是城沿着那座山从下往上盖，盖到了山顶，街巷就横着竖着，斜横着和斜竖着，拥拥挤挤，密密匝匝。所有的房子都是前后或左右墙不一样高，总有一边是从坡上凿坑栽

175

桩再砌起来。县河上的鸟喜欢在树枝上和电线上站立，白河人也有着在峭岩塄头上筑屋的本事了。

地方实在是太仄狭了，城还在扩张，因为这里是陕西和湖北的交界。真正的边城，它需要繁华，却如一棵桃树，尽力去开花，但也终究是一颗开了鲜艳花的桃树。

城里人口音驳杂，似乎各说各的话，就显得一切都乱哄哄的。尤其在夜里，山顶的那条街上，更多的是摩托，后座上总是坐着年轻的女人，长腿裸露，像两根白萝卜。街上的灯很亮，但烤肉摊上、炸豆腐摊上还有灯，有卖烤鸡的，脖子上拴个带子，把端盘吊在身前，盘子里也有一盏灯。一双高跟鞋叩着水泥地面响，像敲梆子。三四个女孩跑过来，合伙买了半块鸡，旁边的小吃摊上就有人发怪声，喂喂地叫。女孩并不害怕，撕着肉往舌根送，不影响着口红的颜色。

第二天的上午，我到了那条河街上。因为来前有人就提说过河街，说有木板门面房，有吊脚墙，有方墙，有拱檐，能看到背架和麻鞋，能听到姐儿歌和叫卖山货声，能吃到油炸的蚕蛹和腊肉。但我站在街上的时候失望了，街还是老街，又老不到什么地方去，估摸也就是八十年代吧，两边的房子非常窄狭，而且七扭八歪的，还有着一些石板路，已经坑坑洼洼，还聚着雨水。没有商店，没有饭馆，高高台阶上的人家，木板门要么开着，要么闭着，门口总是坐着一些妇女，有择菜的，菜都腐败了，一根一根地择，有的却还分类着破烂，把空塑料瓶装在一个麻袋里，把多种纸箱又压平打成捆。我终于看到了三间房子有着拱檐，大呼小叫地就去拍照，台阶上的妇女立即变脸失色地跑下来，要我不要声高，说是孩子在屋里复习哩。这让我非常奇怪，询问这是怎么回事，一妇女拉我到了一边，叽叽咕咕给我说了一道。

她虽然也说不清，但我大致知道了这里原本是白河老户最多的街，当县城不停地拆不停地盖，移到了山顶后，老户的人大多就离开了，现在只剩下一些老年人和空房子，而四乡八村来县城上学的孩子又把空房子租下来，那些妇女就是来陪读的。

边城是繁华着，其实边城里的人每每都在想着有一日离开这个地方，他们这一辈已经没力量出外，希望就寄托在下一代上。已经有许多人家，日子还可以的，就寻亲拜友，想方设法把孩子送到安康或者西安去读小学中学，以便将来更容易考上大学，而乡下的人家，又将孩子从乡镇的学校送到县城来读书。

面对着这个妇女，我不知道该对她说什么好，当头的太阳开始西斜，靠南山房子把阴影铺到了街道上，一半白一半黑。就在那黑白线上，一个老头佝偻着腰从街的那头走过来，他用手巾提着一块豆腐，一只鸡一直跟着他，时不时在豆腐上啄一口。

山阳和汉阴

县城几乎都是靠河建，建在河北岸，因为天下衙门要朝南开的。山阳就在河之北，汉阴其实也在河之北，应该叫汉阳。

县城临河，当然不是一般小河，可能以前的水都是很大的水，但现在到处都缺水了，河滩的石头窝里便长着草，破砖烂坯，塑料袋随风乱飞。改革年代，大城市的变化是修路盖房，小县城也效仿着，首先是翻新和扩建，干涸的或仅能支起列石的县河当然有碍观瞻，所以当一个县城用橡皮坝拦起水后，几乎所有的县城都起坝拦水。

除拦河聚水外，凡是县城都要修一个广场，地方大的修大的，地方小的修小的，广场上就栽一个雕塑，称作龙城的雕个龙，称作凤城的雕个凤，如果这个县城什么都不是，柿子出名，雕一个大柿子。还有就是在四面山头的树林子里装灯，每到夜晚，山就隐去，如星空下落。再是在河滨路上建碑林或放置巨石，碑与石上多是当地领导的题词，字都写得不好。店铺确实是多，门面虽小，招牌却大，北京有什么字号，省城就有什么字号，县城肯定也就有了。我看见过一处路边的公共厕所，一个门洞上画着一个烟斗，一个门洞上画着一个高跟鞋。

到山阳县城的那个晚上，雨下得很大，街上自然人不多，进一个小饭店去吃饭，老板正拿拍子打苍蝇，拍子一举，苍蝇飞了，才放下拍子，苍蝇又在桌上爬。我问有没有包间，还有一个包间，关了门就没苍蝇了。但不停地有人推门，门一推，苍蝇又进来，似乎它一直就等在门口。

苍蝇烦人，这还罢了，隔壁包间里喝酒的声音很大，好像有十几个人吧，一直在讨论着县上干部调整的事，说这次能空出八个职位来，××乡的书记这次是铁板上钉钉没问题了，也早该轮到他了，×× 镇长也内定了，听说在省上市上都寻了人，××副主任这几天跑疯了，跑有什么用呢，听说有人在告他，×××是最后一次机会了，再不把副的变成正的，今辈子就毕势了。后来，又有人进了店，立即几个人在恭喜，并嚷嚷：今日这饭菜钱你得出了！来人说：出呀！出！接着有人大声咳嗽着，似乎到后门外吐痰，看见了街上什么人，也喊着你来请客呀，并没有喊得那人进来，他又回到包间说：狗日的××在街上哩，也不打伞，淋着雨。一人说：这次他到××部去呀？另一人说：听说是。那人说：我让他请喝酒，狗日的竟然说：低调，要低调。哈哈声就起，有人说：咳，啥时候咱也进步呀？！

进步就是升迁。越是经济不发达，县城的餐饮就红火，县城的工作难以起色，干部们越在谋算着升迁。每过一个时期，干部调整，就是县城最敏感最不安静的日子，饭店也便热闹起来。

我在包间里吃了两碗扁食，隔壁包间的人都醉了，有碗碟破碎声，有呕吐声，有争吵声，又有了哭声。我喊老板结账，老板进来，看着墙，说：怎么还有苍蝇？用手去拍，却哎哟叫起来，原来墙上的黑点不是苍蝇，是颗钉子。

我走出饭店，默默地从街上走，雨淋得衣服贴在了身上，在我前边有两个人，一个人低声说：这次你怎么样呀？另一个人竟高声起来，骂了一句：钱没少花，可没办成。

三天后去汉阴，汉阴正举办一个什么活动，广场上悬着许多气球，摆着各种颜色的宣传牌，可能是有省市的领导来了，警车开道，呜哇呜哇叫，一溜儿小车就在街巷里转过。

汉阴的饭是最有特色的，我打问着哪儿有农家乐，就去城关的一个村子。村子被山围着，山下就是条小河，人家住得分散，但房子都是新修的，或者几个房子一簇卧在山脚，或者在河对面，一片树林子里露出瓷片砌出的白墙，或者就在河上栽桩架屋。来吃饭的人特别多，小路上来回的汽车调不了头，堵塞在那里，乘客下车一边往里走，一边说：乡下真美么！

我错开吃饭时间，独自往沟里走，房子也越来越旧了，在一户周围长满了竹子的屋舍前，见一个女孩在门前坐在小凳子上趴在大凳子上做作业。这户人家三间上房，两间厦房，厦房对面是猪圈和厕所。我走近去，朝着开着门的上房里张望，想看看里面的摆设。女孩却说：你不要进去。房里是有一个炕，炕上和衣侧睡着一个妇女。我说：你妈在睡觉？女孩说：不是我妈，是我大的情人。女孩的话让我吃了一惊，再问她话时，她一句也不愿意给我说了。

　　我终于在一家"农家乐"里吃上了饭，问起老板那女孩家的事，才知道女孩的妈三年前去西安打工，再没有回来，也没有任何音讯。吃毕了饭出来，却看见远远的河边，那个女孩在洗衣裳，棒槌打下去已经起来了，才发出啪啪的响声，她不停地槌打，动作和声音总不和谐。

岚　皋

　　几年前来过，是腊月底吧，我们驱车从山顶草甸回县城，天已经黑了，每过一个沟岔，沟岔里都三户四户人家，车灯照去，路边时不时就有女子行走，极时髦漂亮，当时吃惊不小，以为遇见了鬼。回到县城说起这事，宾馆的经理就笑了，说那不是鬼，是在上海打工的女子回来过年了，如果是白天，你到处都能看见呢。岚皋山里的女子都长得好，最早有人去上海打工，后来一个带一个，打工的就全在了上海，在上海待过半年，气质变化，比城里人还要像城里人。经理说：唉，好女子都给上海养了！

　　这一次来岚皋，再也没见到时髦漂亮的女子，但桃花正开，满山遍野都能看到桃花，黛紫色的树枝上，还没长出叶子，花朵一开一疙瘩，特别地粉，像是人工做上去的。

县河里常有桃花瓣流过。

岚皋人好酒，在这季节喜欢用桃花苞蕾泡酒，酒有一种清香。

街道上常有大卡车开过，车上装着树，都是大树，一车只能装一棵。还有的车上装着石头，石头比一间房还要大。这些车都是从西安来的。

西安要打造园林城市，街道的两旁都要栽大树的，而且住宅小区，又兴了在小区门口堆一块巨石，西安的树贩子和石贩子就来到岚皋。树的价钱不低，石头却不用花钱，发现了一块，乡下人可以帮忙去抬到河岸，可以挣很多工钱，如果需要修路，修路有修路钱。修了路，路是拿不走的，就留下了。

乡下人到城里去打工，乡下的树和石头也要到城里去，去城里当然好啊，但城里的汽车尾气多，而且太嘈吵，不知道能不能适应。

离开岚皋时，在县城外的山弯处，有一户人家在推石磨，那么多的苞谷在磨盘顶上，很快从磨眼里溜下去没了，再把一堆苞谷倒在磨盘顶上，又很快没了，我突然就笑了：石磨是最能吃。

峦　庄

去峦庄时看见路边有去峦庄的指示牌，又觉得这名字怪怪的，就把车拐进去在一个山沟深入。

路是乡级路，年前秋里又遭水灾，好多路段还没修好，车吭叽吭叽走了一个小时，天就黑了。只估摸峦庄是个镇吧，长得什么样，又有多么远，却一概不知。翻过一座大山，又翻过一座大山，后来就在沟岔里绕来绕去。夜真是瞎子一样的黑，看不见天，也看不见了山，车灯前只是白花花路，像布袋子，在拉着我和车，心里就惶恐起来。走着走着，发现半空有了红点，先还是一点两点，再就是三点四点，末了又是一点两点。以为是星星，星星没有这红颜色呀！在一个山脚处才看到一户房屋门上挂着灯笼，才明白那红点都是灯笼，一个灯笼一户人家，人家都分散在或高或低的山上。

又是一段路被冲垮了，车要屁股撅着下到河滩，又从河滩里憋着劲冲到路基上，就在路基上有两双鞋。停了车，下来在车灯光照下看那鞋，鞋是花鞋，一双旧的，一双新的。将那新鞋拿到车上了，突然想，这一定是水灾时哪个女孩被水冲走了，今日可能是女孩生日，父母特做了一双新鞋又把一双旧鞋放在这里悼念的，立即又将那鞋放回原处，驱车急走，心就慌慌的，跳动不已。

半夜到了镇上，镇很小，只是个丁字街。街上没有路灯，人也少见，但一半的人家灯还亮着，灯光就从门里跃出来，从街口望过去，好像是铺着地毯，白地毯。镇上人你不招呼他了，他不理你；你一招呼他了，他就热情。在一户人家问能不能做顿饭吃，那个毛胡子汉子立即叫他老婆，他老婆已经睡了，起来就做饭。厨房里挂了六七吊腊肉，瓷罐里是豆豉，问吃不吃木耳，木耳当然要吃的，汉子就推门到后院，后院里架满了木棒，三个一支，五个一簇，木棒上全是木耳。但他并没有摘木棒上的木耳，却在篱笆桩上摘了一掬给我炒了吃。汉子说，峦庄是穷地方，只产木耳，他们就靠卖木耳过活的。这阵儿有鞭炮声，木耳先听见，它们听见了都不吱声。后来我听见了，说半夜里怎么放鞭炮，汉子说：给神还愿哩吧。

在镇的东头，有一个庙，不知道庙里供的什么神，鞭炮声就是从那里传来的，而就在这户人家的斜对面，有一个窝进去的崖洞，洞里塑着几尊泥像，看过去，那里也有人在烧纸磕头。汉子说，那是二娘娘洞，镇上人家谁要求子，谁要禳病，谁的孩子要考学，木耳能不能卖出去，都在那里许愿，三娘娘灵得很，有求必验，所以白日夜里人不断的。

正吃饭着，街上却有人在哭，汉子的老婆就出去了，过了好久回来，说是西头的土老五在打老婆了。汉子说：该打！我问怎么是该打。汉子说王老五的老婆信基督，常把两岁的孩子放在地窖里就去给基督唱歌了。今日下午王老五才从县城打工回来，是不是又去唱歌不做饭不管娃了？那老汉说，是为钱。王老五在苞谷柜里藏了五十块钱，回来再寻寻不着，向他老婆问，他老婆说捐给教会了，王老五就把他老婆在街上撺着打。

峦庄镇上有两个旅社，一处住满了人，一处还有两间房子，但床铺太肮脏，我就决定返回。车又钻进了黑夜里，黑夜还是瞎子一样的黑，但一路上还是有这儿那儿、高高低低的光点，使我分不清那是山里人家门口的灯笼还是天上的星星。

说棣花

棣花是十六个自然村。

白家垭的白亮傍晚坐在厦子屋门槛上吃饭，正低头在碗里捞豆儿，啪的一下，院子里有了一条鱼，鱼在地上蹦跶。白亮以为谁从河里钓了鱼给他扔进来，就说：谁呀？没有回应，开了院门出来看，一个人背身走到巷口了，夕阳照着，看不清那是谁，但那人似乎脚不着地，好像在水上漂，又好像是被什么抬着，转过巷头那棵柳树就不见了。

白亮想着是不是三海，他给三海家垒过院墙，三海一直感激他，钓了鱼就送了他一条？但三海害病睡倒一个月了，哪能去钓鱼？是白路的二儿子水皮？水皮整天去钓鱼哩，钓了鱼就拿到公路上卖给过往的司机，咋能平白无故地给他一条呢？

白亮回到院子里再看鱼，鱼身上没有鳞片，是一小片云，如一撮棉花，知道了鱼是从天上掉下来的。

天上有银河，银河里还真有水，水里有鱼？或者，是鹳从棣花河叼了鱼飞过院子，不小心松了口，把鱼掉了下来？

白亮觉得是好事，还往天上看了许久，会不会也能掉下个馅饼，但天上没有馅饼，起了悠悠风，风把一片杨树叶子吹了来，贴在他脸上，盖了一只眼。他把鱼捡回屋里炖了。

第二天，白亮到河里担水。河边的浅水里一只猫和一条鱼搏斗，鱼可能是游到了浅水滩，猫就去叼，鱼摆着尾打水花，猫几次都跌坐在水里。白亮放下桶去撵猫，却发现那鱼身上长了毛和翅膀，正疑惑，鱼游进深水里不见了。

鱼怎么长毛和翅膀呢？

白亮更看见了奇怪的事，几乎就在那条鱼游进深水后，突然在河上流的百米远，一群鱼从水里跃出来，竟然就飞到空中，而同时空中又有一群鸟飞下来一只一只入了水。然后，轮番从天上到河里，从河里到天上，一会儿是鱼，一会儿是鸟，循环往复。

从此以后，白亮行为做事和人不一样。比如，和邻居为庄基红过脸，邻居骂他是吃草长大的，他说，是呀，吃草长大的。村里人事后说，你咋能让他那样骂你？他说就是吃草长大的呀，菜不是草吗，米和面还不是草籽磨的？他走路也不像以前的走势了，胳膊前后甩得很厉害，像是狗刨式的，在河里游泳。别人笑他，他说：你以为空气不是水？

贾塬村的五福练气功，练了三年，就练成了。他让一些妇女闭眼站着，然后在五步之外发功，问：有凉飕飕的风吗？妇女说：啊，啊，是凉飕飕的。棣花人都知道了五福有气功，让五福用气功治病。五福治病不治头痛脑热，他觉得那不是病，喝碗姜汤捂捂汗就好了，他只治癌症。棣花患癌症的人多，没钱去省城医院动手术，而五福发功治病不收费的，说：给我传个名就行。

五福治病很讲究地点，一般都在村后的崖底，崖底有一棵百年老柏，他趴在树上要采一会儿气，再叫病人坐了，开始推开手掌，要把一股子气发出去。一九九八年七月十四，他正发功，天上起了风，风是狂风，一下子就把他吹起，啪地甩到半崖壁上。风过去了，他从崖壁上掉下来，人已经成了肉泥饼子。

东街有一个二郎庙，庙前就是魁星楼，庙和楼中间的场子很大，棣花人习惯叫那是庙场子。拴劳住在庙场子后边，人丑，家又贫，但他有一个好被单子。整个夏天，拴劳都不在家里睡，嫌家里热，又有蚊子，天黑就披着被单子去庙场子了。他在庙场子扫一块净地，盖着被单睡下了，第二天一早，却总是从魁星楼上下来。魁星楼很高，攀着楼墙的砖窝可以上到第三层，上面风畅快。村里人都说拴劳半夜里披着被单就飞上楼了，传得神乎其神，但问拴劳，拴劳只是笑，没承认，也没否认过。

后来，拴劳去西安讨好生活了，走时就带着被单子，一走三年再没回来。不知怎么，村里都在议论，说拴劳在西安以偷窃为生，能飞檐走壁，因为他有被单子。

到了二〇〇二年，到处闹"非典"，棣花十六个自然村组织了防护队，严防死守，不准从西安来的人进村。拴劳偏偏就回来了，防护队一声喊地撵他，撵到棣花西头的砭崖上，砭崖下就是河。有人说：不敢再撵了，再撵就掉到河里了。又有人却说：没事，他能披被单子飞天哩。防护队举着棍棒还往前攉，拴劳就从砭崖上跳下去了。

拴劳跳下去是死了，还是活着，反正从此再没回来过，也没有他的消息。

冬季里，砭崖上出现了许多蝙蝠，有人说是不是拴劳变成了蝙蝠，因为蝙蝠的翅膀张开来像是披着一块小被单子。立即有人反对这种联想：怎么可能呢，蝙蝠的被单是黑的，拴劳的被单是白的。

巩家涧村的上槽在给自行车充气的时候受了启发，就整天练着用手抓空气，抓一把，就扔出去砸旁边的狗，但狗总是没反应。这一天他又在练习，听到巷口有人叫他，上槽上槽，叫得生紧。抬头看时巷口起了烟，灰腾腾的，先是一股冲过来，到眼前了，却是一只狗。再是一疙瘩烟已经到头顶了，拿了笤帚便打，竟然打着了，掉下来一只扑鸽，扑鸽在地上扑腾了一阵，又飞走了。后来有两团烟互相交融纠结地过来，他想着：这是啥？定睛盯着，两团烟是他大他妈，背着两篓子红薯，惊得他张嘴叫不出声了。

他大说：十声八声喊不应你？你到地里背红薯去！

上槽瓷着眼看他大他妈，还用手扇了一下，他大他妈不是烟呀，烟一扇就散的。

他大说：你咋啦？

上槽说：哦，我眼睛雾很。

他大说：年轻轻地雾啥眼？

上槽要放下笤帚，笤帚突然软起来，一溜烟从指头缝里飘了去。而且看巷口外的路上，烟雾更浓，烟里有乱七八糟的人的声。平日在夜里，夜即便黑得像漆，他坐在院门口，村道里一有脚步声，他也就知道这是谁来了。现在他听出说话的有二爷，有来喜伯和他老婆，有春草、蝉婶子。但他能听见声音就是看不到人，人都是一片子烟，或浓或淡，是絮状也是条状。

上槽就跟着那片烟走，一会儿看见他们有人形了，一会又都是烟。

上槽最后是从巷口走到巷外的土路上，一直到河滩地，背了那里挖出来的一篓红薯。往回走时，却不知道怎么回去，因为他发现村子的那个方向并没有了村子，所有的房子、树，连同土路，除了烟，都不见了。立了好久，那烟像蘑菇一样隆起，在空中酝酿翻腾，忽然扑塌下去，渐渐地又变成房子、树，还有直直的一条土路，土路上蹦跶着蚂蚱。

上槽把他看到的情景告诉给村人，村人全是一个口气，说你眼睛有毛病了。上槽就觉得自己眼睛肯定有毛病了，不出半年，眼睛便瞎了。

中街村刘家的儿子名字没起好，叫刘榆。榆树总是拗着长，这刘榆也三十年了一直和他大拗劲。他大说，今日太阳出来了，把被子拿出来晒晒，他却去给鸡垒窝。他大说：今年自留地里栽些辣苗吧，他偏种了土豆。

他大活到五十六岁时得了鼓症，临死时想把自己坟修在村后的牛头坡上，棣花的坟地都在牛头坡上，只是花销大。他说：我死了，别铺张浪费，就埋到河滩的自留地吧。刘榆想，几十

年了和大都拗着，这一次得听大一次。他大死后，果然就把大
埋在河滩自留地里。第三年，河里发大水，冲了河滩地，刘榆
他大的坟也冲没了。

河里原来产一种白条鱼，发大水后新生了昂咪鱼，之所以
是昂咪鱼，这鱼自呼其名，昂咪昂咪叫，像是叹气。

野猫洼村出了个懒人，叫宽心，一辈子没结婚，他死的时
候，眼睛都闭上了，嘴还张着，来照料他的邻居就看见一股白
气从嘴里出来，一溜一溜地从窗格中飘去了。撵出来看，白气
没有散，飘到那棵椿树顶上了，成一片云，扇子大的一片，往
西再飘。

云飘到西街村，好像停了一下，像思考的样子，阳光将云
的影子投在老田家的屋顶上，但很快又走了，经过了后塬村，
又经过了巩家湾，最后在崖底村葛火镰家的院子上空不动了。

葛火镰家养着一头公猪，公猪专门给棣花所有的母猪配
种的。这一天正好骆驼项村的陆星星拉了母猪来配，云的影
子就罩在母猪身上，白猪变成了黑猪。陆星星往天上一看，
一片云像个手帕掉下来，他还下意识地躲了一下身子，似乎
那云要砸着他，但云没砸着他，而且什么也没有了，他就把
母猪牵回了家。

母猪后来生崽，往常母猪一生一窝崽，这回只生了一个崽。
这崽样子还可爱，就是不好生长，已经半年了，又瘦又小，与
猫常在一处玩。陆星星说：你是猪呀你不长？它还是不长，到
年底，仅仅四五十斤，还生了一身红绒毛。

第二天早上，棣花流行猪瘟，死了八头猪，其中就有这头猪。猪死时，陆星星也发现有一股白气从猪嘴里溜出来，往空里飘了。在空里成了一片云，这云片更小，只有手掌大。

云飘过北源村上空，起了一阵小风，云就往南飘，又飘回野猫洼村。野猫洼村的芦苇园也飘芦絮，云和芦絮搅在一起，分不清是一疙瘩芦絮还是云，末了，一只蜂落在丁香树的花瓣上，芦絮就挂在树枝上，而云却没了。

丁香花谢后生了籽，籽落在地上的土缝里，来年生出一棵小丁香树。这小树长了两年还是个苗子，放牛的时候，牛把苗子连根拔出来嚼了。苗子一拔出来，是又有一丝白气飘了，但在空中始终没有变成云，铜钱大的一团白气。白气移过了院墙，院墙外的水渠沟里有许多蚊子，后来就多了一只蚊子。

这蚊子能飞了，有一夜飞到打麦场上，那里睡了乘凉的人，蚊子去叮人腿，啪地挨了一掌，就掌死了，再没有云，连一点白气都没有。

雷家坡村其实没有姓雷的，是两大族姓，一个姓雨，一个姓田。姓田的都腿脖子粗，姓雨的高个窄脸，但姓田的男人多，姓雨的女人多，姓田的就控制着村子。

棣花北五十里的洛南县有煤窑，早年姓田的一个男子在那里当矿工，后来承包了个煤窑，逐渐做大，成了有钱的老板，便把村里的姓田的男人都带去挖煤，姓田的人家就过上了好日子。姓雨的人家还穷着，女人们就只好到棣花的保姆培训班上报名。她们长得好看，性情也柔顺，培训完后西安的保姆中介公司挑去了七八个，全送去了一些高级领导干部的家里。

二〇〇〇年春节，挖煤的回来了，都有钱，先集体在县上住了一晚宾馆才回村，而那些保姆没有回来。姓雨的说挖煤的在县宾馆住了一夜，吃肉喝酒，还召了妓女，离开后，妓女尿了三天黑水。

春节一过，姓田的男人又去了煤窑，正月二十四那天，井下瓦斯爆炸，没有一个活着出来。也就在这天，七八个保姆回到村里，她们给村里人说，都曾经跟着主人去过广州或北京，坐的飞机，飞机上有厕所，拉屎尿尿就漏在空中，在空中什么都没有了。

每年四月初八棣花的庙会要耍社火，中街村准备两台芯子，一台是走兽和地狱，一台是飞禽和天堂，正做着，有人担心这是暗喻雷家坡村，会惹是非，后来就取消了。

药树梁村在棣花的西北角，除了独独一棵大药树外，坡上枣树很多，枣树每一年都有被雷击的。被雷击过的枣木有灵性，县城关镇的阴阳先生曾来寻找雷击枣木做法器，而药树梁村的人出来口袋里也都有枣木刻成的小棒槌，说能避邪护身。

在三年前的夏天，有良在坡上放牛，天上又响炸雷，有良赶着牛就下坡，雷这回没击枣树，把有良击了，但没有击死，脊背上有了一片文字。说是文字，又不是文字，棣花小学的老师也认不清。那是十八个像字的字，分三行，发红，像被手抓出的，却不疼不痒。

有良在当年的秋末瘫了，手脚收缩，做不了活，吃饭行走也不行了，整天得坐在家里的藤椅上，让端吃送喝。但有良知道啥时刮风下雨，有一天太阳红红的，他说一会有冰雹哩，谁也不信，但一锅旱烟没吃完，冰雹就噼里啪啦下来了。

还有一回，已在半夜里，有良叫醒家人，说天下掉石头啊，快到院里去。家人知道他说话应，都起来到院子，一直坐到天亮没有什么石头，才要回屋时，突然天空一团火光，咚的一声，有东西砸在屋顶。过了一会儿去看了，屋地上果然有块石头，升子大，把屋顶砸了个洞，地上也一个坑。

西街村的韩十三梦多，一入睡就做梦，醒来又能记得梦的事。他三岁时梦到的都是他成了个老头，胡子又白又长，常拿了把木剑到一个高墙上去舞。他把梦说给旁人，人都笑他：高墙上能舞剑？但觉得他每天都做梦，梦醒了又给人说梦，很好玩的，见了便问：碎仔，又做啥梦了？韩十三就说他在一个地方走，路很长很宽，两边都是房子，房子特别高，一层一层全是玻璃，路上有车，车多得像河水，一个穿白衣裳的人像神婆子样指手画脚。村人有去过西安的，觉得这像是西安，就又问：那是街道，街上还有啥？韩十三说：路边都是树，树上长星星。

往后，随着年龄增长，韩十三的梦越来越离奇，但全是城里的事。他在小学时，就梦见自己在一家饭店里炒菜，戴很高很高的帽子，他不炒土豆丝，也不炒豆芽，炒的尽是一些长得怪模怪样的鱼和虾。到了中学时，他梦见自己拿着八磅锤、锯，还有刷墙的滚子。他在给人家刷墙时，那女主人送给他一件制服，但也骂过他。

这样的梦做了三年，中学毕业后没有考上大学，就一直在村里劳动，还当过村会计，又烧过砖瓦窑，娶妻生子。梦还在做，梦到了城里，才知道早先梦到人在高墙上舞剑，那墙是城墙，从城墙上能看见不远处的钟楼，钟楼的顶金光闪闪。那时，村里人有去西安打工的，他问：西安有个钟楼吗？回答说有，又问：城墙上能开车吗？回答说能。韩十三就决定也去西安打工。

到了西安，西安的一切和他曾经的梦境一样，他甚至对那里已十分熟悉，还去了他当厨师的酒店。酒店门口有两个石狮子，右边的个石狮子眼睛上涂了红。但是，韩十三初到西安，没有技术也没有资金，他只好去捡破烂。捡破烂第一天就赚了三十元，这让他非常高兴，想着一天赚三十元，十天就是三百元，一个月九百元呀！第二天，他起得很早上街，却被一辆运渣土的卡车撞倒，而司机逃逸，一个小时后才被人发现送往医院，半路上把气断了。这一年他三十岁。墓前立了个碑子，上面刻了生于一九七八年，逝于二〇〇〇年。但不久，刻字变了，是生于一九八〇年，逝于二〇四〇年。村人不知道这刻字怎么就变了？

棣花乡政府设在中街村，是一个大院子，新修的高院墙，新换的大铁门，但门卫还是那个旧老汉。老汉姓夜，从年轻起人叫他不叫老夜，嫌谐音是老爷，就叫他老黑。

老黑从一九五八年就在这里当门卫，那时乡政府叫公社，今年老黑八十岁，眼不花，耳不聋，身体特别好，乡政府还雇他当门卫。棣花的人其实寿命都不长，差不多每个人家都有着遗憾，比如有些人，日子恓惶了几十年，终于孩子大了，又给孩子娶了媳妇，再是扒了旧屋，盖了一院子新房，家里粮食充足，吃喝不愁，说：这下没事了，该享清福呀！可常常是没事了才两年，最多五年，这人就死了。但老黑活到八十岁，还精神成这样，很多人便请教他的健康长寿秘诀。老黑说，他是每个大年三十晚上，包完饺子了，就制订生活计划的。他的生活计划已经制订到一百二十岁，每一岁里要干什么，怎么去干，都一一详细列出。中街药铺的跛子老王看过老黑一百岁那年的计划，过后给人说，老黑这一年的计划是五月份给孙子的孙子结婚，结婚用房得新盖，他要资助三千元。再是把院子里的井重新淘一下，安个电水泵。再再是，那一年应该是乡政府要换届，要来新的乡长了，这是陪过的第四十五位乡政府领导，他力争陪过七十位。

乡政府院子西墙外有一棵老楸树，这树不是乡政府的，是刘反正家的。棣花再没有这么大的树了，黄昏的时候，中街村的人喜欢在树下说闲话，当然说到这树活得久，说老黑也活得久，有一个叫宽喜的人，就也学着老黑订计划，计划他也要活过一百岁。

宽喜只活了六十二岁就死了。

而中街村还有一个人，叫牛绳，牛绳的日子艰难，整天说啥时死呀，死了就不泼烦了。他来问老黑：宽喜也心劲大着要长寿，咋就死了，你这计划是不是不中用？老黑说：宽喜是县上干部，退休了没事么，阎王爷哪会让没事干的人还活在世上？订计划是订着做不完的事哩，不是为了活而活的。宽喜想活他活不了，你想死也死不了，因为你上有老下有小，你任务没完成哩你咋死？

这话说过半年，有一天夜里，老黑在院门口坐着，听见楸树咯吱咯吱响，好像在说：唉，走呀，我走呀。

第二天，刘反正得脑溢血死了，他儿子伐了楸树给他大做了棺材。

乡政府大院门口从此没了那棵树，而老黑还在，新一任的乡长才来了七天，老黑每晚要给新乡长说着一段楸花的历史。

走了一趟崂山太清宫

即便没有太清宫，崂山也是道山。因为崂山只有两种颜色：乱起的白石和石缝里的绿木；白而虚，绿而静，正是"虚白道可集，静专神自归"的意思。

先有了道山，再有了太清宫；来太清宫修行的就非常多，有人，也有树，树比人多。

树在宫院里似乎都随便站着，仔细看看，又都有方位。那些树特粗特高的，每个院落里都有，或单独挺立，挺立成一个建筑，或两个并排，树身隆着从上而下的条棱，如绷紧的肌肉，或五个六个集中了，一起往上长，却枝叶互不交错。这些树极其威严，碰着了只能仰视。而更多的树，是年轻的，也努力地向上长，他们的皮纹细致，如瓷的冰裂，还泛一种暗红色，可能是数量多的缘故吧，前边院子里有，后边院子里又有，感觉他们一直在走动，于你的注意中某一个就蓦然地站住了。有的树已经很大了，却周围一圈小树，以为是新栽的，其实是自生的，大树枝叶扑拉下来，遮得看不到天空，而小树的叶子涂过蜡一般，闪着光亮，如是一堆眼睛，那是长者给幼者交代事情吗？这样的树只能远远看着，不好意思近去。当然也有或仄或卧的树了，他们多在墙角和塄沿，太阳照着，悄无声息地打盹。也有老树，树干开裂，如敞了怀，那黝黑的粗桩上新生了一层叶子，几乎没有风来，叶子也在反复，像是会心地无声地笑。每个院落的窗前就是那些小树了，枝叶鲜亮，态度温柔。而院墙之外，小路拐弯处，那些树就不严肃了，枝条拉扯，藤蔓纠结，蝉也在其中嘶鸣，只待着宫里的钟声一响，才安静下来。

　　六月十五日的上午，我走了一趟太清宫，走着走着，恍惚里我也走成了一棵树，是一棵小叶银杏。当时一只鸟就在我头顶上空叫。我怔了一下，并不知鸟在叫什么。

松云寺

商州杨斜有一个寺，很小，就二百平方米的一个院子，也只住着一个和尚。和尚在每年的三月底或四月初，清早起来，要拿扫帚扫院里的花絮，花絮颜色深黄，像撒了一地金子。

这是松花。

松是孤松，在院子西边，一搂多粗的腰，皮裂着如同鳞甲，能一片一片揭下来。树高到一丈多，骨干就平着长，先是向东北方向发展，已经快挨着院墙了，又回转往西南方向伸张，并且不断曲折，生出枝节，每一枝节处都呈 Z 字状，整个院子的上空就被罩严了。

松树真的像条龙。

应该起名松龙寺吧，却叫松云寺。叫松云寺着好，因为松已是龙，则需云从，云起龙升，取的是腾达之意哈。

但寺院实在太小，松的腰枝往复盘旋，似藤萝架一般，塞满了院子，倒感叹这松不是因寺而栽，是寺因松而建，寺的三面围墙竟将龙的腾达限制了。

　　二〇〇一年九月五日，我从商州城去寺里，去时倾盆大雨，到了却雨住天晴，见松枝苍翠，从院墙头扑搭了许多，而门楼高脊翘角，使其受阻。我建议既然寺紧临大路，院墙不可能推倒，不妨砸掉门楼脊角，让松能平行着伸长出来。所幸和尚和乡政府干部都同意，并保证半月内完成，我才慰然离开。离开时，雨又开始下，一直下到天黑。

　　当晚还住在商州，半夜做了一梦，梦见飞龙在天，醒来睁眼的一瞬间，竟然恍惚看到周围有一通碑子，有扫松花的扫帚，有和尚吃茶的石桌。很是惊奇，难道梦境在人睡着的时候是具现的？疑疑惑惑就直坐到天明。

定西笔记

°
•

哎哗啦啦，祥——云起呃，呼雷儿——电——闪。
一——霎时呃，我——过——了呃——万水——千山。

这是我在唱秦腔。陕西人把起念作且，把响雷叫呼雷儿，把万水又发音成万费，同车的小吴也跟着我唱。秦腔是陕西人的戏，却广泛流行于甘肃、宁夏、青海、新疆，小吴是甘肃定西的，他竟然唱得比我还蛮实。

亏了有这个小吴当向导，我们已经在定西地区的县镇上行走十多天了。看见过山中一座小寺门口有个牌子，写着"天亮开门，天黑关门"。我们这次行走也是这般老实和自在，白天了，就驾车出发，哪儿有路，便跟着路走，风去哪儿，便去哪儿；晚上了就回城镇歇下，一切都没有目的，一切都随心所欲。当我们在车上尽情热闹的时候，车子也极度兴奋，它在西安城里跟随了我六年，一直哑巴着，我担心着它已经不会说话了，谁知这一路喇叭不断，像是疯了似的喊叫。

在我的认识里，中国是有三块地方很值得行走的，一是山西的运城和临汾一带，二是陕西的韩城、合阳、朝邑一带，再就是甘肃陇右了。这三块地方历史悠久，文化纯厚，都是国家的大德之域，其德刚健而文明，却同样的命运是它们都长期以来被国人忽略甚至遗忘。现代的经济发展遮蔽了它们曾经的光荣，人们无限向往着东南沿海地区的繁华，追逐那些新兴的旅游胜地的奇异，很少有人再肯光顾这三块地方，去了解别一样的地理环境，和别一样的人的生存状态。

我是从农村走出来的，生命里或许有着贫贱的基因吧，我喜欢着这几块地方，陕西韩城、合阳、朝邑一带曾无数次去过，运城临汾走过了三次，陇右也是去过的，遗憾的只是在天水附近，而天水再往北，仅仅为别的事专程到过一县。已经是很久很久了，我再没有离开西安，每天都似乎忙忙碌碌，忙碌完了却觉得毫无意义，杂事如同手机，烦死了它，又离不开它，被它控制，日子就这么在无聊和不满无聊的苦闷中一天天过去。二〇一〇年十月的一天，我去一个朋友家做客，那是个大家庭，四世同堂，他们都在说着笑着观看电视里的娱乐节目，我瞅见朋友的奶奶却一个人坐在玻璃窗下晒太阳。老奶奶鹤首鸡皮，嘴里并没有吃东西，但一直嚅嚅蠕动着，她可能看不懂电视里的内容，孩子们也没有话要和她说。她看着窗台上的猫打盹了，她开始打盹，一个上午就都在打盹。老太太在打盹里等待着开饭吗？或许在打盹里等待着死亡慢慢到来？那一刻中，我突然便萌生了这次行走的计划。

我对朋友说：咱驾车去陇右吧！

朋友说：你不是去过吗？

我说：咱从天水往北走，到定西去！

朋友说：定西？那是苦焦的地方，你说去定西？

我说：去不去？

朋友说：那就陪你吧。

说走就走，当天晚上我们便收拾行囊。一切都收拾停当了，我为"行走"二字笑了。过去有"上书房行走"之说，那不是个官衔，是一种资格和权力，可也仅仅能到皇帝的书房走动罢了，而我真好，竟可以愿意到哪儿就到哪儿了。

但是，我并不知道这次到定西地区大面积地行走要干什么，以前去了天水和定西的某个县，任务很明确，也曾经豪情满怀，给人夸耀：一座秦岭，西起定西岷县，东到陕西商州，我是沿山走的，走过了横分中国南北的最大的龙脊；一条渭河，源头在定西渭源，入黄河处是陕西潼关，我是溯河走的，走的是最能代表中国文明的血脉啊！可这次，却和以前不一样了，它是偶然就决定的，决定得连我也有些惊讶：先秦是从这里东进到陕建立了大秦帝国，我是要来寻根，领略先人的那一份荣耀吗？好像不是。是收集素材，为下一部长篇做准备吗？好像也不是。我在一本古书上读过这样的一句话，"纯粹而不杂，静一而不变，淡然无为，动而以天行，谓之养神"，那么，我是该养养神了，以行走来养神，换句话说，或者是来换换脑子，或者是来接接地气啊。

　　后半夜里进的定西城，定西城里差不多熄了灯火，空空的街道上有人喝醉了酒，拿脚在踢路灯杆。他是一个路灯杆接着一个路灯杆地踢，最后可能是踢疼了脚，坐在地上，任凭我们的车怎样按喇叭他也不起。打问哪儿有旅馆？他哇里哇啦，舌头在嘴里乱搅着，拿手指天。天上是一弯细月，细得像古时妇女头上的银簪。

　　天明出城，原来城是从山窝子里长出来的么，当然也同任何地方的城一样，是水泥城，但定西城的颜色和周围的环境反差并不大，只显得有些突然。

　　哎呀，到处都是山呀，已经开车走了几个小时了还在山上。这里的山怎么这般的模样呢，像是全俯着身子趴下去，没有了山头。每一道梁，大梁和小梁，都是黄褐色，又都是由上而下开裂着沟渠壑缝，开裂得又那么有秩序，高塬地皮原来有着一张褶皱的脸啊，这脸还一直在笑着。

　　看不到树，也没有石头，坡坎上时不时开着一种花，是野棉花，白得这儿一簇，那儿几点，感觉是从天上稀里哗啦掉下来了云疙瘩。

　　其实天上的云很少。

　　再走，再走，梁下多起来了带状的塬地，塬地却往往残缺，偶尔在那残缺处终于看到一片子树了，猥琐的槐树或榆树的，那就是村庄。村庄里有狗咬，一条狗咬了，全村庄所有的狗都在咬，轰轰隆隆，如雷滚过。村庄后是一台一台梯田，一直铺延到梁畔来，田里已经秋收，掰掉了苞谷穗子，只剩下一片苞谷秆子，早晨的霜太厚，秆子上的叶都蔫着，风吹着也不发出响来。

后来，太阳出来了，定西的太阳和别的地方的太阳不一样，特别有光，光得远处的山、沟、峁和村庄，短时间里都处在了一片恍惚之中。下车拍一张照片吧，立在太阳没照到的地方，冷得那空气里满是刀子，要割下鼻子和耳朵，但只要一站在太阳底下，立即又暖和了。对面圪梁梁上好像站着了一个人，光在身后晕出一片红，身子似乎都要透明了。喊一声过去，声在沟的上空就散了节奏，没了节奏话便成了风。他也喊一声过来，过来的也是风，相互摇摇手。小吴说他要唱呀，小吴学会了我教的那几句秦腔，他却唱开了花儿：

叫——你把我——想倒了哈，骨头哈——想成——干草了哈，走呢——走——呢，越远了。不来哈——是由不得——我了哈。

    *   *

车不能停，猛地一停，车后边追我们的尘土就扑到车前，立即生出一堆蘑菇云。蘑菇云好容易散了，路边突然有着三间瓦房。前不着村后不靠店地，怎么就有了三间瓦房，一垒六个旧轮胎放在那里，提示着这是为过往车辆补胎充气的。但没有人，屋门敞开，敞开的屋门是一洼黑的洞。一只白狗见了我们不理睬，往门洞里走，走进去也成了黑狗，黑得不见了。瓦房顶上好像扔着些绳子，那不是绳咯，是干枯了的葫芦蔓，檐角上还吊着一个葫芦。瓦房的左边有着一堆土，土堆上插了个木牌，上面写着一个字：男。路对面的土崖下，土块子垒起一截墙，二尺高的，上面放着一页瓦，瓦上也写了一个字：女。想了想，这是给补胎充气人提供的厕所么。

*　　　　　*

　　从山梁上往沟道去，左一拐，右一拐，路就考司机了，车倒没事，人却摇得要散架，好的是路边有了柳。从没见过这么粗的柳呀，路东边三棵，路西边四棵，都是瓮壮的桩，桩上聚一簇细腰条子。小吴说，这是左公柳，当年左宗棠征西，沿途就栽这样的柳，可惜见过这七棵，再也没眼福了。但路边却有了一个村子，村口站着一个老者。

　　老者的相貌高古，让我们疑惑，是不是古人？在定西常能见到这种高古的人，但他们多不愿和生人说话，只是一笑，而且无声，立即就走掉了。这老者也是，明明看见我们要来村子，他就进了巷道，再也没有踪影了。

　　巷道很窄，还坑坑洼洼不平整，巷道怎么能是这样呢，不要说架子车拉不过去，黑来走路也得把人绊倒。两边的房子也都是土坯墙，是缺少木料的缘故吧，盖得又低又小。想进一些人家里去，看看是不是一进屋门就是大炕，可差不多的院门都挂了锁，即便没锁的，又全关着，怎么拍门环也不见开。

　　忽地一群麻雀落下来，在巷道里碎声乱吵，忽地再飞走起，像一大片的麻布在空中飘。

当拐进另一条巷道，终于发现了一户院门掩着，门口左右摆着两块石头，这石头算作是守门狮吗？推门进去，院子里却好大呀，坐着一个老婆子给一个小女娃梳头，捏住了一个什么东西，正骂着让小女娃看，见我们突然进来，忙说：啊达的？我说：定西城里的。她说：噢，怪冷的，晒哈。忙把手里的东西扔了，起来进屋给我们搬凳子。我的朋友问小女娃：你婆在你头上捏了个啥？我还以为是虮哩！司机作怪，偏在地上瞅，瞅着了，说：咦，我还以为不是虮哩！小女娃一直噘着嘴，蛮俊的，颧骨上有两团红。

我们并没有坐在那里晒太阳，院里屋里都转着看了，没话找话地和老婆子说。老婆子的脸非常小，慢慢话就多起来，说她家的房子三十年了，打前年就想修，但椽瓦钱不够，儿子儿媳便到西安打工去了，家里剩下她和死老汉带着孙女。说孙女啥都好，让她疼爱得就像从地里刨出了颗胖土豆，只是病多，三天两头不是咳嗽就是肚子疼，所以死老汉一早去西沟岔行门户，没带这碎仔仔，碎仔仔和她治气哩。她说着的时候，小女娃还是噘着嘴，她就在怀里掏，掏了半天掏出一颗糖，往小女娃嘴里一塞，说：笑一哈。小女娃没有笑，我们倒笑了，问这村里怎么没人呀？她说：是人少了，年轻的都到城里讨生活了，还有老人娃娃们呀！我说：院门都锁着或关着，叫着也没人开。她说：没事么？我说：没事，去看看。她说：那有啥看的？我说：照照相么。老婆子立马让我给她和孙女照，然后领着我们在村里敲那些关着院门的人家，嚷嚷：开门，开门哈菊娃！院门拉开了一个缝，里边的说：阿婆，啥事？老婆子说：你囚呀，城里人给你照相呀不开门？门却哐地又关严了，里边说：呀呀，让我先洗洗脸哈！

我们先后进了七户人家，家家的院子都大，院墙上全架着苞谷棒子，太阳一照，黄灿灿的。我们说一句：日子好么。主人家的男人在的，男人都会说：好么，好么。他们言语短，手脚无措，总是过去再摸摸苞谷棒子，还抠下一颗在嘴里嚼，然后憨厚地笑。院子里有猪圈，白猪黑猪的，不是哼哼着讨吃，就是吃饱了躺着不动。有鸡，鸡不是散养的，都在鸡舍，鸡舍却是铁丝编的笼，前边只开一个口儿装了食槽，十几个鸡头就伸出来，它们永远在吃，一俯一仰，俯俯仰仰，像是弹着钢琴上的键，又像是不停点地叩拜。狗和猫是自由的，因为它们能在固定的地方拉屎尿尿，但狗并不忠于职守，我们去后，刚叫一下，主人说：嗨！就不吭声了，蹲在那里专注起猫。猫在厨房顶上来回地走，悠闲而威严。就在男人领着我们到堂屋和厨房去转着看的时候，女人总是在那里不停地收拾，其实院子已经很干净了，而屋里的柜盖呀，桌面呀，窗台呀，擦得起了光亮，尤其是厨房，剩下的一棵葱，切成段儿放在盘子里，油瓶在木橛子上挂着，洗了的碗一个一个反扣着在桌板上，还苫了白布。到了柴棚门口，女人说：候一会儿，乱得很！我们说：柴棚里就是乱的地方么！进去后，竟然墙上挂的，地上放的，是各种各样的农具，锄呀，锨呀，镰呀，镢是板镢和牙子镢，犁是犁杖，套绳和铧，还有耰子、耙子、槤枷、筛子、笼头、暗眼、草帘子、磨杠子、木墩子，切草料的镲子，打胡基的杵子，用布条缠了沿的背篓、笸篮、簸箕、圆笼。女人用筐子装了些料要往柴棚后的那个草庵去，草庵里竟然有毛驴。毛驴总想和我们说话，可说了半天，也就是昂哇昂哇一句话。

我们和老婆子走出了第七户院子，老婆子家的狗就在院门口候着。老婆子喜欢地说：接我啦？抱起了狗，狗的尾巴就摇摆得像风中的旗。

出了村子，我的情绪依然很高，对朋友说：

这才是农村的味啊！

朋友觉得莫名其妙，说：咹？

我说：什么东西就应该是什么味呀，就像羊肉没了膻味那还算羊肉吗？

朋友说：你这人就怪了，刚进村嫌巷道太窄，嫌房盖得太矮，转了一圈又说这好那好，农村就该是这个味，这不自相矛盾吗？

朋友的话一下子把我噎住了。

我是二十世纪七十年代从农村到西安的，几十年里，每当看到那些粗笨的农具，那些怪脾气的牲口，那些呛人的炕灶烟味，甚至见到巷道里的瓦砾、柴草和散落的牛粪狗屎，就产生出一种兴奋来，也以此来认同我的故乡，希望着农村永远就是这样子。但是，我去过江浙的农村，那里已经没一点农村的影子了，即使在陕西，经过十村九庄再也看不到一头牛了，而在这里，农具还这么多，牲畜还这么多，农事保持得如此完整和有秩序！但我也明白我所认同的这种状态代表了落后和贫穷，只能改变它，甚至消亡它，才是中国农村走向富强的出路啊。

我半天再没有说话，天上那一大片麻布又出现了，突然间成百只山麻雀就落在村口到车的那段路面上，它们仍是碎声乱吵，吵得人头痛。

*　　　　　*

还是黄土梁，还是黄土梁上的路，但今天的路比昨天的窄，窄得一有会车一方就得先停下来。好的是已经半天了，只有我们这辆车，嘿嘿：这是咱们的专道么！可刚转过一道弯，前边就走着了一个牛车。

不会吧，怎么会有牛车？就是牛车。

车是四个轮子上一面大的木板，没帮没栏，前边横着一根长杠，两头牛，牛都老了，头大身子短。牛车上坐着一个人，光着头，耳朵却戴了个毛哄哄的耳套，猜想是招风耳。

吆车人当然知道一辆小汽车在后边，便把牛车往路边赶。牛似乎不配合，扯一回缰绳挪一步，再扯一回缰绳再挪一步。旁边村庄有拾粪的过来了，吆车人骂了一句：妈的×！一个轮子终于碾到路边的水渠沟，牛车便四十度地斜了。

我不让司机按喇叭，也不让超，小心牛车翻了。小吴说：没事，二牛抬杠翻不了。

车超过去了，听到牛响响地打了个喷嚏，还听到拾粪的说：汽车能屙粪就好了。

*　　　　　*

公路经过一个镇子，镇子上正逢集，公路也就是了街道，两旁摆满了五颜六色的日常百货，还有苞谷土豆、瓜果蔬菜，

· 210 ·

还有牲畜和农具，也还有了油条摊子、醪糟锅子。人就在中间拥成了疙瘩。这场面在任何农村都见过，却这时我想着了：常常有蚂蚁莫名其妙地聚了堆，那一定是蚂蚁集。集上的人大多都是平脸黑棉袄，也有耸鼻深目高颧骨的，戴着白帽。黑与白的颜色里偶尔又有了红，是那些年轻女子的羽绒服，她们爱并排横着走，不停地有东西吃，嘎嘎地笑。

我们的车在人窝里挪不动，喇叭响着，有人让路，有人就是不让。小吴头从车窗伸出去喊：耳朵聋啦？县长的车！我看见有人撅着屁股在那里挑选笊篱，回过头看了看，又在挑选笊篱，还把一把鼻涕顺手抹在了车上。忙按住了小吴，把车窗摇起，说那么多人走着，咱坐在车上，已经特殊了，不敢提自己是领导或警察，这人稠广众中领导和警察是另一类的弱势群体。于是，我们都下了车也去逛集，让司机慢慢把车开到镇东头，然后在那里会合。

我们去问人家的苞谷价小麦价，价钱比陕西的要高，陕西的蒜和生姜涨价了，这里的倒便宜。感兴趣的是那些荞面，竟然都是苦荞面，一袋一袋摆了那么多，问为什么叫苦荞面，是因为荞麦产量少，收获起来辛苦，就如要在农民二字前边加个苦字的意思吗？他们七嘴八舌地就讲苦荞面不同于荞面，苦荞面味苦，保健作用却强，吃了能防癌，能降血糖，能软化血管，但血脂高的人不能久吃，吃多了血就成清水了。他们说着就动手称了一袋，而且开始算账。我们忙说：不要称不要称，只是问问。他们就生气了：不买你让我们说这么多？脸色难看，似乎还骂了一句。骂的是土话，幸亏我们听不懂，就权当他们没骂，赶紧走开，去给那个吃羊杂汤的人照相了。吃羊杂汤的是个老汉，就蹴在卖羊杂汤的锅旁边，他吃得响声很大，帽子都摘了，头上冒热气，对于我们拍照不在意，还摆了个姿势。可把镜头对准了另一个人，那人说：不要拍！我们就不拍了。那人是提了个饭盒买羊杂汤的。饭盒提走了，摊主说：那是镇政府的。

去卖牲口的那儿给牲口拍照吧，牲口有牛有驴有羊和猪，牲口的表情各种各样，有高兴的，有不高兴的，高兴的可能是早已不满意了主人，巴不得另择新家，不高兴的是知道主人要卖掉它呀，尤其是那些猪，额颅上皱出一盘绳的纹，气得在那里又屙又尿。买卖牲口，当然和陕西关中的风俗一样，买者和卖者撩起衣襟，两只手在下面捏码子。这些没啥稀罕的，就去了萝卜和白菜的摊位上。那个卖胡萝卜的，手指头也冻得像胡萝卜，见了我们，小眼睛一眨一眨，殷勤起来，说：买了土鸡蛋了吗？我们说：没买。他说：不要买，要买到村里去买，前边那几笼鸡蛋说是土鸡蛋，其实不是土鸡蛋。想要买土鸡吗？买土布吗？我们说：你咋老说土东西？他说：你们这穿着一看就是城里人么，城里人怪呀，找老婆要洋气的，穿衣服要洋气的，啥都要洋气哩，吃东西却要土的！我们哈哈大笑。旁边卖豆腐的小伙子一直看我们，后来就蹭了过来，小声说：收彩陶吗？我有马家窑的，绝对保真！我说：好好卖你的豆腐！就去了一个卖鞋垫的地摊上挑拣鞋垫。鞋垫都是手工纳的，上边纳着有人的头像和各类花的图案，小吴建议我买那有人头像的，说：这是小人，把小人踩在脚下，就没人扰伤！我选了双有牡丹花的，因为花中还纳有字，一个写着"爱你终生"，一个写着"伴你一世"。

集市靠北的一个巷口，人围了一堆在唱歌，以为是县剧团的下乡演出，或是谁家过红白事请了龟兹班。近去看了，原来是唱花儿，一个能唱花儿的歌手被人怂恿着：亮一段吧，亮一段吧。歌手也是唱花儿有瘾，也是歌手生来是人来疯，人多一起哄，就唱起来了。一个人一唱，人窝里又有人喉咙痒，三个五个就跳出来一伙唱了。这集上的人说话我听得懂，一唱花儿就不知道唱的什么词了。让小吴翻译，小吴说：唱的是《太平年》：一个鸟儿一个头，两只眼睛明炯炯，两只麻黄爪儿，就墙头站哦太平年，一撮撮尾巴，落后头哦就年太平。

两个小时后，我们和司机在镇东头的柳树下会合。柳树后的土塄坎上，一头牛在那里啃吃着野酸枣刺。我的朋友奇怪牛吃那刺不嫌扎呀？我说你城里人不懂，我故乡有顺口溜，就是：人吃辣子图辣哩，牛吃刺子图扎哩。这时候，手机来了信息，竟是：对联，爱你终生，伴你一世。我说：啊，这和我买的鞋垫上的话一样么！司机却在远处说：往下看！我再把这信息往下翻，竟是：横批，发错人了。

*　　　　　*

据说鸠摩罗什去中原时在天水和定西住过一段时间，所以这里的寺庙就多。去漳县的路上，看到一座孤零零的又高又陡的土崖，土崖上有一个古庙。感到不解的是：黄土高原上水土容易流失，这土崖怎么几百年不曾坍塌？那么险峻的，路细得

213

像甩上去的绳，咋能就在上边造了庙？

朋友说他去过陕北佳县的白云观，也是造在山顶上，当地人讲，建造的时候砖瓦人运不上去，让羊运，把各村的羊都吆来，一只羊身上捆两块砖或四叶瓦，羊就轻而易举地把砖瓦驮上山了。这土崖上的古庙也是羊驮上去的砖瓦吗？不晓得，可这土崖立愣愣的，是羊也站不住啊！

土崖不远处有个几十户的小村，村里却有一个戏楼。戏楼上有四个大字，从左到右念是：响过行云。从右到左念是：云行过响。从左从右念过三遍，到底没弄明白怎么念着正确，后来反应过来，是"响遏行云"吧，把"遏"写成了"过"。

进村去吃午饭，村民很好客，竟有三四个人都让到他们家去，后来一个人就对一个老汉说：我家里兰州的，他家是北京的，你家是西安的，西安来的客人就到你家吧。我们觉得奇怪，怎么是兰州的北京的西安的？到了老汉家，老汉才说了缘故，原来这村里大学生多，有在兰州上大学的，有在北京上大学的，他家的儿子在西安上过大学。我们就感叹这么偏僻的小村里竟然还出了这么多大学生。老汉说：娃娃都刻苦，庙里神也灵。我问：是前边土崖上庙里的神吗？他说：每年高考，去庙里的人多得很，神知道我们这儿苦焦，给娃娃剥农民皮哩。我夸他比喻得好，老汉便哧哧地笑，他少了一颗门牙，笑着就漏气。可是，当我问起他儿子毕业后分配在西安的什么单位，他的脸苦愁了，说在西安上学的先后有五个娃，有一个考上了公务员，四个还没单位，在晃荡哩，他儿子就是其中一个。县上已经答应这些娃娃一回来就安排工作，但娃娃就是不回来。供养了二十年，只说要享娃娃的福了，至今没用过娃娃一分钱。也不指望花娃娃的钱，可年龄一天天大了，这么晃荡着咋能娶上媳妇呢？老汉的话使我们都哑巴了，不知道该给他说什么好，就尴尬地立在那里。还是老汉说了话：不说了，不说了，或许咱们说话这阵，我娃寻下工作了，吃饭，吃饭！

这一顿饭吃得没滋味。

离开老汉家的时候，巷道里有五个孩子背着书包跑了过去，这是去上学的，学校离这个村可能还远。小吴说：这五个学生里说不定也出几个大学生哩！而我却想到另一件事：越是贫困的农村越是拼死拼活地供养着孩子们上大学，终于有了大学生，它耗尽了一个家，也耗尽了一个地方，而大学生百分之九十再不回到当地，一年一年，一批一批，农村的人才、财物就这样被掏空着，再掏空着……

又经过了戏楼，戏楼下的一排碌碡上坐着几个人在晒太阳，一杆旱烟锅，你吃完一锅子了，装了烟来轮到我吃，我吃完一锅子了装了烟来再轮给他吃，烟锅嘴子水淋淋的。听见他们在说马，说马是世上最倒霉最没出息的动物，它和驴交配，生下孩子却不像它，也不叫它的姓氏。

朋友悄声问我：那马和驴的孩子是啥？

我说：是骡子！

*   *

第五天的那个中午，本来可以在一个有桥的镇子上吃饭，司机说到下一个村子吃饭吧，但再没遇到村子，大家就饥肠辘辘，看太阳像一摊蛋饼贴在天上，蛋饼掉下来多好，而蛋饼似乎一直在对面那条梁的上空，即便能掉下来，也掉不到我们这边来。车继续往前开，转过一个斜弯子，一个人便在那一片掰了苞谷棒的秆子里，突然发现那个人是俩脑袋。车是一闪而过的，朋友和小吴坐在后座并没在意，我在副驾驶座上却听见了风里的说话：把舌头给我！舌头给我！司机说：咦，人吃人哩！扭头要看，我说：看你的路！司机笑了，却说他肚子寡了，想吃羊。

司机得知要来定西，他就说过：这下可以放开肚皮吃羊肉了。在他的意识里，黄土高原上是走到哪儿都会有羊肉吃的，可十多天里，我们没有吃到羊肉，甚至所到之处也没见到放羊的，难道这里就压根儿没羊？

同车的还有一个当地抱养娃娃的妇女，她是半路上搭的我们的车，她说：黄土梁上不爱惦羊咯。

羊谁不爱惦呀，人爱惦着，豹子和狼也爱惦着，怎么是黄土山梁就不爱惦呢？

妇女说：羊是山梁上的虱咯。

我一时没醒开她的话，问是政府禁止放羊了？她说是不让放了，都圈养的。我终于明白了，羊在山梁上吃草总是掘根，容易破坏植被，水土流失。人身上如果有一两个虱子，人就变形，浑身的不舒服，山梁上有了吃草的羊，羊也就是山梁上的虱子了。这妇女比喻得这么好，我就感叹起来，但我不能夸她，要夸她怀里的孩子精灵！妇女说：是精灵，别的娃娃出生七天才睁眼，这娃娃一落下草就瞅灯！

*　　　　*

　　在安定、陇西、通渭，甚或渭源，经过了多少村庄，村庄里走进多少人家，说得最多的就是太阳和水。太阳高挂在天上，水在地上流动，这里的人想着办法要把它们捉到家来，这就是太阳灶和水窖。

　　地处高原，冬天里那个冷真是冷得酷，酷冷，尤其一有风，半空里就像飞着无数的刀子。竟然石头也能咬手，你只要摸一下石头，手能脱一层皮。人就盼着太阳出来，太阳一出来，老的少的，甚或猫呀狗呀都不在屋里待，全要晒暖暖。青藏高原的上空云是美丽的，赠你一朵云吧，藏人就制作出了哈达。而定西的冬天里太阳是最好的东西，怎样能把太阳留在自家呢，太阳灶就在家家的院子里安装了。太阳灶其实很简单，只是一个像笸篮大的铁盘，里面嵌满了玻璃镜片，它就热烘烘起来。如果想要热水，只需在盘上伸出一个铁棍，棍头上绕出一个圈儿，放上一壶水，不大一会儿水就咕咕嘟嘟滚开了。夏日里，定西高原上多种有向日葵，向日葵一整天都是仰脸扭脖跟着太阳转，冬季里的太阳灶边，差不多都坐着人，男人们或喝茶说话，女人们或是做针线，常常是大人都去干别的活了，孩子们仍在那里的小木桌上做作业，脚下就是卧着的眼睛成了一条线的小猫小狗。

　　而水窖呢？

　　这里是极度缺水的，年降水量仅在四十毫米，而且集中在六月至九月，也就是下两三次雨。地方志讲，历史上的定西仍

217

是富饶的，当年的伯夷叔齐不愿做皇，又耻食周粟，就是沿着渭河岸边的泽水密林到首阳山隐居的。天气的变化，使定西逐渐缺水而改变了地理环境。我曾写过一篇天气的文章，认为天气就是天意，天意要兴盛一个国家就风调雨顺五谷丰登，天意要灭亡一个王朝就连年干旱或洪水滔天，而天意要成就中国的黄土高原，定西便只有缺雨。黄土高原，蔓延到陕西的北部，那里也是严重缺雨。我曾在铜川一些村子待过，眼见着村里人洗脸都是一瓢水在瓦盆里，瓦盆必须斜靠着墙根才能把水掬起来抹到脸上，一家大小排着洗，洗着洗着水就没了，最后的人只能用湿毛巾擦擦眼。如果瓦盆里还有水，那就积攒到大瓦盆里，积攒三四天，用来洗衣服，洗完了衣服沉淀了，清的喂鸡喂猪，浊的浇地里的蒜和葱。而三里五里，甚或十里的某一个沟底有了一眼泉，泉边都修个龙王庙，水细得像小孩在尿，来接水的桶、盆、缸、壶每天排十几米长的队。铜川缺水，铜川沟底里还偶尔有泉，定西的沟里绝对没有泉。在三月到九月的日子里，天上突然有了乌云，乌云从山梁那边过来，所有的人都举头向天上望，那真正是渴望。望见乌云变成各种形状，是山川模样，是动物模样，飘浮到头顶上了，却常常只掉下来几颗雨点就又什么都没有了。他们说：掉了一颗雨星子。这话没夸张，确实是一颗雨星子，这颗雨星子最好能砸着自己的脑袋，或者，能让自己眼瞧着砸在地上，哧地冒出一股土烟。

于是，定西人就创造了水窖。

在地头上，我们随时都能看到水窖，那是在下雨天将沟沟岔岔流下来的水引导储入的，这些水可以用来灌溉。定西的土地其实很老实，也乖，只要给灌溉一点儿水，苞谷棒子也就长得像牛犄角。而每户人家的吃呀喝呀洗呀涮呀的生活用水，则是在房前屋后建有水窖。水窖的大小和多少，是家庭富裕日子滋润的象征，这如城里人的住房和汽车一样。我打开过一户人家的水窖帮着汲水，那像打开了一个金银库，阳光从水房的窗子射进来，正好射在水面上，水呈放着光亮，光亮又返照在水房墙上，竟有了七彩的晕辉。我用瓢舀了一下，惊讶着水是那样清洁。主人说下雨时收了水到窖后，水是灰的浊的，要沉淀了，捞去水面上的树叶草末、鸡屎羊粪，这水就可以常年饮用了。我说：窖里的水是固定的死水，杂质即便沉淀后不是仍会生成一种臭味吗？他们说：黄土窖没味道。我说：黄土窖没味道？这就怪了！他们说：哈，就这么怪！

上天造物，它就要给物生存的理由和条件，在水边的吃水里的东西，在山上的吃山里的东西，如果定西缺水，做了水窖水又容易腐败，哪里还会有人去居住呢？

现在我已经完全知道怎样建水窖了。那是选好了平台，选平台当然要讲究风水，要选黄道吉日，要祭奠神灵，然后垂直往下挖，挖出一米宽五米深了，洞口便向外延伸，形成窖脖。再向下挖，挖八米，就是窖身。窖底一定得呈凸形。挖成的窖整个形状呈口小底大，就像是热水瓶的瓶胆。下来，技术含量就高了，得在窖身的四壁上钻孔，一排一排均匀地钻，钻出五十厘米深，这工作叫布麻眼。一个窖差不多要布三千个麻眼。接着，用和好的胶泥做成泥角或者泥饼，泥角钉进麻眼，泥饼贴在麻眼外露出的泥角端，泥饼一个挨着一个地镶嵌，就像是铠甲一样把窖身包裹起来。对了，胶泥特讲究，先把泥泡好，窝好，用锨搅好，用脚反复踩好，用镲刀背用力捶打好，直到将胶泥调和得如揉出的面团一样有了筋丝，能拉开又拽不断，才能使用。糊好了窖身，还得用木锤子捶打，一寸不留空地捶打，连续捶打上一个月，最后最后了，再用斧头脑儿又捶打一遍，这才是一个窖完工了。完工了的水窖都要在窖上盖个小水房，安置龙王神龛。窖有窖盖，盖上有锁，水房门也上锁，那是任何外人都不能随便去的地方。

别的地方的农民一生得完成三件大事，一是给儿女结婚，二是盖一院房子，三是为老人送终。定西的农民除了这三件大事，还多了一件，就是打水窖。

*　　　　　*

从山梁下来到了河川道，河川道也就是渭河川道，立马就有了树。如夏天的白雨不过犁沟一样，一道渭河，北岸黄土塬梁上光秃秃的，南岸就有树了，就这么决然。树当然还只是榆树、槐树、桐树、小叶子杨树，但只要有树，河南的人就瞧不起了河北的人，河北的女子能嫁到河南，那就是寻到好人家了。

一个叫半阴的村子，是在从塬上刚刚下来就遇到的村子，可以说，这算我见到树最多的村子了。树都不大，出地就分杈，枝干好像有着亲情或是恋情与偷情，相互纠缠着往上长。从树中间钻不过去的，就蹾下来，看到的是黄宾虹的画，纷乱的模糊的一片黑色线条哈。再往远处看，更多的树，树中忽隐忽现着屋舍，全是些石灰搪抹过的墙，长的，方的，三角的，又是吴冠中的画了，白和黑的色块。村口有一条水渠，渠可能年久未修，废成小溪，里边竟然还有鱼，柳叶子细的鱼，如飘在空中，是柳宗元《小石潭记》中描写的那种。被水渠领着走过去，又一丛杂树中有一间木屋，还是个水磨坊呀。多少年里都没见到过这种水磨坊了，水磨坊里的一切陈设使我回忆起了我少年时在故乡当磨倌的情景。啊这吊起的石磨，上扇不动，下扇动，如有些人咬嚼和说话的模样，啊这筥篮，啊这落得灰尘变粗的电线，啊这圆木做成的窗子，窗上的蜘蛛网，啊这低低的随时可能碰着头的支梁。出了磨坊去看水轮，水轮静静地竖在那里，两边石壁上绿苔重重，而旁边则又是一片乱树，有一棵横卧过来，开满了白花，以为是野棉花，可野棉花怎么会长成树呢？近去看了，原来是毛柳，毛柳的絮竟有这么大这么白呀。

从水磨坊出来，走了几家，家家依然是养了驴、猪、狗、猫、鸡，这些动物都在门前土场上，见了我们就微笑，表情亲近，只有狗多话，汪汪了两句，见没人回应，也卧下来不动了。

*　　　　　　　*

首阳山，就是伯夷、叔齐待过的那座山，山的名字多好，首先见到阳光的山呀。我们去看伯夷叔齐，伯夷叔齐就睡在两个墓堆里，这两个墓堆相距不远，墓堆上都有树。据说树上的鸟半夜里常说话，而从对面的山上往这边看，看到的是人形的首阳山怀抱了两个婴儿。

两个墓堆前有一个庙，庙右是一片黑松树林子，太阳还红着，它那儿就黑乎乎的；庙左的林子树杂，十月里树已落叶，一尺的苍灰线条里不时地有白道，白道往出跳，那是桦木。庙不大，塑着二位先贤的泥像，皆瘦骨嶙峋，还有一个更瘦的，是个看庙人，蓬头垢面，衣衫破旧，就住在庙右前的一间小屋里。小屋三年前着了火，屋顶坍了，现在上面苫了柴草还继续住，进去看看，黑得似夜，划了火柴才看清四壁被大火烧熏得如涂了漆，一床破被，一口铁锅，再无别的。问他这怎么生活呀，他好像不爱听，竟然领我又到庙里，我才发现庙后墙角还有一个小柜，他打开了，取出六包商店里常见的那种挂面，还有半口袋核桃，他说：这生活不好吗？

从庙里出来，顺着庙前的斜坡走下。斜坡是修了路，还铺着砖，但生满苔，苔虽发黑，仍湿滑得难以开步。

首阳山是当地政府做了旅游景点的，可能是来的人太少，我们一去，不远处的村人也就来看稀罕。问起那个看庙人怎么是那般形状，他们说那是个流浪汉，私自来这里要看庙的。并且说，村里人都在说这看庙人原是有家有舍的，为了什么冤枉事上访了几十年，家破人亡了还解决不了，就脑子出了毛病，也从此不上访了才来这里的。上访的事全国各地都有，已经有一种职业叫上访专业户，也还有了一种机构叫上访办，上访是现在基层政府最头痛的事啊。因此，大家就说起产生上访和上访难、难解决的各种原因，说着说着激愤了，就都在激愤，激愤世风日下。

我突然想，我们现在说起孔子的时代，认为孔子的时代不错吧，百花齐放，百家争鸣的，可孔子在当时也哀叹世风日下，要复周礼；而且，伯夷、叔齐就是商末周初人，伯夷、叔齐竟也在说：今天下暗，周德衰。那么，最理想的世风是什么呢？

人类是不是都不满意自己所处的社会呢？

*　　　　　*

以前真不知道定西地区还是中国西部中药材集中产地，更没有想到它还产盐，井盐的历史竟然比四川的自贡还要早。

在各县行走，但凡进到农户人家，差不多的屋子里、院子里都能看到在晒着药材，先时并没在意，后来到了岷县，城街上随处可见中药材货栈，问起是怎么回事，一位长着白胡子的老者说：你请我喝酒，我告诉你。我们那个下午就在酒馆里喝酒，老者就说起了岷县的历史，岷县之所以在这里设县城，是这里为中药材的集散地，岷县城历来都叫作药城。乘着酒兴，老者竟领着我们去了商贸中心的那条街，那里有更多的宾馆和酒店，全住着从陕西、武汉、四川、河南、湖北来的药商，来拉货的车辆排着长队在那里等候。从商贸中心街出来，又到别的街上访问那些私人药铺和一些一两间门面挂着牌子的中医大夫，他们几乎都是在一边行医，一边收购，加工各种水蜜丸散。

我以前对中药材知之甚少，岷县使我们产生了浓厚的兴趣，就多住了一天，了解到岷县的中药材有二百五十多种，主要的是当归。当归人称"十方九归"，是中药里最常用的药材，也称为"妇科中的人参"。它属于伞形科三年草本植物，药用部分为根，根头称归首，分枝称归身，须根称归尾，加工出为原来归、常行归、道底归、箱归、胡首归。这里的土地里没有什么矿藏，长庄稼不行，长果蔬不行，农民的日常花销，比如油盐酱醋，比如针头线脑，比如买种子买农药、盖房、给儿子娶媳妇、送

223

终老人，比如供孩子上学呀，一家大小生病进医院呀，除了出外打工赚钱外，如果在家里，那就得种当归。

从岷县回到定西城，我还在琢磨当归这个词，这么好的词怎么就用在一种药材上呢？查《药学辞典》，上边说：当归因能调气养血，使气血各有所归。《本草纲目》中说：为女人要药，有思夫之意，故有当归之名。《三国志·姜维传》里也有这样的故事，说姜维从诸葛亮后，与母分离，其母思儿心切，去信就写了两字：当归。如今，当归仍是苦东西，却让定西农民得到了甜头。当归，当归，真成了农家宽裕的归处。

说到盐的事，是我们在漳县才知道的。

那一天的太阳非常好，路过一个镇子，汽车出了毛病，司机停了车修理，我突然看见路边有一座庙，结构简陋，但庙台阶很高，一个老汉就坐在台阶上吃烟，见我走近，烟锅嘴儿在胳肢窝戳着擦了擦，递着说：吃呀不？我吃不了旱烟，倒递给他一根纸烟。他说：你那烟没劲咯。却接了，别在耳朵上。我问：这是娘娘庙还是龙王庙？他说：盐神庙。还有盐神庙呀，盐神是个什么样子？就进庙去看，庙里却并没有神像，竟当殿一个古盐井，旁边墙上画着熬盐的画，还有一篇祭文。

祭文是这样写的：漳有盐井，郡邑赖之。宝井汲玉，便民裕国。脉长卤浓，涌溢千年。今当疏浚，保其成功。盐井生民，感念神灵。

看来，这庙不应是盐神庙，是盐井庙，而且是先有盐井，后在盐井上盖的庙。我趴下看盐井，井壁已卤化如石，敲之像是敲磬，里边什么也看不清，只是幽幽地泛着光亮。

不看到这盐井，似乎就没想起过盐，因为每顿吃饭都放盐，盐是生活必需品，反倒疏忽它的重要性了，这如不停地呼吸，却并不觉得呼吸一样啊。我们便决定在镇子多待些日子，听听这里关于盐的故事。

这个镇子叫盐井镇，镇上人说：除了古老的两口盐井，即使是别的井，井水打出来做饭，也是从不再调盐的，如果把萝卜埋入水中一个月取出，切丝儿便是咸菜。这里的女人牙白，不用牙膏刷牙牙也白，而老年人没有老年斑。有一种盐是盐锅底裂缝时渗出的盐汁滴在火上成盐晶，盐晶一层层叠摞成人形的，叫盐娃娃，盐娃娃对腹胀胃病有神奇疗效，所以镇上患胃癌的人极少。

我在面馆里见到一个老人，有八十岁吧，他正吃一碗捞面，面前放着一碟盐，夹一筷子面就在盐碟上蘸一下。我目瞪口呆，说这样多吃盐不好，他说他一辈子都这样呀，血压正常，身板刚强。记得有一年在青藏高原，碰着一个藏族老太太，身体非常健康，她说她九十岁了，从没吃过蔬菜，就是吃牛羊肉，吃青稞面，喝奶喝茶喝酒。一方水土真是养一方人啊！我们老家人爱吃辣子，特能吃者人称辣子虫，这老者是不是盐虫呢，可盐里从来又不生虫呀。

翻阅镇上的志书，盐井镇在远古时是陶罐瓦缶煮水制盐，先秦一直到一九八〇年是以铁锅熬盐，一九八〇年到一九九〇年之间是平板锅熬盐。从一九九〇年起，才是真空蒸发罐制盐。旧法烧熬的盐，上品为火盐，火盐是将煮出的盐倒入模具以火焙干，状如砖块，用于远销。中品为结盐，不经火焙，水分较多，状若银锭，销于近处。下品为水盐，是熬出后直接盛在盆里罐里，供当地人吃。志书里有一篇描写当年盐井镇繁华的文字，说镇里六条街道从半山通向漳河边，五大专业市场又从河滩伸进街坊：柴草市吞吐大量燃料，人市流动各类能工巧匠，旅店迎送商贾贩卒，商市进出日杂食品，盐市批发各作坊盐品。豫西的货担、晋北的驼队、陕南的马帮，带来了兰州的水烟、靖远的瓷器、关中的土布、湖北的砖茶。晚上，井台上水车隆隆，灯火灼灼，作坊里炉火熊熊，烟气腾腾。街巷驼铃声、马蹄声、叫卖声、弹唱声，不绝于耳。围绕盐业，五行八作相继兴起，三教九流大显身手，行医、教武、说书、卖唱、求神问卦、开设赌场……

哦，镇上人还给我说了盐坊里的绞手、抬手、烧手和装烟客的事。绞手是在井房里的汲水工，抬手是把盐水抬到各个灶上的送水工，烧手是盐锅的烧水工。而装烟客呢，是以给人点烟为业，手执四尺长的烟锅子整天在各作坊转悠，盐匠们操作在水汽浓重的锅边，双手不得半会儿闲，想过烟瘾了，使一个眼色，装烟客就把烟嘴儿伸进盐匠的唇间，那头随即引燃烟锅。事毕，盐匠顺手抄一搅板水盐抛进装烟客的提篮，装烟客立马便跑到街上卖了零钱了。

说这话的是一个年轻人，说得眉飞色舞，还正说着，远处有人喊：老三老三，事办得咋样嘛？年轻人就跑过去说话。旁边的几个妇女说：他能说吧？我说：能说。她们说：他爷当年就是装烟客哈。我问那年轻人现在是干啥的，她们说：啃街道的。什么叫啃街道的呢？她们才告诉我，在当地把围绕街市小打小闹讨生活的人称为"啃街道的"，这老三继承了他爷的秉性，但现在没有装烟客这活了，他就给人要账为生。

盐井镇的盐数百年都有一个名字叫"漳贵宝"，肯定是庄户人家起的，起得像个人名。如今的真空盐厂是现代化企业，年产量胜过了过去百年，产品叫"堆银"，这好像是哪个文化人给起的名，但"堆银"没"漳贵宝"有意思。

*　　　　　*

定西的房子，讲究"两檐水"。两檐水用的是五檩四椽，有的还出檐，在堂屋外形成一条走廊。屋顶一律坐脊覆瓦，但很少雕饰。胯墙与背墙多用土坯砌起，而前墙和隔墙则以木板装成。堂屋正门一般是四扇的"股子门"，也有两扇"一片玉"的。窗户有"大方窗""虎张口""三挂镜""子母窗"等，贴窗花的少见，五月端午围插的艾却不动，一直要到来年的五月端午。不管新庄子还是老庄子，人家的院子都非常大，院墙都非常高，院墙里长出一些树来，或栽着蔷薇和牡丹，高大成架，透露着院子里的消息。

定西的房子谈不上豪华和阔气，但也绝不简陋，受条件所限，用料都难贵重，做工一定细致，光瞧瞧屋后墙砖缝里抹的灰浆的严实和山墙根炕洞口砖棱的工整，以及挡口板的合茬，就能体会到他们造屋的认真和用心。

农民的一生，最要紧的工作就是盖房子。如果某一家已经有一院房子，它就给子孙留下了一份光荣，作为子孙在长大成人后仍要再盖一院房子，显示自己活着的意义，再传给他们的后代。土木结构的房子，当然只能使用四十年，而也提供了一辈一辈人锲而不舍盖房子的必要性和重要性，这个过程也就是光前裕后。

　　一家一户的兴旺发达，靠的是子孙繁衍，也靠的是不断地翻修建造房子。在福建的一个山村，我见过一棵榕树发展成了一片子小树林的景观，而在漳县，常有着一个村庄只有一个姓氏的情况，使我由此有了一个姑娘可能就创造了一个民族的想象。在离定西不远的一个镇子上，有一户人家，兄弟四人，其子女九个，孙子辈又十六个，其三辈人中有十二人参军，分别有空军海军陆军，兄弟四人的父亲还活着，已经四世同堂，大重孙也结了婚，很快五世同堂，村里人便称这老者是"兵种"。老"兵种"人丁旺盛，而且他家的老房子也异常地结实，也是我在定西见到的最好的房子，五间式结构，一砖到顶，屋脊虽多残破，仍可看到许多精美的水纹、花纹和人物走兽的雕饰。他家还养着一只猫，按说，猫的寿命也就是十二年，他家的猫竟到他家已经二十年，现在仍能追鼠。

　　但我也听到这样一个故事。一个人，姓李，结婚后小两口盖了一厅两室的三间式房子，房子盖后一年，老婆就病死了，他没有再娶，而抱养了一个孩子。在他五十四岁的时候，中了风，虽生活能自理，但从此干不了农活。儿子对他不孝，他逢人就说他养了个狼在家了，他将来要死，绝不会将这房子留给逆子。儿子在屋里待不住，就出外打工了，逢年过节也不回来。有一年一个老中医在村里行医，见他日子难过，留给他了个治烧伤的偏方，他就在家自制膏药，还在门口挂了个专治烧伤的牌子。第三年腊月的一个晚上，他家起了火，等村人赶去救火，房子已经烧塌了，灰堆刨出他，人也焦了，焦成了一疙瘩。事后，村人都在议论，有说是电褥子出了毛病引起火灾的，有说是他吃烟引起火灾的，有说他是不想活了把房子点着烧死自己的。当然这事没有证据也没人追究，就草草把他埋了，只是遗憾那房子还好，说没就没了，也绝了那治烧伤的偏方。

在乡下看屋舍，我现在最害怕看到两种情况，一是老传统的房子拆了，盖那种水泥预制板的四方块，似乎在时兴了，要和城里人一样了，但冬不保暖，夏不防晒，更是因建墙没有钢筋，地震时一摇，四壁散开，整个屋顶的水泥板就平平整整压下来，连老鼠都砸死了。二是主要公路沿途的村子，地方政府要形象要政绩，要求朝着公路的墙一律搪上白灰，甚是鲜亮，可侧墙或村子里边的房墙仍是破败灰黑。

所幸的是在定西，这样的景象，还没有看到。

*　　　　　*

西安的古董市场上，这些年兴石刻，最抢手的石刻是那些拴马桩、牛槽、磨扇和碾盘。在几乎所有的花园小区里，开发商要有文化，都喜欢用这些东西去点缀环境。我每每去这些小区观赏，观赏完了，却又感叹，农耕文明在我们这一代人手中逐渐要消亡了，感情就非常复杂。定西虽然也在以破坏旧有的生活方式在变化着，但变化的程度还不至于那么猛烈，农家仍是养牛、养驴，磨子碾子更是村村都有。他们依然讲究着村子的风水，当得知那些城里来的文物贩子谋算着村口的大石狮，就组织人手，日夜巡查，严加提防。村里的那些大树，也绝不允砍伐，也通知各家各户，即便是门前屋后甚或自家院子里的

·　229　·

老树，也一律禁止出售给城里来的树贩子，给多少钱也不准卖。

在一个黄昏，我们的车经过一个小村，停下来到一户人家去讨水喝。巷道里传来一阵喤喤的响声，这响声我在小时候的老家听过，便见两头毛驴走了过来，脖子上挂着铃铛，我立即大呼小叫，喊着我的朋友和司机：快来看呀，快来看呀！但朋友和司机跑近来，两头毛驴却走过巷道不见了。而在巷道那个拐弯处，有一个磨台，一个老汉正坐在磨台上"专"磨扇。司机是从小在西安城里长大的，他说：这做啥的？我说：专磨子哩。他说：啥是专磨子？我说你咋啥都不懂，磨子磨得槽纹浅了，需要重新凿凿，这种活就叫"专"。于是，我近去和那老汉套近乎。

啊叔，专磨子哩？

啊哈。

村里还有几个磨子？

七个磨子一个碾子哈。

这个磨子这么大呀？

村口的才大。

村口的磨子才大？

风水哈。

啥个风水？

村东口的碾子是青龙，村西口的磨子是白虎哈。

磨台下放着他的工具筐，里边是八磅锤、楔子、钢钎、手锤、錾头。他说，"专"磨子是小活，他主要是做平轮水磨、立轮水磨、人力磨、碌碡、碾磙子碾盘、做豆腐的拐磨、立房用的柱顶石、打胡基用的圆杵子、打墙用的尖杵子，还有门墩、捣辣子的石窝、安大门的减基石。

最后，我问他这村里有几个像他这样的石匠，他说方圆这六个村子里，就只有他和他儿子了，儿子年初也不干了，去天水一家公司给人家当保安了。

*　　　　*

小吴见我爱在村镇里乱钻，碰着什么都觉得稀罕，他说：我带你去看草房子！草房子有什么看的？他说：是一个村子都是草房子！在陕西，我到过一个叫陈炉的镇子，镇子里的屋墙呀，院子呀，街道呀．都是废陶钵和陶瓷垒的砌的，太阳一照，到处发亮，呐喊一声，整个镇子都嗡嗡作响。也到过洛南县一个山寨看那里的石板，石板薄得只有一指厚，却大到如柜盖如桌面，所有的房子以石板做瓦，晴天里，屋里处处透光，下雨天却一滴不漏。现在，定西还有一个村子的草房子，那又是什么景象呢？我说：是吗，那去看看。

因为要去的村子远，当晚没有回县城，就住在镇上。镇长说：城里人讲卫生，给你安排到工作干部家住吧。我住的是个县法院审判员的家，审判员是一礼拜才从县城回来一次。去了后果然人也体面，屋也整洁，他媳妇拿了床新被子在公公的土炕上铺了个被筒，自己就进了她的小屋把门关了。土炕上，我的被筒是新的，那老头的被子却是土布，或许还干净，颜色却像土布袋一样。老头话不多，我们总说不投机，我就打哈欠，他说：你困了，早点睡哈。我睡下了，他拉灭了电线绳，我只

· 231 ·

说他也睡下了，他却靠在炕的背墙上吃烟。可能是为了省电，也可能是省火柴，他点着了小煤油灯，一锅烟吃完了，又装上一锅凑在灯芯上吸，灯芯如豆，他一吸，光影就在墙上晃动。我翻了个身，他说：我影响你啦？我说：没事，你吃你的。他说：就好这一口，瞎毛病哈，吃完这锅就睡。我终不知道我是在什么时候睡着的，等到再醒过来，天麻麻亮，老头竟又在炕那头，靠在背墙上吃烟，还不仅仅是吃烟，小煤油灯边放了个小电丝炉，小电丝炉上坐了个小瓷缸在煮什么。我翻身坐起来，他说：又影响你啦？我说：你煮的啥？他说：熬口茶。他真的是在熬茶，茶叶是发黑的花茶，泡得涨出了小瓷缸，但还在咕嘟嘟响。我说：要熬干啦！他端起小瓷缸往一个盅子里倒，说：还没吊线。把盅子里的茶水又倒进小瓷缸，继续熬。熬得最后仅仅只倒出了一盅，他说：你喝吧。我不想喝，也不敢喝，这哪里还是茶水呀，是黑乎乎的汤么。他告诉我，他们这儿上了年纪的人都喝这茶，喝上瘾了，睁开眼坐在炕上就得熬。他端起盅子喝的时候，并不是品，而是一下子倒进口，眼闭上了，脸缩得很小，满是皱纹，像个发蔫的茄子。他说：不喝这一下，头疼哈。

吃过早饭，我们往草房子村去。在沟道里开了半天车后开始翻一座山，山路就像拧螺丝，一圈一圈往上盘，到山顶了又松螺丝一样下山，而且路越来越窄，里边高，外边低，我一直叮咛小心石头，如果碰上路面石头，车一跳，滚下去连尸首都寻不到了。终于到了沟底，转了三个弯，就出现一个村子，村子果然都是草房。车还在山顶的时候，天是阴了的，沟底里显得更暗，一出车，那个冷呀，身子就如同了馒包，被无数的针扎着，哧哧地往外漏气。可能是别的树都冻得长不了，这里只长紫杉，紫杉竟然是合群的，要长就整整齐齐长在山根，然后一排一排沿着坡坎再长上去，绝没有单个的，树干也不歪七扭八。村子并不紧凑，房屋建筑无序，没有巷道，门窗有朝东开的，有朝南开的，其间的空地上都有篱笆。篱笆好像已弃用，好像还在用着，杂乱的木桩木棍歪在那里。地很湿，也很滑，到处乱石和杂草中间，尽是牛粪，我们跳跃着走过去，还是每人的鞋上都踩上了。草房都不大，有三间的，有两间的，有的甚至是方形。所有的墙没有墙皮，还是木板夹起的石渣土杵的，屋顶用树枝编了，涂上泥巴，上边苫着厚厚的茅草，茅草已经发黑，但还平整。瞧着一户人家走近去，才说：有人吗？门前的木桩上拴着一只狗，狗就回答了：汪汪汪汪。狗也适应着冷天气，毛非常长。于是望见旁边坡上散落着的那些牦牛，想：牦牛以前肯定也是牛，为了御寒而长了毛，就成了牦牛了。进了屋，屋里和屋外一样冷，分外间和里间，外间放着一个大柜，柜边堆着十几个麻袋，用草帘盖着，用手去戳戳，似乎是苞谷、青稞和土豆什么的。里间是一面大炕，炕边一个火炉，炉上一个锅正做饭。我赶紧在火炉上烤手，顺便揭开锅盖，里边蒸着一锅土豆，还没有熟。两个小女孩长得非常俊，高鼻梁，大眼睛，衣着单薄，看样子不觉得冷，我们一进屋她们就鸟一样飞出去，过一会儿又悄无声地扒在门框朝里看我们，我们再一招手，又忽地跑开了，似乎这个家是我们的家。老太太一头白发，白得很干净，和我们说话，说她姓白，七十五岁了，儿子儿媳到新疆收棉花去了，她在家里经管两个孙女，孙女不听话。说着就冲着门外喊：给炕里添些火去，哎，添火去哈！便见两个孩子提了一笼干牛粪往屋的山墙那儿跑，山墙那儿是炕洞口。在蒙藏地区是烧干牛粪的，这儿也烧干牛粪，使我觉得好奇，跑近去看她们怎么烧。一个小女孩就附在另一个小女孩耳边说什么，两个人格格地就笑起来。我说：笑啥哩？她们说：笑你哩。我说笑我啥哩？她们说：笑你那么老了还是学生。我说：怎么就看我是学生？她们说：你口袋里插着笔。我说：认识这是笔？小一点儿的小孩说：我是学生。大一点儿的女孩说：我是学生，她不是学生。我问她：你上几年级？她说：一年级。我问：学校在哪儿？她说：从沟里往下走，走七里路就到了。我说：七里路？谁陪你？小一点儿的女孩立即说：我陪哩。我摸着两个孩子的头，再没有说话，我的上衣口袋里插着的仅仅是支签字笔，拔下来就给了她们，她们却争夺起来，我赶紧喊我的朋友，让他把他的笔也拿过来。这期间，狗在不停地叫，但有气无力。

这可能是我们这次行走见到的最贫困的山民，住在这里，他们与外边隔绝了，虽然距县城也只是一百七八十里吧，世界发生了什么，中国发生了什么，甚至县城里发生了什么，他们都不理会，一切与他们似乎没关系。如果没有小吴带领，我们恐怕也不知道他们能在这里生活，就这样生活着。

原以为有个草房子村可以看到奇特的景象，没想来了以后使自己的心情极度败坏。我问小吴：这是什么村？小吴说：村名不知道，因为有草房子就都叫草房子村。再问：这山是什么山？小吴说：遮阳山。我说：山名不好。小吴见我脾气糟糕了，解释说这地方偏僻，你如果让政府接待，谁也不肯带你来的，以前北京来了几个画家，让我带了来，画家见了这草房很兴奋，见了这里的人很兴奋，拍了好多照片呢。我说：画家爱画破房子，给他个破房子他住不住？画家爱画丑人，给他个丑女人他娶不娶?!

这一夜，我们回到了县城宾馆，打开电视，多是城市红男绿女在做娱乐节目，我的思绪又到了草房子村，就把电视关了，早早睡觉，却怎么也睡不着。

过道里，突然有了咋呼声，是小吴在和什么人说话了：

啊王主任！

啊你怎么在这儿，几时来的？

来几天了，陪人下来的。

哪个领导来了？

是……

啊，他来了！县委县政府领导知道了吗？

他不让打招呼，悄悄来的，你可不要给人说呀！

今去哪儿了？

到遮阳山有草房子的那个村子，哎，你知道那村子叫什么名字？

你怎么领他去那儿？得让他看看咱们的好地方呀！

他不是记者。

＊　　　　　＊

到了渭源里，当然去看看渭河源头了。

顺着一条沟往里走，沟两边的山越来越高，满是蒿、艾、蕨、荆，全部枯萎，发着黑色，像石头上经年的苔。沟里的河水不大，河滩却宽，隔几里一个村子，粗高的杨树不少，其间是横七竖八的房子和麦草垛，也是黑色。有人吆着牛犁地，牛还是黑的，只有鼻脸洼白，翻出的土似乎也不是了黄土，是黑土。扶犁的人穿着臃臃肿肿的黑棉裤棉袄，脸上眉目不分，而站在地头的妇女头上裹着红头巾，尖锥锥地叫喊着她的儿子。

还在深入，沟就窄起来，路已被逼到了沟梁上。到处有了沙棘树，一树的尖刺里结着红果。还有一种蒿，仅仅生出个籽荚，籽荚也是箭头一样，走过去，乱箭就射满裤子。再是不断地看见很粗很糙的杨树，从根就开始长须枝，而且还被藤蔓纠缠，虽然都干枯了，隆起成架，树就不成了树，是一座一座的木塔。到了迎面是最高的那个峰了，沟分成三股，荒草荆棘更塞拥其间，时隐时现着水流的亮光。已经无法前行了，去问不远处的一个人，这人手里提着一把砍刀，好像是要砍些柴火，并没见砍下什么荆棘树枝，一直站着默默地看我们，以为是傻子，一问他话，他却立即活泛了。

问：渭河源头在哪儿？

答：这就是哈。

问：这就是？渭河就生在这儿?!

答：是三眼泉，泉还得往里走，但走不进去。

· 236 ·

是走不进去。没想那人却说：走不进去，就到龙王庙拜拜哈。我这才发现半山腰有座庙，那人就领我们爬上去。庙前的场子上尽是荒草，荒草旋着涡倒伏着，像是风的大脚才踏过。庙里没有龙王像，但有香炉，也有个功德箱。那人给我们讲三眼泉，一个叫遗鞭泉，一个叫禹仰泉，一个叫吐云泉。因为冷，就尿多，我跑到庙后的避背处方便，回来他已讲了禹仰泉，便只听到了遗鞭泉和吐云泉的传说。

当年唐李世民率军西征，到了山沟最边的泉饮水时，不小心将马鞭遗落泉中，再捞马鞭已没了踪影。班师回朝到长安，发现马鞭在渭河里漂着，才知晓渭河除了明流，还有暗流。这个泉从此叫遗鞭泉。

吐云泉在三条沟中间的沟里，天一旱，山下的人都来泉里求雨。有一年求雨的人散去，一个叫花子来偷喝了供酒醉在泉边的草丛里，突然见泉里钻出一个白胡子老人，坐在石头上吃烟。吐一口烟，天上有一片云，再吐再有，一时浓云密布，大雨滂沱。

听完了故事，我们要走，那人却说：不给龙王烧烧香吗？问哪儿有香，他从功德箱后竟取出了一把香，说一把香十元。烧完了香，才明白那人是看庙的。

*　　　　　*

现在，我该说说定西的吃食了。

在别的人眼里，起码我同车的朋友、司机，都不觉得定西的饭好，他们抱怨走到各县各村，上顿是酸面，下顿是酸面，顿顿都有蒸土豆和咸白菜。但我爱吃定西的饭。每到一处，问吃什么饭，我都是：酸面吧，炝些葱花，辣子汪些，蒸盘土豆。吃的时候，狼吞虎咽，满头大汗。朋友就讥笑我：唉，凤凰之所以高贵，非醴泉不饮，非练实不食，你贱命啊！我是贱命，在陕南山村生活了十九年后进的西安城，小时候稀汤寡水的饭菜吃惯了，从此胃有记忆，蓄存了感情嘛。酸面其实和我老家的浆水糊涂面差不多，都有浆水菜，却煮土豆片或豆腐条，都不用味精和酱油，只不过酸面的面条多是苦荞面做的，而土豆比我老家的土豆更干更面。

第一顿的定西饭就是酸面和蒸土豆了，以我的经验，当然先吃酸面，吃过两碗了才去吃土豆的，没想到拳大的一个土豆掰开来，里边竟干面如沙，如吃栗子。我是一手拿着让嘴吃，一手就在下边接着掉下来的碎散渣，然后就噎得脖子伸直，必须要喝汤喝水。土豆是定西的主要食物，又如此好吃，这是有原因的：一是这里的日照时间长，缺水，自然环境决定了它的质量；二是这更是上天的安排。按说，定西压根就不宜于人类生存，而既然人生存在了这里，它必然要给人提供食物。在中国，有两样食物可以当作神物的，一是红薯，一是土豆。如果没有这两样食物，中国人在二十世纪六十年代七十年代即可死去一半。在定西，大多的地只能种土豆。当收获的时候，一面坡一面坡的土豆刨出来堆在地头，它和土地一个颜色，人们挑担背篓地把它运回去，你感觉那是把土疙瘩运回去了。在我们走过的村庄里，家家都有地窖，储藏着几千斤甚或上万斤土豆，一年四季吃土豆，有的家庭竟然一天三顿纯吃土豆。家里有老人过世的，还未满三年，他们每顿饭都要给灵牌前献饭，献的就是土豆。而曾经去过一家，中堂的柜上献的竟是生土豆。问怎么献的是生土豆，他们说家里老人已过世三年了，已不给先人献饭，这是敬神理。他们把土豆当作了神，给神上香跪头地供奉。

第一次见小吴，请他为我们做向导，他在挎包里装了牙刷牙膏，装了纸烟和打火机就跟着我们走了。走出了院门，已经上了车，他又跑回家。我们不知道他遗忘什么东西了，再返回车上，他的挎包里鼓鼓囊囊，翻开一看，竟然是六七个土豆。他说定西人出门，习惯要带些土豆的，万一走到什么地方，前不着村后不着店，就可以就地烧土豆吃了。虽然我们在外，并没有在野地里烧土豆，却亲眼见到有烧土豆的。那是在一个下午，车驶过一个梁凹，见几个孩子狼一样从路上往地里的一个埂上跑，到了埂前就刨一个土堆，竟然刨出了土豆，红口白牙地吃起来。我们觉得好奇，停了车跑近去。原来他们一个半小时前要到梁后的镇子去买东西，就先在这里把地埂的干圾子挖开，垒成空心圆堆，留个火门，用柴烧，烧到圾子都红了，把火门里的灰掏出来，再用一块圾子堵严火门，然后在顶端开口，把口袋里的土豆放进去，再把红圾子往里放几块，一层土豆一层烧红的圾子，又再把剩余的热圾子打细盖在上面，用湿土捂上，从镇上买了东西回来，挖开土堆，土豆也就熟了。这几个孩子都是圆头圆脸，小鼻小眼，长得就像个土豆，但争着吵着吃烧成的土豆，让我觉得是那么美好和可爱。

但是，我在渭源县一个村干部家，看到了墙上镜框中的一张照片，唏嘘了半天。那是摄于二十世纪七十年代的照片，拍摄的是公社社员农业学大寨在梯田工地上吃午饭的场面：一条几十米长的塑料布铺在地上，上面摆的是蒸熟的土豆，两边或坐或蹲了百十多人都在吃土豆。这些人形容枯瘦，衣衫破旧，可能是摄影师当时在吆喝：都往这儿瞅，瞅镜头！所有的吃者都腮帮鼓凸，两眼圆睁。

　　改革开放几十年后，中国绝大多地区从政治上、经济上、文化上都发生了变化：江南一带以商业的繁荣已看不出城乡差别；陕北也因油田煤矿而迅速富裕；定西，生存却依然主要靠土豆。过去是土豆、酸面、咸菜吃不饱，现在是这些东西能吃饱了，有剩余的了。但如何再发展？地下没有矿产，地上高寒缺水，恐怕还得在土豆上做文章。在渭源，我参观了土豆脱毒基地中心，那里进行着关于土豆的一系列科研，土豆在质量上、产量上大幅度提高。各届政府下大力气在生产、加工、销售上制定政策，实施举措，已经使定西土豆声名远播，全国各地的客商纷纷前来订货。我曾问过好多人：仅靠土豆能行吗？他们说：靠山吃山，靠水吃水么，一斤苹果能卖出几斤粮食的价钱。你知道今年一斤土豆能顶几斤苹果的价？我说：多少？他们搓起了四个指头，说：呀呀，四斤哈！

＊　　　　　　＊

　　山梁下的河湾有一片楼房，楼层不高，也就两层或者三层，不知是什么企业的生产地还是新农村的示范点，而从山梁往河湾去的岔道口，竖了一堵新砌的墙，墙上有好多标语，其中一条是：昂首向天鱼亦龙。

＊　　　　　　　　＊

车在一条川道的土路上往前跑，车后的土雾就像拖着个降落伞，车要猛一刹住，土雾又冲到了前边，前边的路就什么也看不清了。有趣的是，车在雾气狼烟地往前跑，天上的一堆云也往前跑，疑心这是云在嘲弄土气，果然中午饭时到了一个镇子，尘埃落定，云也散了。

这个镇子是我这次出行见到的最大镇子，五百户，两千多人口，巷道很深，而且有几条。从东边的那条巷进去，好多家院门口都有人端碗蹴着吃饭，有的是酸面，有的是面前放着一碟盐，蘸着吃土豆，见了我们，都笑笑的，欠起身，说：吃哈？那棵已枯了半边的柳树下，走来一个老汉和一个小伙，老汉掮着锨，小伙穿着西服，手里握了个手机，可能是父子，可能小伙从西安或兰州打工回来不久。两人说着什么话，老汉就躁了，骂道：你们老板一年赚二百万？你放屁呀，咋能赚二百万？小伙还要犟嘴，抬头瞧见我们经过，没再言传。

寻着了村长，村长是个黑脸大汉，正朝一户院门里的人怒吼，指责猪屙在门口路上这么几堆，也不清扫，是长着眼睛出气哩看不见，还是手上脚上生了连疮了拾掇不了？！院门里立即跑出个拿了锨和笤帚的妇女。他好像还气着，拿眼往巷头看，巷头一只狗碎步往过跑，突然停住，掉头又跑回去了。小吴认识村长，把我们做了介绍，他把我们从头到脚注视了一番，很快脸上就活泛了，说：噢噢，先吃呀还是先转哈？我

· 241 ·

说：我们四个人的，你锅里饭够吃吗？他一挥手，说：那先转！扭头给清理猪屎的妇女说：去，给你嫂子说去，擀面，擀四个人的面！

这村长其实是个蛮热情的人，他领我们出这家进那家，说他们村很有名哩，来过好多记者，报纸上写过大半版的表扬文章。表扬也好，不表扬也好，日子是给自己过的，他这个村长把村子弄成个富裕村就行了。现在村子里有两项指标是全县最高的，一是学生多，几乎一半人家出过大学生，毕业了都在兰州、天水和县上工作；二是搞翻砂的人多，东头三家，西头四家，北头两家，南头还有五六家，主要是造锅，造火盆，最大的锅能做二百人的饭。

村长说的属实情，顺便问过七八户人家，都有孩子大学毕业后在城里干事。一个老太太拍着罩在棉袄上的新衫子说：这是今年娃给买的衣服哈，我说买啥呀，农村里穿啥还不是一样哈，可娃偏要买，给我买了衫子，给老汉买了条裤子！院子里在火盆上生火的老汉果真穿了件西式裤，说：这裤子不好，只能单面子穿。而去了几个翻砂户，院子里却是大大小小的锅坯，大棚里都是销铜炉，有砸炭末的石臼窝子，有烧炉时六七人才能拉得动的大风箱。但神龛里所敬的神不一样，有敬的是雷火神，有敬的是土地神，有的棚墙上贴着毛主席像。好奇了那一摞一摞铸造好了的各类锅，问一个能卖多少钱，他们好像都忌讳什么，不回答，只拿指头叩着锅，说：你瞧哈，没一个砂眼！小吴拉我到旁边，低声说：他们各家都竞争哩，有的把价压得低，怕别的人家有意见，就口里没实话。

后来在村长家吃饭，当然除了酸面外仍是蒸土豆，吃得坐在那里一时都不得起来。村长家的院子更大，他既种药材又搞翻砂，台阶上堆了几大堆挖出的当归和黄芪，而翻砂的工人就雇了四五个，一个在清理销铜锅，两个在修整着锅坯，一个在那儿砸炭末，一个在把炭末水往晾干的锅坯上涂，无论我们吃饭或者说话，他们全不理会，安静地干自己的活。因为又吃好了，我的情绪很高，就夸说着村长你是不是村里最富的，村长哈哈大笑，说：打铁就得自己硬呀，当村长的都不富还怎样带动别人?!他高兴了，就喊叫着老婆从屋里取个铜火盆要送我，我说：啊谢谢，可我不烤火，要火盆没用。他说：这火盆不是烤火的，我们这儿兴家里摆个火盆就是好光景哈！这火盆特大，铜铸的，纹饰精美，灿灿发光，确实是件象征富贵的好东西，但我怎么能要呢，我没要。

我们站在院子里的太阳下照相，村长和我照了，还要他老婆也和我照，他老婆刚才还在院子里收拾碗筷，却半天不知人在哪儿了。村长又喊了几声，老婆从屋里出来了，她换了身新衣服，脸上还敷了些粉，她照了三次，第一次说她眼睛可能闭了，第二次说她没站好，第三次照完了，说：我不上相哈！

*　　　　　*

经过一地，看见两座山长得一模一样，隔着一条小沟，相向而坐，山头上又都隐隐约约有着红墙和琉璃瓦的翘檐。问路人这山上是什么庙，回答左边是观，住着一老道，右边是寺，住着一老尼。想上去看看，但上山的路却都在后边，就进沟往里走。

沟很窄，光线幽暗，怀疑两山是硬被推开的。山壁上，沟里的石头，连同石头与石头之间长出的树，都生了苔藓，苔藓是黑的，白的，也有铁锈色。有一种鸟，不知道站在哪里，清脆地叫：嘀哩嘀哩。小吴说那是嘀哩鸟，就会自己呼自己名字。脚底下湿汪汪的，司机趔趄一下，我说：小心滑倒！还未说完，我先滑倒了，才发现路上也全是苔藓，很小很小米粒一般的苔藓。

进去约一里，竟是一平阔地，两山连接为一体，形成环状，整个沟谷变为一个宫。宫里生长着各种草木，都不高，却千姿百态，能想象若是春天和夏天，这里将是何等的欣欣向荣，万象盎然。

原本进来是要去寺观的，仰头看两边的山头，寺观都修在峰尖崖沿，路如绳索直垂下来，一时倒没了攀登的欲望，我们就只在宫里待着。

直待了近两个小时吧，朋友说：都快成婴儿啦！大家笑笑，才顺原路返回。

*   *

一棵两个人才能搂得住的柳树就在村口，这个村里在杀一头驴。

其实，杀驴杀的是驴的鞭。

那头公驴被拉出了棚，它并不知道它将要死，见院子里突然有了许多人，说说笑笑的热闹，还高兴地喊了一下。它的喊是在打招呼，竟把一个小丫头吓得后退了几步，它也就笑了，嘴唇掀开来，龇着大牙。

这时候，从隔壁院子里也拉来了一条母驴，母驴是个俊驴，细长腿，大肥臀，嘴里还一直嘟嚷着什么，似乎不愿意，被拉着绕公驴转了一圈，又转了一圈，臀上的肉就哆儿哆儿地颤。

公驴在那时不掀嘴唇笑了，整个身子激灵地抖了一下，耳朵就耸起来，鼻孔里呼呼喷气。它要往母驴近前扑，但被人紧紧地拉着，扑不过去，肚子下的鞭忽地出来了，戳着如棍。

一个人从堂屋里出来，好像才喝了酒，脖子梗着，还能看到那暴起的血管，在嚷：都闪开，闪开！一手在身前，一手在身后，在身后的手里握着一个杆子，杆子上安了月形的铲刀，太阳照在铲刀上，溅着一片子光。看热闹的人当然就闪开了，一些年轻的女子转身往院门口跑，偏被几个小伙拦住，说：嗨跑啥咯！女子说：杀了你！握铲刀的人已经走到了公驴的身后，他全神贯注，十分地庄严，院子里就立即也安静了，只听到公驴还在喷气，喷出的气像一团一团的烟。公驴不停地动，握铲刀的人也在动，动着碎步，突然，一条腿在地上蹬住了，一条腿一个跨步，嗨的一声，铲刀冲出去又收回来，他就站住不动了。这一连串的动作太快，人们还没看清是怎么回事，地上已经有了一根肉棍，肉棍在蹦跶着。

公驴这时候才叫起来，叫声惨烈。拉公驴的是两个人，一个人丢了手就去捡肉棍，捡了两回，两回都从手里蹦脱了。

*　　　　　　　*

定西的许多村子不叫村，叫庄，也有叫堡的。叫堡的都是在村子不远处，或山上或半坡里，有个小小的城堡。这些城堡差不多修筑于清末民初，土夯墙，又高又厚，有堡门，堡子里还常有小庙。那时期，一旦军阀混战的散兵路过，或是有了土匪强盗，钟声一响，村子里的人就往堡子里搬，并选出堡头，组织自卫，时间有两天三天的，也有三月半年的。现在，这些堡子还在，但都废了，我们去看过几个，要么堡子里什么都没有了，只留着小庙，要么小庙也坍塌了，只有几棵松柏。

在看完五个堡子的那个下午，我有些感冒，住在一户人家的热炕上发汗，那炕非常热，坐一会儿就得侧侧身子，人越发四肢无力。原计划要去北边的裴家堡的，这家主人是个教师，说他家有本县上编的文史册子，上面有一篇写裴家堡故事的，看看就不用去了。我让把册子拿来看，没想到那篇纪实文章让我读得胆战心惊，感冒更加严重，竟在这户人家住了一夜。

这篇文章是汪玉平、裴小鹏写的，我在此有删减地抄录如下：

中华民国十九年农历五月初二，马廷贤部在冯玉祥部的追剿下西进。二百多人经过裴家庄时，怕遭到村民的伏击，还向堡子方向喊：不要开枪，我们是过路的。当时正值农忙，村民都在地里忙活，堡子里只是些老人和孩子，敌前锋部队顺利通过了裴家庄。不久，敌后续部队六七十人在一个姓杨的营长带领下到达裴家庄，却冲进堡子抢了一些枪、面粉和油就下了山，对堡子里的老人和孩子并未伤害。

在堡子附近山坡地里干活的村民，看到敌马队出了堡子，就大喊：土匪抢走东西了……堡头裴忆存和裴怀二，还有一些村民，赶快跑回堡子。此时敌人下山后正向西行进，裴忆存和裴怀二迅速地把西南的一门狗娃儿（土炮）装上弹药，朝着敌马队开了一炮。炮声一响，敌马队中一人从马上栽了下来，惊慌失措的敌人把落马者抬上马背，急忙向西驰去。

正西进的马廷贤在得知他的部下被打死，立即召集会，会上有人主张攻打堡子，有人主张继续西进，而死的就是杨营长，杨营长的女人又哭又闹要给丈夫报仇，部队就折过头来攻打堡子。

堡子里的人一见，把魁星楼前的大钟敲得震声响，在村子和地里干活的村民听见钟声相继都跑回堡子。在堡头的组织下，村民们赶快用口袋装上土，把堡门牢牢地堵住，堡墙上的五门狗娃儿炮和一些没被抢走的火枪，都备足了弹药，长矛、大刀和平时干活的工具，此时都成了护堡的战斗武器。

从堡子里看到敌人在做晚饭，估计晚饭后敌人就来进攻，堡头们也吩咐各家各户赶快做饭。由于村民进堡时走得忙，在村里住的人没把灶具带上来，一听说做饭，这才缺这少那，相互间借用，女人们一边带着孩子，一边生火做饭，不懂事的娃娃一下子聚在一起，在院子里嬉戏打闹。

夕阳下山后，敌人开始行动，一部分仍留在村里，大部分人马沿山坡向堡子行进。在堡墙上观察的人一下子紧张起来，喊：土匪上来了，土匪上来了！一些还没吃饭的村民，放下筷碗，拿起了武器，在堡子周围严阵以待。

敌人骑着马，身上背着枪，手里拿着马刀，后面还有十几个人抬着梯子，当他们来到堡门前停下，向堡子里喊话，向堡子里要面粉和油。几个堡头商议只要敌人能够退兵，这个条件可以接受。不一会儿，从各户收集来的几袋面粉和十多斤清油从堡墙上吊了下去。过了一会儿，敌人又对着堡子里人喊：我们团长说了，你们打死了我们营长，把凶手交出来，再放下两个女人给我们做饭，不然就踏平你们堡子。

堡头和堡里的男人们当然不能把自己的女人和同胞交给敌人，断然拒绝了要求，在一阵叫骂声中，双方开了火。一时间枪声不断，炮声轰鸣。在后堡前墙上还击的裴老五被敌人击中，从堡墙上摔了下去，当时就死了。正在双方激战的时候，刚才晴朗的天空，忽然电闪雷鸣，狂风席卷着尘土直冲向天空。霎时，瓢泼大雨将进攻的敌人打得晕头转向，一个个从山坡上滑了下去，撤回了村庄。

敌人撤退后，堡头把裴老五被打死的事暂时封锁，怕引起村民的慌乱，组织青壮年守在堡墙上注视着敌人的动静。妇女儿童和老年人拥挤在各自的草房里，惊恐不安地度过了一夜。第二天吃早饭时，裴老五的母亲叫老五吃饭，这才知道儿子已经死了，她没有掉一滴眼泪，亲自安排儿子的丧事。而裴俊华的爷爷向堡头提出，要带自己的一家人出堡去，堡头不同意。因为昨天下午大家在一起商量过不能分散。裴老汉再三要求，堡头们认为，既然屁股上有疮不能守堡，留下来也帮不上忙，就把他一家八口人从墙上用绳放了下去。

事后裴俊华给人讲，他爷爷当时一定要离开堡子是有原因的，在这之前，他家里来了个道士，吃了饭临走时给了他爷爷一张画的符，说不久裴家庄要发生灾难，到时就把符烧了，放在碗里吃了，然后要离开村子，就能避灾。所以，他爷爷的举动让堡头和村民们感到不愉快，却也保全了他们一家。

到了太阳一竿高的时候，敌人全都离开村子，并没有走昨天的路从裴家沟口进入，而是从左侧的红崖沟进入，绕到堡后的蜡山嘴，准备从背后向堡子攻击。蜡山嘴离堡子很近，站在上面居高临下，能俯视到整个堡子的情况。堡子里的村民及时调整各炮位的方向和守护人员的配备。不久，敌人的炮弹一发发落在堡里，密集的子弹不断把堡里守护的人打下堡墙。战斗持续到中午，守护人大部分或死或伤，裴忆存、裴怀二、裴恒川及裴宝华的三叔、四叔相继战死，裴善琴的父亲冒着敌人不断射来的子弹，跪在土炮前装弹药，被子弹打穿两颊。后来亲戚收尸时，他仍保持着装弹的姿势。

昨晚的那场雨，阻挡了敌人的进攻，也使存放在庙里的火药受了潮不能使用，枪炮逐渐失去了战斗作用。敌人从东西两侧，顺着梯子爬上堡墙，被堡里尚存的守护者用大刀、长矛、铁檩柳打下去。如此使十多个爬上来的敌人从堡墙上滚下山坡。此时，堡里所有能搬动的东西都用来打击敌人，连猪吃食的槽也当作武器扔了下去。敌人改变了进攻方式，爬在梯子最前边的一个，都拿着盒子手枪，接近墙头时用手枪朝堡内乱射，使堡里人不能接近堡墙。堡里已没有几个能够战斗的人了，敌人很快从堡墙爬了进来，打开堡门，见人就砍，能够爬起来的村民与敌人进行白刃战。裴麻子用马刀砍伤了好几个敌人，被大门拥进来的敌人围在当中乱刀砍死。堡头裴殿瑞的父亲被敌人绑在庙里柱子上，身上浇上油，被活活烧死。一个不到十岁的男孩，跑到堡墙上要往外跳，被追上来的敌人一马刀从屁股捅进去，摔下了墙。两个年轻人逃出堡子，一个还带着狗，藏在山洞，连人带狗被打死。另一个叫裴七十一，他一直跑到离堡子一里多远的红土柯寨地，被一个追上来的敌人开膛破肚。

堡子里已看不到活人，他们就放火烧房子。庙的正殿里有存放的火药，很快正殿起了火，殿里三大菩萨像和东殿的三个神像在大火中消失。几个敌兵冲进西殿，把九天圣母的头发拉散，上衣扯开到胸前，点了几次都没点着，就慌忙离开堡子。

敌人攻进堡子时，年轻力壮的村民都已战死，堡里占多一半的老人、妇女、儿童成了他们屠杀的对象。裴小鹏的二奶被一刀砍死，她倒下时，身子护住了儿子裴建璟，裴建璟活了下来。他的奶奶怀里抱着六岁的女儿菊娃，头上被砍了一刀，硬是护住了菊娃。裴随斗和他妈被敌人追杀，他妈为护裴随斗，胳膊被砍掉，裴随斗去救他妈，脸上挨了一刀。

现年八十六岁的裴金对，当时八岁，她回忆说：初三土匪从后山打枪打炮，男人们都到后堡去了，我妈怀里抱着我，背着我哥裴老二，还有我的两个嫂子，躲到淑英奶奶放柴的庵房里。圈里有一根杠子，我妈坐在杠子中间，两个嫂子坐在两边，怀里都抱着娃娃。忽然打来一炮，坐中间的我没事，两边的两个嫂子一声没吭倒在炕上死了。我二嫂伤在胸脯上，娃娃半个脸上的肉翻过来。我大嫂伤在小肚子上，一直叫肚子疼，当天就死了。我大和我哥都到后堡去守堡，我哥刚往墙上爬，被土匪一把抱住，扔在着了火的正殿。土匪走了他才从火里跑出来，腿被扭伤了。我大肩被打伤了，活到初十就死了。求浪的大叫裴昌生，当时只有七岁，土匪没拉住，他从堡墙上跳下去，滚到山坡下沟里活了下来。裴对泉从东堡墙上跳下去，土匪几枪没打上。后堡的人杀完了，房子大部分被火点着，土匪开始往外撤，有几个看到我们，向我妈要白元，我妈把头上的一支银簪子给了，有一个土匪站在堡墙上喊：女人和娃娃再不要杀了。土匪就走了。土匪走后，我们到后堡，满地都是死人，墙根下有两堆人，有的还在呻唤。死的人太多，没有棺材，大多数都被软填。我家打开了一个柜子和门板把我的两个嫂子埋了。到初四下午死人基本上都入了土，没有被杀死的娃娃，都被别村的亲戚接走了。堡子里只有我妈领着我、我二哥的两岁儿子裴映冬。到了初十我大死了，我妈领我们离开堡子，临走时，我妈挖出了埋在院子里的一罐甜胚子，在地里埋了几天，挖出来还甜得很。

＊　　　　　　＊

　　受裴家堡祸难的影响，几天里情绪缓不过来。司机说：瞧你这人，那是八十年前的事了，还有啥放不下的？是八十年前事，如果还有什么史料，清代的、明代的、宋代的，甚至秦代，这里战事频繁、烽烟弥漫，不管谁赢谁输，老百姓苦难不知又是何等的惨烈，这些当然都岁月如烟如风地过去了，我想的是，定西为什么就叫定西呢？它是中国西北上，历来称作边关，是历代历朝都希望它安定吧，它安定了，中国也就安定了。现在，在整个中国的版图上，定西可以说是安定的，安定得似乎让人忘记了它，忘记了它曾经不安定。虽然，它也是国内没有充分开发的地区之一，这可以说还是好事，使它保持了它固有的东西，包括地理环境，包括人们的生活方式，风土人情，包括没有在过度开发中拉大的贫富差距，也包括它的落后。但是，毕竟贫穷使人凶狠，富裕使人温柔，当我们需要定西安静平稳而定西的富裕远远还滞后于全国水平的时候，整个中国还应该为定西做些什么呢？怎样才能使定西更富裕更公正更和谐美好呢？

*　　　　　*

在定西的各个县镇，凡是走到哪一户人家，你感到吃惊的都那么喜欢字画。只要一谈起字画，他们就睁大眼睛，也不再木讷，给你说起他家墙上的字画是什么人的，哪一年请回来的，村里谁家的字画最好，这个县上甚至定西城天水城兰州城书画家谁谁曾经来过，在谁家屋里吃过饭，还在谁家里写过字。说过了，还怕你不信，须要领着去别的人家里看字画。有日子过得滋润的，也有日子过得狼狈的，但不论是新盖的房还是已经破败的房，房里都挂着字画。我在通渭的一户人家里，看到上房的中堂上的一幅字写得并不如挂在厦子房里的字好，建议调换一下，主人说：厦子房的字好是好，可写字的那人品行差，而且还是个跛子哈。原来，他们还特讲究书画家的德行、职位和相貌的，德行高的有职位的身体端正健康的书画家作品挂在上房中堂，那要在大年初一的早晨给上香的。

这让我不禁大发感慨，目下国内字画的行情见涨，但十之八九是为升迁、为就业、为调动、为货款、为上学给大大小小的领导送，字画成了腐败的一方面，还有十分之一二为个人收藏，收藏着随时准备倒卖。而定西人爱字画，当然少不了有行

· 252 ·

贿和倒贩的，却绝大多数是人人都爱，是真爱，买了就挂在自己家里，觉得那就是文化，就是喜庆，就是贵气和体面，能教育家人知情达理，能启发孩子们好好念书。

除了中堂上必须挂有字画外，定西人还有一点，就是讲究在中堂的柜盖正中摆放或多或少的宝卷。

我在头几天里时常听说宝卷长宝卷短的，当时还不知是什么意思，也没在意。后来在一个叫清水的村里，去一户人家，老太太招呼我们坐了，忙把屋里剥苞谷颗的笸篮挪开，把猫食碗拿到了屋外台阶上，就开始用鸡毛掸子拂柜盖，拂着拂着把柜盖正中的一沓旧书小心翼翼地拿起来，用嘴吹上边的灰尘，又小心翼翼地原样放好。我好奇地问：那是什么呀？老太太说：宝卷。便埋怨儿媳妇邋遢，屋子这么脏的，让客人咋待呀?!

又说宝卷，啊宝卷原来是一些旧书！在我的经验里，"文革"期间人们要把毛主席的著作放在中堂的柜盖上的，莫非这里还依旧着那时的规矩？我说：宝卷？是毛主席的红宝书吗？老太太说：我不认得字。我近去看了，是有一本毛主席的书，但更多的是一些手抄本，有一些佛经，有《道德经》，有《治家格言》，有《论语》，有《弟子规》，还有《劝善歌》和《中医偏方集锦》。

我和老太太说了这样一段话：

就这些书呀？

不是书，是宝卷。

啊是宝卷，你家咋这么多宝卷？

家家都有，我家的多哈。

谁念哩？

我老汉能念。

你老汉呢？

走了哈。

走哪儿了？

嘿嘿，走了就是走了哈。

去县城了？

死了！

噢。

你们城里人听不懂哈。

噢噢，那你还一直要在这儿放宝卷？

镇宅哈。

离开的时候，我要求能和老太太照个相，老太太在头上脚上收拾起来，院子里的太阳亮灿灿的，我便在院子里放好了一只凳子。她出来了，却抱着她家的狗，狗是白狗，像一堆棉花。她说她老汉死的那年养的这狗，她总觉得这狗就是老汉变了个形儿来陪她的，尤其狗转身往后看的那个样子，和她老汉生前的神气，似模似样。我尊重着老太太抱着狗照相，可她看见我放的条凳，却一下子变了脸，说：快把凳子挪开！我说：你坐着，我站旁边。她挪开了凳子，说凳子放的地方不对，你没看见那里有块砖吗?! 后来我才知道，放砖的地方是有土地神的，绝对不能在那上面坐或者站。照完了相，又走了几家，几乎家家院子中间都有一块地方放着砖或放着一盆花。问了土地神是如何安放在那下边的。他们告诉说：挖一个坑，坑里埋个罐子，罐子里有五色粮食，粮食里有个石刻的或木雕的土地神像，然后封好，地面上做个标志，这土地神就护了。

离开了这个村子，我们一路还在议论着宝卷镇宅、土地神护院的事，司机就嘲笑起定西人的旧规程，说：啥年代了，还愚昧这个呀！司机是从小在西安长大的，他不了解农村。我说这不应算是愚昧，中国农村几千年来，环境恶劣，物质贫乏，再加上战乱频繁，苦难那么多而能延续下来，社会靠什么维持，仅仅是行政管理吗，金钱吗，法律吗，它更要紧的还是人伦道德、宗教信仰啊。司机说：可宝卷摆在那里，土地神埋在那里，只是个仪式么。我说：是仪式，有仪式就好呀！为什么要每天在天安门前升国旗，为什么一开大会首先要唱国歌，为什么生了小孩要过满月，为什么老人去世要七天祭祀？再给你举个例子吧，现在每年全国开人大会政协会，花那么多钱费那么长时间去北京听几个报告，报告完全可以发到各地让人阅读么，为什么偏要去北京，它就体现了国家感、庄严感啊！

*　　　　　*

在漳县、岷县发现村民家中的宝卷后，我们对宝卷产生了兴趣。老太太家的宝卷，以及那个村子里别的人家中的宝卷，都是一些我们知道的儒、释、道方面的经典，而定西历史上是佛道兴盛过的地方，又出过许多大儒，又是有孙思邈呀、李白呀、李贺呀许多遗迹，那么，还有没有一些我们没见过的经典古籍呢？于是，我们每到一处，都要打听，就听到了一个关于宝卷的故事。

一九九二年七月五日，有人在遮阳山东溪寒峡的一个洞口石壁上发现了"石室"二字，不知何人何时所刻。进入洞后，在洞底又发现了一木棺，吓得没敢打开。消息传出，漳县文化馆干部赶来察看，认定"石室"二字为北宋大诗人、监察御史张舜民题刻，进洞后又证实那不是木棺，是一木箱，木箱里存放着一大批古代书籍，这些书籍经清理，为古代佛经宝卷手抄本，因受潮粘连严重，能辨认出的经名有八部：《佛说大乘道玄法华真经》《法航普度地华结果尊经》《佛说赴命皈根还乡宝卷》《正宗佛法身出细普贤经》《正信除疑无修证自在宝卷》《叹世无为宝卷》《古佛天真考证龙华宝经》《普静如来钥匙宝卷》。

后据当地人提供线索，几经曲折，找到这批藏经的原主，原来这经卷一是他们家历代相传保留下来的，二是民国初年从岷县一地抄录来的。一九五八年时，他拣其中破烂的一套上交了乡政府，而把抄写工整装帧讲究的一套在后半夜藏入东溪山顶上的鸦儿洞。事后又觉得有人好像发现藏经，不久又和女儿偷偷把这些经卷转移到了东溪寒峡的一个山洞里。当初，他并没注意到洞口岩壁上有"石室"二字，而这一疏忽，竟然正暗合了一句老话：石室藏经。

我们曾去漳县政协想见见这批宝卷，可惜那天是星期天，政协机关没人，未能见到。后又去拜见了一位文化馆的退休干部，从他口中得知，仅漳县在山洞里发现的宝卷就有四十余部，都是新中国成立后，尤其是"文革"中群众偷偷保藏的。有北京、天津来的专家鉴定过，确认其中九部系国内外从未见于著录及公私收藏的孤本。

　　　　　　　＊　　　　　　　＊

　　再一次返回到定西城，小吴说：明日请你们吃饭吧。

　　但还是夜里的三点，小吴就把我们全叫醒了，催促着要去饭馆：我说：你神经病呀，这时候吃什么饭？他说：早饭。我说：什么早饭？他说：牛肉汤。我说：这就是你请客？！小吴说：牦牛骨头汤呀！

　　小吴为了表明他请我们喝牦牛汤是多么真诚，而牦牛骨头汤又是多么美味和有营养，就讲了这是岷县最具特色的饭食。岷县与藏族聚居区接壤，其实也是汉、回、藏、羌民族杂居区，这种汤煮法特别讲究，要从下午四点开始煮，一直到第二天早上四点方能煮好哩。

　　受着诱惑，我们赶到了那家餐馆，真是没有想到，餐馆门口竟排上了长长的队。队列中有年轻人，更多的是老头老太太，似乎还都熟悉，互相招呼，说说笑笑。一打问，才知道这些老年人常年来喝，喝上了瘾。

　　但当牦牛骨头汤端上桌后，我们都喝不了，膻味太重。

　　　　　　　＊　　　　　　　＊

　　小吴能请我们吃饭，有一个原因，是他知道我们该返回西安了，虽然那顿早饭并没有吃好，他还是特意找了一家酸面馆再次请了我们。就在这次饭桌上，我们在商量着怎么个返回法，是北上兰州，从兰州返回呢，还是从漳县经武山、天水，然后返回？小吴说：第二条路线是正确的，顺路可以去看看贵清山。

我说：贵清山是什么山？小吴说：你不知道贵清山?！那可是个好地方，不但是定西名山，甘肃名山，陕西恐怕也没有哈！司机说：有华山好？小吴说：好。司机说：有太白山好？小吴说：好。司机一挥手，说：不可能！气得小吴脸都变了。我忙打圆场，说了个故事，这故事是我单位的一个作家写了一篇文章发在《西安晚报》上，其中有一句：我妈是世界上擀面最好吃的人。没想当天就有读者给他打电话：你妈怎么能是世界上擀面最好吃的人呢，擀面最好吃的是我妈！

　　我们最后还是选择了第二条路线，从定西再去漳县。从漳县到武山县的半路上，拐上了去贵清山的一条黄土梁。

　　梁叫番桥梁，名字很好听，但路实在太窄，还曲折不已。沿途有许多村庄，一簇树，几十间瓦房，不是卧在洼地里就是趴在半坡上。偶尔见有人骑在毛驴上，驴很小，人却高大，两只脚几乎就撒拉在地上，但他表情庄重，见我们停了车给他拍照，竟不说一句话，也不笑。约莫一小时后，路两边有了小叶杨，一种叶子呈白色的杨，极其白，似乎有粉，一种叶子呈黄色，金子一样的黄。那天正好是立冬日，太阳还是明亮，白的叶子和黄的叶子落在地上，车一行过，飞翻跳跃着无数的碎金碎银。再过了几十里吧，路拐入另一条梁上，能隐约看到远远地有寺院，地势也是越来越高，而梁两边的坡上没有了树，也没石头，一片一片大小不等田地有的种了冬麦，是绿的，没有种冬麦的耕过了歇着，准备将来种土豆，便只是赭色，整个的坡塬状如巨大无比的百衲衣从贵清山方向的高地直铺了过来。

　　到了高地，突然间眼前出现一个大河谷，天地变化，霎时觉得是驾了巨鹏从天而降，按住了云头俯瞰着人间。谷地里林木黝黑，成片状，成带状，顺着高高低低的峰峦向后蜿蜒，有云卧在其间，云白得像一堆堆棉花垛子。黄土高原上看惯了沟壑峁台，猛然见这片峡谷山林，真有些不知所措，以为是幻觉，是异想，异想天开。车随着路往峡谷开，连续的绕弯和打折，一搂粗的、两搂粗的紫杉擦身而过，无数垂落下来的藤萝就覆盖了车前玻璃。我和我的朋友大呼小叫要车停下，小吴说：不停不停，绕着谷往后山开，直接到三峰。

不知怎么在谷底里拐来拐去，也不知怎么又在盘旋而上，一尽在恍惚里，车就到了黄土梁上。这里的黄土梁和所有的黄土梁一样，起起伏伏，能望到天边。一个大转弯后，车停在了偌大的土场上。小吴说：到山顶了！

这是山顶？我疑惑不已，山顶怎么和黄土梁连在一起，贵清山原来仅是梁塬的沟壑吗？但定西任何地方的沟壑都是土层，这里却是石质，从谷底往上看着全是奇峰林立、嵯峨险峻啊！这时候我才明白，世上有的东西是测高的，有的东西是探深，山可以在地面上往天空长，山也可以从谷下往地面长。贵清山它是一座地面下的山。

在土场上，四周即是紫杉，一棵紧密着一棵，高大得仰头望不到顶尖，倒怀疑这个土场硬是在紫杉林中开辟出来的。土场上太阳白花花的，紫杉林里仍是苍郁，好像那里永远是夜，而黑白分界刀割一样整齐，我站在分界线上，一半的身子暖和，一半的身子寒凉。

沿着一条漫下山路往前走，其实已经走在山峰上，靠着一棵树说：拍个照吧！一低头，树后便是万丈深渊，吓得老老实实从路中间走，害怕着有风，走过了百来米吧，路断了，是这个峰和另一个峰架着了一座木桥。从木桥上想极快地跑过去，因为担心桥会塌，却腿哆嗦着只能一步一步挪，小吴喊：不要往下看，不要往下看！是不敢看了，终于过了桥，死死抓住桥头的铁索，往下仅看了一眼，刀劈一般的直立，崖壁上直着斜着长着杉，有鸟在锐叫，有树叶无声地飘落，立时头晕，出了一身冷汗。好的是进了一道长廊，廊栏护着，这就到了中峰。到了中峰，却思想了一个问题：在黄土梁上，土那么厚，难得见树木，即使有，也仅是些小叶杨、槐和榆，却不成林，出地便为灌丛，而紫杉却在峭壁悬崖上生长，长成如此大木！古书上讲，中国地势东南低而西北高，天下水聚东南，东南富庶，人多聪慧，易出俊贤，西北瘠贫高寒，人多蠢笨，但出圣人。那么，这里的紫杉就够得上是圣树了。

中峰阔大，就建有庙宇，到处是石碑，还有一些平房和菜地。有三个道姑正在吃饭，饭依然是蒸土豆，见了我们老远就说：吃呀不，锅里有哈。我没有客气，去拿了两个土豆，一边吃一边四处走动。在别的佛寺道观里，常见到一些奇奇怪怪的花木，这里没有花丛，树都长得凛然伟岸。到左边崖沿上去看，峡谷对面云腾雾罩，只有一排峰尖，如锯齿，似乎凭空浮着，感觉是海市蜃楼的景象，或者是画上去的。到右边崖沿去，那里的峡谷更深，云雾填满，丢一块石头下去，半天才听到咕咚声。走过来的道姑说：早上还打电哩，一打电，谷底里呼隆隆响，像过火车。再到前边的崖沿，能看到另一座峰，比中峰小，几乎是一个锥体，锥尖上竟然就一个庙，庙小得如一个人蹴在那里。

从来没见过这般奇怪的庙，要近去看，路又断了，连接的还是一桥，这桥完全是几根木头搭成的，亏得桥上有廊，不至于让你看到外边。

过了桥到庙上，庙墙就齐着峰沿，峰沿上长满了树，一直手抱着树绕着庙下的一个斜道到了庙后边，小吴说从这儿还可以直下到峡谷里，峡谷里有神笔峰，你想不想看？我当然想看，但小吴又说从这里下去要过转树砭，即一棵大树立在路上，必须抱着树转一圈方能下去，我立即不敢下了，说还是从原路回到谷底再进峡里看神笔峰吧。

折回中峰，听道姑说山上事。她爱说话，说了峡谷十里，说了紫杉林二百亩，说了山上曾经的和尚和道士，说了她们三个是哪一年出家的，每日的法事如何做，怎样的吃喝。让我印象最深的，从此再不能忘的倒是两件事。

一是这里三峰环翠，西峰刚直，南峰峻急，中峰体秀身圆，土石和美，并且左有青龙蜿蜒，右有白虎低沉，前有朱雀欲飞，后有玄武伏降，本应存有王气，要出大人物的。然而，寺院道观并没建在面山枕山、左右临水的山脉重心位置，而选于天地交会最利升仙的山峰凸点上，因此，这里一直安稳，与其说寺观是选中了这里的山水所建，不如说正是建造了寺观才保护了山的峻美、树的茂密。

二是每年农历四月初一至初八，是浴佛庙会，根据"佛生时龙喷香雨浴佛身"之说，以各种名香浸洗佛像，而平常山上很难下雨，庙会前却必有一场雨，庙会后也必有一场雨，竟然几百年来从未延误过。

最后，我们下到峡谷去看神笔峰。神笔峰果然端直插天，大家都嚷嚷着让我好好写篇文章，记下此时此景，我一时脑子里翻涌着许多前人诗句，什么满身黑痕多、独立在人间，什么众鹰盘旋、落霞堆地，什么松上云从容、涧底水急湍，但觉得没一句能准确地描写这神笔峰的神采和看到神笔峰的心境，我说：大收藏家是以眼收藏的，今日看到神笔峰了，我也就拥有了神笔峰。

要离开贵清山了，小吴又和我们戏嘴了。

没哄吧？

没哄。

好吧？

好。

哈这就对了！

问你一句？

问。

为啥这么多天你不早早说来贵清山？

一路上都是黄土塬梁的，最后要给你们个惊喜哈，祖国山河可爱，定西不能排外么，离开定西的时候看看贵清山，给你们留个好印象哈！

没来贵清山，定西已经留下好印象了呀。

那来了贵清山呢？

定西有贵清，清贵乃定西。

文学与地理

○
●

　　人类依赖着天和地而生存延续，天上有太阳月亮星星，提供光明与黑暗，有雨，有风，风流动着叫风，风不流动了叫空气；而地上提供了水，食物，住所，这住所包括你活着的住所和死亡后的住所。中国人历来讲究风水，风就是代表了天，水就是代表了地，于是就有了天文和地理，天上的星空划分为分星，地上区域划分为分野，分星和分野是对应的，人就"仰观象于玄表，俯察式于群形"。就是说，人的所有象征，精神，信仰都来自天上，而生活的一切技能都是从地上的万物上模仿学习中获得。

　　今天我们先不说天上的事，故宫里有一个匾额，写了四个字：诸神充满。诸神都在天上，天上的神我们说不了，说了就是神话，我们今天说地理，当然我们做什么，说什么，天上的神都在看着。古语里讲，目妄者叶障之，口锐者天钝之。意思是你如果太狂妄，什么都看不起，那么上天会飘来一片树叶就把你遮挡了，让你成为一个瞎子；你如果口若悬河，胡说八道，那么上天会把你变成哑巴。所以，我们说地理，说地理比较神话而言，应该是人话，但地理我们也根本说不清，仅就以地理与文学这个小角度的话题，我们说一说一些极其浅陋的认识吧。

什么样的时代出什么样的作家，什么样的经历出什么样的作家，什么样的特质出什么样的作家，同样的道理，什么样的地理也是出什么样的作家。

有一句俗语，说一方水土养着一方人。养什么？养人的相貌，养人的性情，也包括气候、物产，从而形成的语言、习俗、宗教和审美趣味。之所以有欧洲、非洲、亚洲、拉丁美洲各色人种，那都是地理不同形成的，中国有某某地方出美女，某某地方出文官武将，那都是地理不同形成的。海边的人长得有鱼的形象，山区的人长得有羊的形象，橘生淮南则为橘，橘生淮北则为枳，陕西的葱半尺高，山东的葱二尺高。大山里有各个沟岔，各个沟岔里都有动物，有的沟岔肥沃有森林，生长了老虎狮子一类的大动物，有的沟岔贫瘠干涸，生长了一些山羊羚牛，有的沟岔是梢林，拥集了大量的飞禽。我常想，欧洲人就像那些大动物，这些大动物多是独来独往，平日沉默，行为直接，但都有侵略性，掠食时极其凶猛。亚洲人都是小动物变的，中国人或许更像飞禽，喜欢聚堆，爱说话，嘈杂声不断。但小动物因为小，要生存，就敏感，警觉，紧张，多疑，狡猾，而且身上有毒，能长毒刺，能喷毒液，使强用狠，显得凶残。

我当年为了修炼我的文学语言，曾把一些好听的歌曲拿来分析为什么好听，其音符怎样搭配了形成怎样的节奏了就好听。我列成表格，标出线条。陕西北部和南部都有非常著名的民歌，分析了它们，结果发现，陕北民歌标出的线条和陕北的地貌形状一模一样。陕北民歌平缓、雄浑、苍原，陕北是土沟土梁土峁，一个一个不长树的山包连绵不绝。而陕南民歌节奏忽高忽低，尖锐高亢，陕南是秦岭和大巴山，峰峦一个紧挨一个，直上直下。秦岭的最高峰是太白山，我登过，在山脚松柏成林，常见有数人合抱粗的高达几十米的，可到了山顶，那些松长了千年，却是盆景那么大。我到过青海西藏，看那些神圣的山，为什么就神圣呢，是真的山上有神吗？但它确实使山下的住民有过许多奇异的生活现象，但同时我也想，那么大的一座山，一半插入云中，常年积雪覆盖，它肯定影响气候，气候的变化必然会使许多奇异的发生。在我的家乡，秦岭深处，小盆地被山层层包围，以前偏僻封闭，巫的氛围特别浓，可以说我小时候就生活在巫的环境里，那里人信儒释道，更信万物有灵，什么神都敬，除了上庙进观拜那些佛呀菩萨呀老君呀关公呀，还有龙王山神土地灶爷牛马爷树精狐仙，蛇蝎蜈蚣蟾蜍乌龟也都敬。村里经常闹鬼，有各种精怪附上人体，村里没有医生，却有阴阳师，有了病，治疼的方法很多，如火燎，锅盖，放血。那是在深山里，偏僻，雾气大，人又稀少，所以才产生这些东西，我后来到了西安，在西安生活了几十年，就很少听说闹鬼。我在庙里问过一个和尚，因为他说他常在庙的院里见到鬼，都没有头，是些凶死鬼，来庙里求超度的，我问我能不能见到，他教我的办法是晚上两点后，坐在没人的十字路口，脚面上蒙上草皮，头顶块草皮，在草皮上插上香，然后想着你要见死去的某个人，那鬼就来了。我没有去做，我有害怕，更重要的是城市里根本寻不到没有人的十字路口。

现在盖房子，买房子，布置房子，都讲究风水，风水最基本的常识，就是你感觉到舒服就是好风水。这如同盖房子，盖得周正，能向阳，能通风，这房子也坚固，你如果房子盖得弯弯扭扭，就向不了阳通不了风，当然也不会坚固。人也是这样，某个人长得漂亮，此人肯定性情阳光，很聪明，也长寿。长得丑陋，不是蠢笨，就是心理容易扭曲，身体也不健康。但为什么常是漂亮人成不了大事，而往往丑陋人能成大事，其实是漂亮人受干扰的多，因为聪明，什么都一学就会却不坚持深究，丑陋人或性格偏执或经历坎坷，反倒坚韧不拔。风水还有一部分是心理作用，比如，你一旦觉得家里某个地方没有布置好，心里老纠结，那你就一定得去重新布置。我琢磨过我家乡的那个阴阳先生，村里婚丧嫁娶，盖房安灶，都要他选方位择日期，常常是按他的意见办了就平安吉祥，没按他的意见办，就出事。他没有多少文化，对易经呀堪舆呀并不怎么懂。我想，他几十年从事这样的职业，或许就有了神气，他这样认为，身上就有了煞气。庙里的佛像是人塑的，一旦塑成，塑佛就得跪下磕头。从事某一种职业久了，这个职业就影响了从业者的气质，甚至相貌。当然，文学作品也讲风水，这就是结构完整不完整，情节安排得合理不合理，是一般性的正，还是正中有奇，奇中有正；是一般性的平衡，还是乱中有序，险中求稳。再是它的基调，它的硬软度，它的色彩声响和味道。所有这一切，就构成了一本书的命运。人是有命运的，书也是有命运的。

地理在文学中似乎是一般问题，其实可以说它是作品的基点和定位。这如同你一旦系上了一条什么样的裤带，那么你就配上什么样的裤子，有了什么样的裤子，就有了相应的袜子、鞋子、上衣、帽子，以及你背的包，坐的车，要去的地方，要见的什么人，说的什么话。我们常说这部作品有特点，有味道，至于什么特点什么味道，这都首先从作品中的地理开始的。我们读拉丁美洲的文学是一种味道，读俄罗斯的文学是一种味道，读日本的文学又是另一种味道，读中国古典作品，《三国演义》《水浒》《红楼梦》《金瓶梅》各是各不同。尤其戏曲，梆子戏和越剧黄梅戏不同，同是梆子戏类，秦腔和晋剧，评剧又不一样。过去的各个省会都是不一样的，不说它的物产，语言，习俗，单就建筑都不同，而现在可惜的都在趋同化，这个城市与那个城市差不多了，年轻人又都说普通话，你到一个陌生的地方好像还在你生活的地方。因此，我们现在的一些作品，就越来越失去原创性，失去独特性。

我在初学写作的时候，写作的欲望强，见什么都新鲜，听什么都好奇，就拿来写，跟着风胡写，就像一只蝌蚪，跟着鱼游，游呀游，鱼还是鱼，我的尾巴却掉了，游不动了，成了一只青蛙。当初还很得意我写了一大堆作品呀，一整理，是那么浅薄，无聊，可笑，是一大堆的文字垃圾。我就觉得我这是文学上的流寇，我得写我最熟悉的，我没有文学根据地，就回到了我的家乡，先后三次，一个县一个县走，一个村镇一个村镇地走。从此就以我的家乡商州为我的文学根基，开始了我的乡土写作。也体会到一个人，无论干什么，一定要了解自己的角色和现状，不了解就不可能自由，就不可能驾驭自己，就变成社会的思潮中别人左右自己的那种力量的奴隶或玩物。

除了八十年代我三次大规模走商州外，每年又多次回去，作品都写的是故乡的人和事。在我的理解中，故乡是什么，是你的血地，是你身体和灵魂的地脉。那时，我的父母还在，故乡在某种意义上又是以父母存在而存在。在那时的返回，不仅是为了文学，更是为了生命和灵魂的安妥，它的意义就和一般的采风不一样。这如同你因干别的事饿了一天肚子的饥和家里没有粮食吃了上顿还不知下顿的饥是两回事。

我的故乡商州，在秦岭深处，在商於古道旁。陕西的关中原是八百路，商於古道是长安城通往东南的唯一之路，是六百里。战国时代，它是秦楚交汇地，秦强了我们属秦地，楚强了我们属楚地，号称是秦头楚尾，文化上有中原之雄沉浑壮和楚的绮丽钟灵。我们的那个镇是古驿站，历史上的韩愈、李白、杜甫、白居易、王维、苏轼等等都曾居住过，留下诗文。宋元之后，长安迁都，这地方逐渐荒芜，直到二十世纪九十年代之前，这里仍是山高林深，交通不便，封闭落后，沦为国人很难知晓的地方。我写商州的时候，那里还叫商洛，商州是商洛在古时的称谓，连大多商洛人也不知道商洛还曾经叫作商州。现在商州的名声是大了，商洛市所在地也改名为商州。对于商州，这四五十年里，什么都在变，社会体制在变，由政治革命到经济建设，山水在变，或山青水绿或残山剩水，但有一点始终没变，那就是人的感情。那里太熟悉了，无论那里发生了什么，我稍一知道，就能明白事情的根源是什么，会有什么样的过程和结局。我说过这样的话：我是站在西安的角度上回望商州，也更了解商州，而又站在商州的角度上观察中国，认识中国。

我写作品，有这样的习惯，就是在酝酿构思时，脑子里首先有个人物原型为基础，哪怕这个人物是我从众人的身上集中起来的，也必须先附在某一个人的身上，以他为基础。再是以我熟知的一个具体地理作为故事的环境，比如一个村子，这村子的方位，形状，房舍的结构，巷道的排列，谁住哪个院落，哪里有一棵树，哪里是寺庙和戏楼，哪里有水井和石磨。这两点先确定下来，就如盖房子打下地桩，写起来就不至于游移、模糊。然后写起来了，再根据内容需要删增、取舍、夸张、变异、象征、暗喻，才创造出一个第二自然，经营出一个文学世界。每一个作家创作时，人物可能是集中融汇的，故事可能是无中生有的，但地理环境却一定是真实的，起码是他熟知，在一处扎住，进行扩展、改造的。从真的自然所提供的素材里创造出另一自然来，大自然的素材被改造为完全不同的东西，优越于自然的东西。对于我本人，我作品中的地理，则是非常真实的。我之所以喜欢这样，我想让我的作品增加一种真实感、可信感，尤其当我以所写的人物和故事指向了多义，表达出我的意象时，越是地理环境上我越要真实。这就是我一向都在提的以实写虚。

真实的地理是创作的一个基本规律，它的好处是写时不至于游离，故事如孤魂野鬼它得有个依附处，写出来的作品，能让读者相信，而进入它的故事中，但是，这样也常常带来麻烦，尤其给作者本人。我在这方面吃过苦头。八十年代我走商州后写了《商州初录》，文学界评价还非常好，但因县乡是真名真地理，村镇是真名真地理，当地人就对号入座，其中写到落后的东西，那时政治解读的气氛浓，就指责我诬蔑农民，把农民的垢甲搓下来让农民看，结果商洛地区宣传部组织了批判会，写了材料上告省委宣传部，上告中国作协和发表此作的《钟山》杂志。写了《废都》，对号入座的更多，有人控告我，就在前年一个还见了我骂我，我说我没写你，他说明明在写我，连我家那条街那条巷那个寺庙你都写得真真切切，你不是写我？写《秦腔》后，我不愿把书给老家人看，担心被攻击，一度不敢回去，后来他们还是看了，没引起什么风波，我这才回去了。

由此，我得到一个问题，红学家考证《红楼梦》，考证地理是对的，而对于故事人物，连同一些细节也考证，这就觉得不对了。小说中的情节，人物，那是经不起考证的，一考证就错了。可见这些人自己没有写过小说。现在许多人在电视上讲历史，引用的材料来自《史记》《汉书》《资治通鉴》或一些志书，这还是可以的，而有的从文学作品上找，就不靠谱了。

说到这里，我还要强调的是，讲地理与文学，文学中的地理，并不是写地方志。地理一旦写进了文学，它就融入其中，不再独立存在，或者说它就失去本身意义。写所见的世界，并不是你所见的世界，而是体验的世界。塑佛像时用铁用石用木用泥，一旦塑成就是佛了，再也没了它是什么铁什么木什么泥了。我们在说地理对于文学的地方性、个人性的重要时，如果在一部作品中所要求分析的地方的、个人的习癖愈多，这部作品的文学价值可能竟会愈少，一部作品应高高超越个人生活领域，他不是一个赋有地方性和寻求个人目的的人，他应该是一个更高层次的"人"，一个"集体的人"，传递着整个人类潜意识的心理生活。

我在九十年代写过一个文章，说：云层上边尽是阳光。意思是，民族有各个民族，地方有各个地方，我们在重视民族和区域时，一定要知道任何民族、区域的宗教，哲学，美学在最高境界是相同的，这如同我们坐飞机，穿过了各种各样的云层后，云层上面竟然是一派阳光。这就需要我们在叙述你这个民族你这个地方的故事时，也就是说当你看到你头上的那朵云时，你一定要想到云层上边都是阳光，阳光是统一的，只有云朵是各式各样。人类在认识上，感情上有共通性。任何文学和艺术不是麻痹思想的娱乐消遣，它是人类精神世界向未知领域突进的先声，是人类中最敏感的一小部分人最敏感的活动。举个例子，当你坐一辆旅游车，中午十二点时你让司机停车说肚子饿了去吃饭，大家这时肚子都饿了，你的提议大家都同意，如果你十点钟要停车吃饭，那只是你个人饿了，得不到大家的同感。

文学是你一个人写的故事，你的故事在写一个人的命运，而这个人的命运和这个社会，时代的命运有了交集重合点，你就不是你一个人，是集体的人，你的命运就不是你的，是社会的时代的，那么，这个故事就伟大了。

所以说我们讲地理与文学，仅只是讲地理在文学中的重要，还都属于基本的东西。写什么取决于你的胆识和见解，怎么写取决于你的智慧和技巧。从整体上说，作品取决于作者的能量和品格，取决于文学背后的声音和灵魂。

贾平凹，1952年出生，陕西丹凤人。陕西省作协主席，中国书协会员，当代著名作家。

代表作品有长篇小说《浮躁》《废都》《秦腔》《古炉》《极花》，中篇小说《鸡窝洼人家》《黑氏》《美穴地》，短篇小说《满月儿》《果园里》《鬼城》，散文《丑石》《静虚村记》《商州三录》等。出版有中文版《贾平凹文集》（30卷），英文版、法文版、中英对照版小说集《贾平凹作品选》等。

曾获美国美孚飞马文学奖，法国费米娜文学奖、法兰西文学艺术荣誉奖，以及红楼梦奖首奖、茅盾文学奖、鲁迅文学奖、朱自清散文奖、施耐庵文学奖等多个国内外文学大奖。

平凹先生低调冷智、谦和厚道，他是一位世间的智者，更是一位深沉的独行者。

ISBN 978-7-5378-5453-5

9 787537 854535 >

定价：45.00